GUDRUN SEIDENAUER

WAS WIR EINANDER NICHT ERZÄHLTEN

ROMAN

MILENA

1
Cordula ist zurück

Wann begreift Marie, dass sie bei Cordulas Begräbnis nicht vorne neben Alex sitzen wird? Vielleicht erst, als ihre Mutter sie am Ellbogen fasst und neben sich schiebt, so wie man ein Kind auf den richtigen Platz rückt, nicht unsanft, aber mit Nachdruck. Alex in der Mitte, links Mella, rechts sie: Das ist die Vorstellung, an der sie sich festhält, wenn sie nicht einschlafen kann, weil die Augen zucken und die Hände ständig Wülste aus der Bettdecke formen. Acht Tage. Es kommt ihr länger vor, ein ausgedehnter Stillstand, ein hoffnungsloses Warten, dass alles wieder wird wie vorher.

Das Telefonat gestern mit Mella bestand fast nur aus Pausen. Atemgeräusche und ein Knacksen zwischen Halbsätzen, die aneinander vorbeischrammten. Wie macht sie das bloß, diese Frau da vorne in ihrem hellen Sarg, dass sie ihnen die Worte nimmt und auch die Gewissheit, die sie die letzten acht Jahre geteilt haben: dass sie einander verstehen, mit oder ohne reden. Wenigstens antwortete Mella am Ende »ich dich auch«, als Marie sagte, sie vermisse sie. »Später«, fügte Mella noch hinzu.

»Was meinst du?«, fragte Marie.

»Später erzähle ich dir alles.«

Mellas Stimme klang müde und zugleich sehr jung, fast wie die eines kleinen Mädchens. Alles? Mehr war aus Mella nicht herauszuholen. Das Wort machte Marie Angst, obwohl *alles* vielleicht gar nichts bedeutete.

Als Tote war Mellas Mutter nicht abwesend, wie man erwarten könnte. Das war sie ohnehin die ganzen letzten Jahre. Es war normal, dass sie nicht da war, nur als Bild, mit durchdringenden Augen, auf der Kommode im Wohnzimmer, gefangen in einer fernen Zeit, mit Mella als Baby auf dem Arm. Ein paar Kleidungsstücke im Schrank, die nach ihr rochen, das hatte Mella jedenfalls behauptet, wenn sie sich als Kinder verkleidet und im Schlafzimmer und auf dem Dachboden herumgestöbert hatten. Marie hatte nur Mottenkugeln und staubigen Lavendel gerochen. Cordula war ein Bild, eine Stimme vom Band und eine Figur in Geschichten mit Lücken, in denen Mellas Schweigen Marie manchmal Atemnot machte.

»Cordula ist tot«, sagte Alexander, als Marie vor genau acht Tagen spätnachmittags wie üblich von ihrem Schülerjob in der Konditorei mit übrig gebliebenen Kuchenstücken bei Mella vorbeikam. Marie hatte die Klinke noch in der Hand, seit einiger Zeit läutete sie nicht mehr, sondern machte einfach auf und rief, dass sie da sei. Er musste sie kommen gehört haben und hatte gleichzeitig mit ihr die Haustür geöffnet. Er stand da, als hätte er verloren, was ihn sonst drahtig und beweglich machte. Seine Arme baumelten neben dem Rumpf wie nicht dazugehörig. Für einen Moment wusste Marie gar nicht, wer das sein sollte, Cordula. »Mellas Mutter«, sagt er sonst, wenn er von ihr sprach. Er trat nicht zur Seite, um Marie ins Haus zu lassen. Sie wollte ihn umarmen, doch er wich einen Schritt zurück, streifte dabei ihre Hand vom Türknauf. Sein Blick zielte knapp an Marie vorbei auf die gegenüberliegende Straßenseite, wo zwei Nachbarinnen verstohlen herüberschauten.

Das Haus lag etwas abseits, wo die Straße in einen Feldweg mündet. Marie war früh dran heute, Mella würde erst in einer guten halben Stunde vom Volleyballtraining nach Hause kommen. Es war Mitte April, der Raps stand in diesem Jahr schon früh in voller Blüte, und seine leicht honigartige Süße verbreitete sich in der warmen Luft. Marie hatte sich auf das Kuchenessen mit ihrer Freundin gefreut, am Rand des Feldes, wo Mella und sie gerne saßen und in das berauschende Gelb schauten. Vielleicht könnten sie Alex zum Mitkommen überreden, hatte sie sich auf dem Weg hierher gedacht. Jetzt starrte er an Marie vorbei auf diese gelbe Fläche, während er mit ihr sprach, als wäre sie aus seinem Blick herausgerutscht.

Der letzte ernsthafte Versuch Cordulas, aus der Klinik heimzukehren, lag Jahre zurück. Es war nicht lange gut gegangen, damals, als sie Mellas Legosteine im Garten vergrub, einzeln, als wären es Samenknollen, und eines Nachts den halben Rasen vor dem Haus mit einer Blumenschaufel aufriss, um kleine Gräber für Mellas Stofftiere und Puppen auszuheben. Dann war Schluss. Marie erinnerte sich, wie Alexander die Puppen im Waschbecken wusch, abtrocknete und wieder anzog, mit leerem Gesicht und ohne ein Wort zu sagen, während sie auf dem Fußboden in der Küche stundenlang mit Mella Memory spielte, um sie abzulenken, und ein paar Mal absichtlich verlor, damit Mella sich freute, obwohl Marie dieses Spiel sonst gegen jeden gewann. Sie waren dreizehn und spielten schon eine Weile nicht mehr mit Puppen. Seitdem kam Cordula nur mehr hin und wieder für ein paar Tage nach Hause. Das Schlafzimmer wurde allmählich auch in Mellas Sprachgebrauch zu Alexanders Zimmer, Cordulas Bettseite war nichts als eine glatte weiße Fläche und Mella redete kaum mehr von ihrer Mutter. Wenn doch, dann war Marie da und wartete, bis es wieder vorbei war.

Marie reckt den Hals, um Mella und Alexander unter den Trauergästen zu erspähen. Von hinten ist das Geschiebe der Nachdrängenden zu spüren, darunter auch etliche Nachbarn und Leute aus dem Viertel, die Cordula gar nicht näher gekannt haben können.

Seit Mella alt genug ist, ist Alexander als Musiker wieder viel unterwegs, Kontakt mit Nachbarn hält er kaum. Dies ist eine kleine Stadt, kein Dorf. Man muss nicht alles voneinander wissen, doch man tut einander kleine nachbarschaftliche Gefallen, die Frauen schenken einander Blumenzwiebeln, tauschen Tipps bei Kinderkrankheiten und gegen Schnecken im Erdbeerbeet aus, die Männer bessern zum Wochenende an Häusern und Autos herum, das Übliche. Man grüßt, ist nicht unfreundlich, doch von Alexander hätte man sich keine Stichsäge geborgt und von Cordula kein Salz. Aber wer will das schon, denkt Marie. Stichsägen, Laubstaubsauger und Autopolitur.

Warum ist die Sache mit Cordula genau jetzt passiert? *Die Sache,* so nennt Marie Cordulas Selbstmord gegenüber den anderen, die sie darauf ansprechen, *die Sache* oder *das mit Cordula.* Warum jetzt, das beschäftigt Marie noch mehr als das Warum.

Sie fühlt die Tatsache des Todes wie die Verkrampfung in der Sekunde, bevor einen ein Schlag trifft, den Moment, bevor der unausweichliche Schmerz einsetzt. Man weiß es und erstarrt. Nur dass die Sekunde jetzt schon acht Tage lang dauert. Die Schultern tun ihr weh, der Rücken tut weh. So muss es sein, wenn man fünfmal so alt ist. Cordula hat ihr Alex und Mella entrissen, vorläufig jedenfalls. Es ist egoistisch, so zu denken, tadelt sie sich. Aber war es von Cordula nicht auch egoistisch, jetzt einfach abzutreten, wortlos, ohne Brücke für die anderen, die zumindest hätten hoffen können zu verstehen? So aber wird sie sie nicht in Ruhe lassen, Mella nicht, Alex nicht und auch sie nicht. Cordula ist tot, und Cordula ist zurück. Was für ein Comeback, denkt Marie.

Nach der Schule wird Mella für ein Jahr nach England gehen, und Marie einen Monat später in die Hauptstadt zum Studieren:

Sprachen und Psychologie fürs Erste. Ihre Eltern bestehen darauf, dass sie gleich mit der Uni beginnt: Ins Ausland solle sie erst, wenn sie bewiesen habe, dass es ihr mit dem Studium ernst sei. Die Eltern haben keine Matura und keine Ahnung. Marie hat ihren Vater erwischt, wie er das Wort *Philologie* im Brockhaus nachgeschlagen hat. Wissenschaften, von denen sie noch nichts gehört haben, sind ihnen unbehaglich, egal, wie bildungsbeflissen sie sich geben, wenn es um ihre Kinder geht. Nicht vor dem Studium hat Marie Angst, aber vor dem ganzen Rundherum:

Wohnen, Fortgehen, Meinungen, was, wer und wohin und wie. Zwei, drei entscheidende Fehler, und sie würde genau wie ihre Eltern niemals wissen, worauf es ankommt. Neulich hat sie sich mit Mella kaputtgelacht bei der Vorstellung, es gäbe irgendwo – »in einer anderen Dimension«, sagte Mella – ein Archiv der Zukunft mit der Abteilung »Spießigkeit«.

»Stell dir vor: Von oben bis unten vollgeräumt ist es da«, so Mella, »mit Autos, Ersatzteilen, Gartengeräten, Putzmitteln, Kochbüchern und Kostümen, was du willst. Immer ist etwas für dich dabei, bis du ins Gras beißt.«

Sie unterhielten sich eine ganze Weile damit, passende Objekte in alphabetischer Reihenfolge zu finden: Armaturenbrettnippfigur, Bügelbrettbezug, elektrische Citronenpresse, Dampfdruckkochtopf. »E wie Ehemann!«, rief Mella triumphierend. Sie lachten, die Arme um die Bäuche geschlungen. Sie hatten einen Joint geraucht, das machte es noch lustiger oder überhaupt erst lustig, das wusste Marie nie so genau.

»Und wie sieht es auf der anderen Seite aus? Im Archiv der Unspießigkeit?«

»Was meinst du?«, gab Mella die Frage zurück.

Diese Art Testfragen, die Mella gerne stellte.

Arrogant, dachte Marie manchmal, sprach es aber nicht aus.

»Leer«, sagte sie nach einer Weile, »einfach leer, ein großer Raum, eine Halle. Und ein Buch darin. Leere Seiten und Raum. Das wär's.«

Ein Schulterklopfen von Mella, ein leises Grinsen, als ob sie die Antwort genau wüsste. Arrogant, aber das war eben Mella. Allerdings kam Marie nur mit ihr auf so etwas, und nur mit ihr bezwang sie alle Angst. Das wog die Überlegenheit auf, gegen die Marie manchmal gerne rebelliert hätte.

Inzwischen beginnt die Verabschiedung. Marie bekommt nur mit, dass sich alle setzen und jemand von der Bestattung den Programmablauf ansagt. Sie ist schon auf einigen Begräbnissen gewesen, zuletzt auf dem ihres Großvaters, der bei der Gartenarbeit an Herzversagen gestorben war. Marie konnte damals wochenlang kaum einschlafen, weil sie horchen musste, ob ihr eigenes Herz noch schlug.

Alex und Cordula waren nicht religiös, was damals, als Mella in Maries Klasse kam, zusätzlich für Aufsehen sorgte. Marie bekümmerte damals der Gedanke, dass Mella nicht in den Himmel kommen würde, aber ihre Mutter versicherte ihr, dass sich Gott ziemlich großzügig zeige, wenn man nur ein guter Mensch wäre. Bald darauf verschwanden Himmel und Hölle ohnehin von ihrem Horizont. Auf das Leben zu hoffen und Angst davor zu haben, war derart vereinnahmend, dass Sorgen über das Weiterleben danach keinen Platz mehr hatten. Trotzdem ist es für Marie seltsam, dass es hier kein Kreuz und keinen noch so kleinen Hinweis auf Gottes wohlwollende Zeugenschaft gibt, nicht auf dem Sarg, nicht in den Texten auf den Kranzschleifen, nicht ein einziges kleines *Ewig*.

Auf dem Podium hinter dem Trauerredner, einem kleinen Mann mit grauem Pferdeschwanz, der sein Manuskript mehrfach auseinander- und wieder zusammenfaltet, beziehen einige Musiker Position, Freunde von Alex, Marie erkennt den Bassisten, ein schweigsamer, langer Mensch, der sie intensiv ansieht, aber nicht so, wie sie es von anderen Männern kennt. Keiner der Musikerfreunde von Alex flirtete jemals in seiner Anwesenheit mit ihr. Mella und Marie spekulierten darüber, was er ihnen angedroht haben könnte, und protokollierten jeden Blick, den man vielleicht doch so verstehen hätte können. Unter den Freundinnen der Musiker, die Mella und Marie auf den Konzerten zu Gesicht bekamen, waren manche keine zehn Jahre älter als sie.

Maries Blick sucht Mella und Alexander in der ersten Reihe. Groß und schmal sind sie beide, Mella trägt trotz der Hitze einen schwarzen Blazer, der ihr ein bisschen zu weit ist. Sie sitzt völlig reglos da, während Alexander einige Male von seinem Platz ganz außen in der Reihe hochschnellt, Worte mit den Musikern wechselt, sich wieder auf den Sessel fallen lässt, mit dem Fuß wippt und die Ferse in den Boden dreht, als würde er sich festschrauben wollen. Sein Blick flattert über die gefüllten Reihen, er nickt nach hierhin und dorthin. Nur Marie schaut er nicht an. Als würde er geradezu um sie herumschauen. Soll er, sie weiß, was sie weiß. Wenn das alles nur vorbei ist. Sie geht davon aus, dass ihnen Cordula kräftig in die Suppe spucken wollte. Vor allem Alex, aber auch Mella und ihr. Das war nicht zu trennen, zurzeit jedenfalls nicht. Nach dem Englandjahr würde Mella auf jeden Fall zu Marie in die Stadt ziehen. Und Alex, wer weiß.

Erst neulich hat Marie ihn gefragt, warum er und Mella ausgerechnet hierhergezogen seien. Sie saßen nach dem Abendessen zu dritt in der Küche, aßen Kuchen, den Marie mitgebracht hatte, und Mella blätterte missmutig im Lateinwörterbuch, weil sie versprochen hatte, die Aufgabe für sie beide zu erledigen, Alex war bei der zweiten Portion Spaghetti. Auf ihre Frage fuhr er sich mit

11

dieser Handbewegung, die sie so gern hat, über die Stirn, und tippte bei der Antwort spielerisch zwischen ihre Finger auf die Tischfläche. Keine große Sache, aber ihr wurde heiß vor Freude. Mella schaute nicht einmal auf, also war es in Ordnung. Tags darauf würde Cordula kommen, dann könnte Marie nicht mehr so viel Zeit hier verbringen. Cordula war leicht zu irritieren, man konnte es nicht voraussehen. Einmal konnte sie schon das Klingeln des Briefträgers aus der Fassung bringen, ein anderes Mal kochte sie für alle und lud außer Marie auch noch ihre Eltern zum Essen ein.

»Ich dachte, das hier wäre ein Ort, an dem Cordula vielleicht zur Ruhe kommt«, war seine Antwort, »an dem sie mit Mella einen Hafen hat, eine Heimat vielleicht sogar. Aber das hat nicht geklappt, wie du ja weißt.«

Er wusste also, dass sie wusste. Nur darauf kam es ihr an. Viel reden würde es verderben, also nickte sie nur ernst. Sie hörten Mella draußen, die ihr Heft geholt hatte, und er berührte Marie einen Moment an der Schulter. Da war es wieder, das offene Buch mit den leeren Seiten. Alles Mögliche könnte man hineinschreiben.

Jetzt winkt Alex irgendjemandem hinter ihr. Marie kennt die Leute nicht, die sich in eine der hinteren Reihen quetschen. So viele, die ganze Straße, alle Nachbarn. Tote in der Umgebung, das macht die Leute unruhig, das kitzelt irgendwo, wo man sich nicht kratzen kann.

Und auf diese Art. Schrecklich. Wie muss das nur. Vor ihren Augen, oder? Doch nicht. Die Flüsterer von vorhin sitzen genau hinter ihr. *Ganz allein. Und Gebrüll manchmal. Wie ein Tier. Soll ja alles. Voll. Und überall. Alle Wasserhähne offen. Rauch? Trotz der Medikamente. Seit Jahren schon. Ja, die Ärzte!*

Was wissen denn die! Feuer und Wasser. Davon hätte sie doch erfahren. Sie weiß nur, dass sie da vorne neben Alex und Mella sitzen müsste. Sie dreht sich zu den Flüsterern um, einem Mann und einer Frau aus den Wohnblöcken am anderen Ende der Straße. Der Mann ist Rentner, schwerhörig, das Arschloch. Die Frau arbeitet in der Wäscherei. Marie starrt den beiden ins Gesicht, sie bemerken es erst ein paar dumme Sätze später und verstummen blinzelnd. Jetzt wäre der Moment, es gut sein zu lassen, aber das kann Marie nicht, diese Idioten zwischen sechzig und scheintot sollen sofort den Mund halten, eher wird sie nicht mit dem Hinschauen aufhören. Ihr tut schon der Kiefer weh vom Starren und sie ignoriert das Verlegenheitslächeln der Frau. So hätte es Mella gemacht, Marie tut es für Mella, die nichts davon mitbekommt da vorne und der alle auf den Rücken starren: das arme Kind. Der Mann wedelt mit der Hand, wie gegenüber einem lästigen Tier. Marie hat plötzlich ein Bild im Kopf, wie die beiden im Park um die Ecke mit ihrem fetten Hund dahinstapfen, und zischt: »Ihr grottenhässlicher Hund sieht Ihnen so verdammt ähnlich! Aber wenigstens kann er nicht sprechen.«

Dann dreht sie sich um, langsam und würdevoll, die Schultern ein wenig dem Kopf voraus. Stille, nur von ihrer Mutter kommt ein seltsamer Laut, etwas zwischen Stöhnen und Husten, aber Marie sieht erst zu ihr hinüber, als ihre Schultern immer stärker zucken, und bemerkt, dass diese gegen einen heftigen Lachreiz ankämpft. Unmöglich, davon nicht mitgerissen zu werden, und so sitzen Maries Mutter und Marie beim Begräbnis der Mutter ihrer besten Freundin und schütteln sich auf ihren Metallklappstühlen, die jede Bewegung mit einem Knacksen begleiten. Nachdem die Mutter sich hinter einem fest auf die Lippen gepressten Taschentuch wieder zur Ordnung gebracht hat, gelingt es schließlich auch Marie irgendwie, das Lachen in ein angemesseneres Weinen übergehen zu lassen. Mit den Tränen fließt der Druck aus ihr heraus, nicht aber der Schmerz, ein kleiner, fester Knoten unter dem

Brustbein. Warum kann sie nicht bei Alex und Mella sein? Die Reihenfolge hat sich umgekehrt, früher waren es Mella und Alex, noch früher nur Mella. Wie damals auf dem Heimweg von diesem Konzert hätten sich ihre und Mellas Hände an seinem Rücken getroffen. Das ist erst ein paar Monate her. Sollen sie es doch sehen. Sollen sie denken, was sie wollen. Wieso interessiert das denn keinen: was wirklich ist. Als hätten sie davor die allergrößte Angst. Erbärmlich. Dieser Typ da vorne redet von Erbarmen, obwohl er kein Pfarrer ist. Aber ohne gewisse Wörter kommt man nicht aus, wenn es um den Tod geht. Alex sagt immer, er könne Blabla nicht leiden.

Soweit Marie dem Redner folgen kann, ist sein Blabla nicht von der schlimmsten Sorte. So richtig bringt Marie den Sinn des Ganzen nicht zusammen, das liegt an den Wörtern, von denen zu viele so groß sind, dass sie jeden unter sich begraben, den sie beschreiben wollen. Jetzt spricht der Mann über Cordulas Studienzeit, von Mella, die sie mit achtzehneinhalb bekommen hat, *das Kind, für das sie sich trotz aller Schwierigkeiten entschieden haben*, so drückt er sich aus, als wäre es schon eine besondere Leistung gewesen, Mella nicht gleich wieder loszuwerden. Insgesamt klingt es für Marie so, als wäre Cordulas Leben mit Mellas Auftauchen quasi vorbei gewesen. Dann geht es um die Reisen nach Afrika und Asien, die Cordula und Alex mit Anfang bis Mitte zwanzig unternommen haben. Mella war dabei, aber natürlich kann sie sich kaum an etwas erinnern. An gewisse Farben und ein paar Düfte aber schon, hat sie erzählt. Bestimmte Geräusche, gewisses Licht, ein Geschmack und eine Kombination aus allem. Manchmal sagte Mella: »Ich glaube, das kenne ich aus Afrika«, ein Gewürz, etwas Gebratenes auf einem Fest, ein Stoffmuster.

Jetzt spricht der Redner von Cordulas Begabungen, sein Pferdeschwanz wackelt auf und ab. Das Wort, das sich gerade mehrfach wiederholt, ist *vielversprechend*. Was sie nicht alles konnte! Stepptanzen, komplizierte Schichttorten backen, Klavier spielen, ganze Musicalpartien singen, malen, verblüffende Scherenschnitte machen, Leute nachmachen. Marie hat einiges davon mitbekommen, von anderem gehört.

Dazwischen war sie leider verrückt. Nicht schräg, nicht eigen, nicht ein bisschen plemplem, sondern verrückt, *narrisch*, wie Maries Eltern sagen. Davon wird hier nicht gesprochen. Cordula hat gar nicht so viel Zeit gehabt für all ihre Talente, denn die Verrücktheitsphasen wurden immer länger. Sie hat Mella geboren, aber eine Mutter war sie nicht, findet Marie. Und auch nicht Alexanders Frau, nicht mehr. Marie macht sich kalt mit solchen Gedanken, dann fühlt sie sich besser.

Der Redner hat eine weiche Stimme. Er hat sich als Studienfreund von Cordula und Alex vorgestellt. Marie vermutet, er war irgendwann verliebt in sie, chancenlos. Und jetzt ist er froh, dass er sie damals nicht bekommen hat. Aber das darf er nicht zeigen, vielleicht ist seine Stimme deshalb so besonders sanft. Lange hält es Marie nicht mehr aus.

Allzu lang war die Ansprache tatsächlich nicht, bravo. Einmal noch flackert das Wort *vielversprechend* auf. Was Sache ist, ist Sache: Cordula ist tot. Und vielleicht ist das auch gut so. So. Jetzt hat sie es gedacht. Dafür wird sie irgendwann büßen. Instinktiv duckt sich Marie. Musik setzt ein. Alex spielt für die Frau, die nicht mehr seine Frau ist, blass, den Blick in einen Punkt auf dem Boden gebohrt. Die Rückverwandlung von Cordula in Mellas Mutter hat vielleicht schon wieder begonnen, nur sie, steif und dumm vor lauter Verrücktsein und Totsein, bemerkt davon nichts. Vielleicht wird ja doch alles wieder gut, denkt Marie, wie immer folgt sie seinen Fingern, die sich über die Saiten bewegen. Jetzt schaut er auf. Es macht nichts, dass er Marie nicht sieht. Er hat ihr erzählt, dass er meist nichts und niemanden sieht, wenn er spielt, und auch danach noch für ein paar Sekunden nicht. Er sieht aber auch Cordula nicht. Wie könnte er, wo sie doch tot ist. Falls Marie etwas anderes geglaubt hat, dann war sie nichts als verwirrt.

»Glaub der Musik. Musik ist ehrlicher, als Worte es je sein können.« Mella verdreht die Augen, wenn er so etwas sagt. Marie lauscht angestrengt, aber sie versteht nicht. Sie hat keine Ahnung, was die Musik ihr sagen und was sie ihr glauben sollte. Was sie hofft, weiß sie. Und mit einem Mal ist diese sanfte Unerbittlichkeit, dieses Unausweichliche auch in der Musik. Ihre Mutter, die eine richtige Mutter ist, hält ihr Papiertaschentücher hin. Dann endlich ist es vorbei, und sie darf gehen und draußen auf Mella warten, die ihr irgendwann mit grauem Gesicht in die Arme läuft.

2
Business-Class

Es wäre albern gewesen, sich das Taxi nicht zu teilen. Außerdem sind sie beide zu müde, um noch angespannt zu sein. Seit zwanzig Stunden sind sie schon unterwegs, Mella von München, Marie von Wien nach Frankfurt, von dort nonstop nach Tokyo. Zwei, drei Fahrzeuge drehen unwillig ab, während der Lenker eines ledergepolsterten Lexus unter einer Serie blitzschneller Verbeugungen unterwürfig und gierig zugleich Hand an ihr Gepäck legt. Nach der elektrisierenden Geschwindigkeit des Zuges macht das Schritttempo Marie unruhig, in dem sich der Wagen durch ein Netz enger Gässchen bewegt. Der Fahrer trägt weiße Handschuhe, die Kopfstützen sind mit Spitzendeckchen belegt. Als Mella geistesabwesend eines hochklappt und den Rand zwischen den Fingern aufzwirbelt, wirft ihr der Mann via Rückspiegel einen tadelnden Blick zu. Sie lehnt sich zur Seite, schließt die Augen, als sie über einen taghell erleuchteten Platz gleiten, vorbei an einer größeren Gruppe von Mädchen, die wie Manga-Figuren gekleidet sind: Rüschenschürzen zu Spitzenstrümpfen, Karo-Miniröckchen und Samtkäppchen, Fantasieuniformen und überdimensionierte Schnuller, die an langen Ketten baumeln.

Sie wollen Kinder bleiben, denkt Marie, das ist das Gegenteil von dem, was wir damals wollten.

Gelächter und Geschrei, unhörbar im Wageninneren, verzerrt die Gesichter. Marie wirft einen Seitenblick auf Mella. Das sirupartige orangefarbene Licht, in das alles getaucht ist, wischt das Vertraute aus ihrem Gesicht. Das Kinn ist spitzer als früher. Die scharfe, v-förmige Linie zwischen den Brauen war am Flughafen in Frankfurt noch nicht zu sehen. Jetzt könnte Mella irgendeine Konferenzteilnehmerin sein, die zufällig mit demselben Flugzeug gekommen ist.

Schon von Weitem erkennt Marie Mellas Umrisse, die schmalen Schultern, Kopfhaltung und Gang, das leicht nach innen gedrehte rechte Bein. Mit zwanzig hätte sie Mella besser beschreiben können als sich selbst. Nachdem sie sich auf dem Abflugterminal in Frankfurt schon gezwungen hat, nicht dauernd nach Mella Ausschau zu halten, ist sie froh, als sie endlich auftaucht, trotz eines kleinen, zittrigen Erschreckens, das sie jäh in der Kehle spürt. Heller Trenchcoat, Jeans, entschlossener Gang, Unisextasche, nichts Auffälliges, hochgezwirbeltes Haar in einem gesträhnten Aschblond. Nur die großen Kreolen, an denen filigrane silberfarbene Ornamente baumeln, erinnern an Mellas früheren etwas dramatischen Stil. Kleines Gepäck, keine Aufkleber. Vielfliegerin, beruflich unterwegs, gut situiert, so fiele die Einschätzung von außen wohl aus. Als sie Marie entdeckt, hebt sie die Hand, ein angedeutetes Winken, und in Marie blitzt der bösartige Gedanke auf, ob Mella die Situation in Gedanken durchgespielt und die Geste eingeübt hat. Dabei war sie es, die sich heute Morgen, als sie auf das Taxi wartete, gefragt hat, wie Mella sie wohl sähe. Was würde Mella über sie denken? Wen würde sie vor sich erkennen? Will ich es wirklich wissen, fragt sich Marie.

In letzter Zeit verliert sie ohnehin das Gefühl für ihre Wirkung auf andere. Sie ist jetzt Mitte vierzig, eine Tatsache, die ihr keine Probleme bereitet. Aber manchmal, wenn sie sich plötzlich in einer Glastür oder einem Schaufenster gespiegelt gegenübersteht, nimmt sie sich einen Moment lang wahr wie eine Fremde. Die selbstverständliche Kongruenz von Innen und Außen bekommt Risse.

Als Mella und sie einander schließlich gegenüberstehen, hat der Blick der Freundin von früher nichts Forschendes, verrät keine Neugierde. Nach einem Augenblick des Zögerns, unbestimmbar, von wem es ausgeht, geben sie einander linkisch die Hand, Mellas Nägel stoßen dabei an Maries Handfläche. Als Marie ihre Stimme hört, die sich nicht verändert hat, eine dunkle Frauenstimme mit einem kleinen Kratzen darin, verliert sich der Eindruck des Gealtertseins beinah vollständig. Marie antwortet nicht gleich auf Mellas Gruß. Die gegenseitige Versicherung, wirklich gut auszusehen, ist ein Zugeständnis an ihre offensichtliche Verlegenheit. Davon abgesehen stimmt es, Marie ist erleichtert darüber. Zu einer beschädigt wirkenden Mella Abstand zu halten, wäre schwieriger. Sie würde darüber nachsinnen, was ihr wohl widerfahren sein mochte, diese und jene Möglichkeit durchspielen und vielleicht auch gegen einen leisen, unschönen Triumph ankämpfen müssen.

Die Tagung, zu der sie unterwegs sind, ist international und interdisziplinär, obwohl die Zahl der asiatischen Teilnehmer überwiegt. Marie wird zwei Wochen in Japan bleiben, Mella hängt ein paar Tage an, habe aber noch weitere Aufträge, sonst hätte sie die Agentur kaum geschickt, fügt sie hinzu. Anschließend müsse sie nach Yokohama zu einem Treffen internationaler Wirtschaftstreibender und zu irgendeiner größeren Umweltsache.

Marie fragt nach Mellas beruflichen Projekten und kommt sich verlogen vor, weil sie sie längst gegoogelt hat. Sie arbeite nach fünfzehn Jahren in diversen Fixanstellungen endlich wieder als freie Journalistin, in den letzten Jahren mit Schwerpunkt Wissenschaft, erzählt Mella. Marie möchte nicht enttäuscht sein, dass Mella ihrerseits kaum Fragen stellt. In der Reihe vor dem Check-in schweigen beide. Einen Moment lang findet Marie es beengend, als würde sie durch einen Strohhalm atmen. Nichts ist übrig von der ruhigen Abgeklärtheit, die in den letzten Jahren ihre seltener werdenden Gedanken an Mella begleiteten. Aber nichts davon dringt nach außen. Zum Glück fliegen sie Business-Class, also ist die Schlange der Wartenden kurz. In der Maschine sitzen sie etliche Reihen entfernt voneinander. In den ersten Flugstunden geht Marie ihren Vortrag durch, wiederholt die englischen Schlüsselbegriffe, was nur mäßig gelingt, bevor sie nach einem doppelten Bourbon in den typischen unruhigen Halbschlaf der Reisenden fällt, voller verwirrender Traumfetzen, die nach dem Erwachen noch eine Weile an ihr kleben.

Da sie dem Morgen entgegenfliegen, wird es nach nur wenigen Stunden wieder hell. Marie beobachtet die dahinziehenden Wolkengebirge, und wo sich Lücken auftun, die zu Farbschattierungen und unregelmäßigen Flickenmustern reduzierten Landschaften, die vage und unhaltbar vorbeiziehen wie ihre um Mella mäandernden Gedanken.

Marie ist tatsächlich für ein paar Minuten im Taxi eingenickt. In dieser Straße gibt es kaum Aufschriften in lateinischer Schrift. Überall sind Menschen mit bonbonfarbenen Einkaufstüten und stoischen Gesichtern. Unvermutet blitzen hinter Maries Lidern ein paar Mal rasch hintereinander Bilder dieser absurden Holzverschläge voller Totenschädel und sorgsam geschlichteter Oberschenkelknochen auf, Aufnahmen von den kambodschanischen Killing Fields aus den 70er Jahren, die sie vor ein paar Wochen bei einem Vorbereitungstreffen zur Konferenz gesehen hat. Sie schaut nach draußen, um die Bilder zu verjagen. Die Augen offenhalten. Die japanischen Zeichen auf den Leuchttafeln wirken im Vorbeifahren wie unverständliche Zurufe, die sie beunruhigen. Im Auto riecht es nach Nadelbaum und Gummibärchen. Sie bemüht sich, flach zu atmen.

Die Einladung zur Tagung ist auf Vermittlung eines früheren Lehrtherapeuten zustande gekommen. Für einige Zeit führte Marie Interviews mit strafgefangenen Gewalttätern. Ihre Studien zu Tätern aus dem Balkankrieg Mitte der 90er Jahre, für die sie mehrere Male in Den Haag gewesen war, fanden Beachtung in Fachkreisen, vor allem das Folgeprojekt, bei dem sie die Ehefrauen und Lebensgefährtinnen der angeklagten Männer in den Mittelpunkt stellte. Vor einem Jahr erhielt sie das Angebot eines renommierten Verlags, ein Buch daraus zu machen, das mittlerweile fast fertig ist. Trotzdem ist sie unsicher, was ihr Referat betrifft. In Japan war sie noch nie. Hier ein Kongress zur Täterforschung würde vermutlich spannend werden. Immerhin ist dies ein Land, in dem hochrangige Politiker alljährlich einen Schrein zur Ehrung von Kriegsverbrechern besuchen, ein mit bemerkenswerter Sturheit eingehaltenes Ritual, das ebenso rituelle Proteste aus dem Ausland nach sich zieht.

Als Marie die Einladung annahm, kam ihr kein Gedanke an Mella. Sie wusste nicht einmal, womit sie sich gerade befasste. Seit neunzehn Jahren haben sie einander nicht mehr gesehen und seit Langem leben sie in verschiedenen Städten. Auf der Liste akkreditierter Journalisten sprang ihr plötzlich Mellas Name entgegen. Beim ersten Mal überlas Marie ihn sogar: Doch da war sie, Mella, eingeschlossen zwischen Doktortitel und dem Namen ihres Ehemannes, der sich zwischen den Vornamen in der prätentiösen Langform »Amelia« und ihren Mädchennamen hineingezwängt hat.

Abzusagen hätte sich Marie nicht durchgehen lassen.

Mella richtet sich auf, wirft ihr ein müdes Lächeln zu, das nichts Persönliches hat. Sie klammert die Finger um die Henkel ihrer Tasche, die Knöchel treten weiß hervor. Auch das erkennt Marie wieder: Nur Mellas Hände verraten die Anspannung. Während sie vor der Hoteleinfahrt auf den Boy warten, sieht Marie ihre Spiegelbilder in der Glasfront nebeneinander. Wie oft sind sie in ihrer Studentenwohnung so vor Spiegeln gestanden, um sich fürs Ausgehen zu schminken, oder in irgendwelchen Lokalen, wo sie sich in der Damentoilette trafen, um einander im Stakkato-Stil das Wichtigste des Abends zu berichten. Die Bilder sind mächtiger als jeder Vorsatz, Distanz zu wahren.

Sicher, sie tut ihr Bestes. Auch wenn man geübt darin ist, es kostet Kraft, und Marie weiß, dass die Leere vieler Gesichter, die einem tagtäglich begegnen, von dieser habituell gewordenen Beherrschung herrührt, ohne die wir meinen, nicht leben zu können.

Damals dachte Marie, sie würden voneinander jede Bewegung kennen, jede Geste, jeden Ton. Aber vielleicht lag gerade darin der Irrtum, wo sie ihren größten Schatz hatten: in ihrer angeblichen Geheimsprache, ihrer stillen Übereinkunft?

Ihrem Deutschlehrer im Gymnasium hat es gefallen, ihnen in den letzten beiden Schuljahren scharfzüngige Zitate großer Dichter und Denker vor den Latz zu knallen und sie zu schriftlichen Stellungnahmen von mindestens tausend Wörtern zu verdammen. Beide liebten sie solche Aufgaben und überschlugen sich in sophistischen Argumentationsketten, auch das verband sie. Sie waren damals sicher, dass jeder Mensch ein eigenes Alphabet war, eine unerschöpfliche Welt für sich, vielleicht niedergehalten von inneren und äußeren Grenzen, doch keineswegs nur ein *Abgrund*. Dieses Büchnerzitat über den Menschen war eine dieser Aufgaben, die sie fürchterlich ernst nahmen. Damals hatte Büchner noch nicht recht, trotz Cordula. Ihnen beiden, so versicherten sie einander, würde gewiss *nicht schwindeln, wenn sie hinabblicken würden in sich selbst.*

»Ich dachte, ich kenne dich,« hat Marie Jahre später gesagt.

»Tust du ja auch«, war Mellas lapidare Entgegnung, was sie nicht verstand. »Wir haben uns beide getäuscht.«

Aber ja, wir kennen uns, weißt du nicht mehr? Wir haben uns nicht getäuscht, wir täuschen uns jetzt!

Was hätte Marie alles aufzählen können. Warum hat sie es nicht getan? Trauern, warten, kampflos aufgeben. Es wäre Mellas Sache gewesen, den ersten Schritt zu tun, das meinte Marie jedenfalls. Die Dinge verformen sich manchmal zu sehr beim Nachdenken, das weiß sie. Das Warten auf Mella, auf irgendetwas, auf eine Erklärung, ist nur sehr langsam ausgedünnt.

Als sich die Hoteltür öffnet, folgt eine kleine Serie lächelnder Verbeugungen, Begrüßungsworte in sanft zwitscherndem Englisch, alles zusammen ein irritierend automatisiert wirkender Ablauf. Fast beruhigend, dass die junge Hotelangestellte tiefe Augenringe hat und eine einzelne Haarsträhne aus der wie lackiert glänzenden Pagenfrisur springt. Das Lächeln verharrt wie festgeklebt, bis sie aus dem Horizont der Lobby in den Lift entschwinden.

Mellas Nackenlinie könnte Marie noch immer mit geschlossenen Augen zeichnen. An ihrem Hals zeichnen sich kantig die Wirbel ab und in ihrer aufrechten Haltung liegt etwas Bemühtes. Mella und bemüht! Mella, die sich überall laut gähnend fallen lassen konnte und einschlafen, im Sitzen, im Lehnen, auf Bahnhöfen, überfüllten Festen, auf Küchenfußböden. Damals in den Wochen nach dem Tod ihrer Mutter hat sie dauernd geschlafen, war morgens kaum wachzukriegen und nickte schon vor Mitternacht in irgendwelchen Lokalecken ein. Sie habe einfach keine Lust mehr wach zu sein, sagte sie, wenn Marie sie rüttelte, ihr Kaffee einflößte. Das sei eben ihre Variante von Augen zu und durch, und sie sollten sie doch endlich in Ruhe lassen. Mella trank und rauchte nicht viel nach Cordulas Tod, und in Gegenwart anderer weinte sie nicht. Da war nur dieses ständige Schlafenwollen. Sie sollten doch bitte ruhig eine Runde fahren, baden gehen, was immer, Alex müsse auch einmal hinaus. Nein, sie sollten sich keine Sorgen machen, wieso auch? *Sie* war ja schließlich nicht die Verrückte. Wenn sie dann nicht nachgaben, wobei Marie stets hartnäckiger war als Alex, konnte Mella giftig und gemein werden, bis sie sie schließlich zurückließen.

Es war einen Monat vor der Matura, als das mit Cordula passierte, vor dem Sommer, der *der Sommer ihres Lebens* hätte werden sollen, Mädchengerede, mit dem sie einander über das letzte Schuljahr halfen, wobei sie ironisch taten, an das sie aber ganz fest glaubten: Wohin sie fahren würden und was alles erleben! Vielleicht würden sie Alex irgendwo treffen. Das war sogar Mellas Idee gewesen, nicht ihre. Er war ein junger Vater, noch keine vierzig, und Mella hatte ihm gegenüber nicht die übliche augenverdrehende Haltung, mit der ihre Freunde und auch Marie Distanz zu ihren Eltern ausdrückten. Mella und ihr Vater, das war etwas ganz anderes. Jetzt ist Marie vierundvierzig, Mella ein Jahr älter, und Alex ist vierundsechzig, spielt noch da und dort, unterrichtet. Das weiß Marie, weil sie ihn von Zeit zu Zeit googelt. Dann studiert sie sein älter werdendes Gesicht, und wenn sie einen Anflug von unbestimmter Melancholie kommen spürt, klickt sie weg. Marie könnte froh sein, dass ihre Begegnung mit Mella so unspektakulär verläuft. Genau dieses Szenario erschien ihr in den Tagen vor der Abreise als das bestmögliche: bloß nichts Bedeutungsschwangeres.

Im japanisch eingerichteten Zimmer befindet sich kein Bett, stattdessen liegt eine zusammengerollte Tatamimatte in einem Schrank mit papierbespannter Schiebetür, daneben Laken aus feinem Leinen und eine zu dünne Decke. Das Telefon blinkt grün und gelb und sieht kompliziert aus. Wenn Marie die Augen schließt, ist da noch dieses tiefe Motorenbrummen aus dem Zug oder dem Flugzeug. Ihr tun die Beine weh vom langen Sitzen, und ohne ein Glas Wein wird sie nicht einschlafen können, also geht sie noch einmal hinunter. In der Mitte der Hotellobby steht auf einer halbhohen Säule ein stilisierter Schwan mit einem üppigen Blumenbouquet.

Mein lieber Schwan, denkt Marie, eine Zeitlang haben wir das doch dauernd gesagt. Sie hatten es von ihrem Biologielehrer, einem eigenwilligen, harmlosen Kerl, der sie zum Lachen brachte. Mein lieber Schwan! Mein liebes Huhn, mein lieber Dachs, Luchs, Fuchs, Ochs! Wenn man miteinander in der Morgendämmerung auf einem Fahrrad nach Hause fährt, ausgelaugt und überdreht zugleich, vom Eifer zu beeindrucken und sich zugleich zu amüsieren, dann noch stundenlang wachliegt und sich dabei langsam betrinkt. *Mein lieberlieberlieber Schwan. Meine liebe Schwänin! Meine Liebste! Wiehastdu! Wiekonntestdunur und wiekannstdu.* Am Ende ein Dröhnen in den Ohren, die hämmernden Beats aus den raumhohen Boxen waren dagegen gar nichts. Ich bin schon viel zu lange wach, denkt Marie.

Der Schlaf lässt trotz zwei Gläsern Wein auf sich warten. Marie zwingt sich ruhig zu liegen. Dicht an ihrem Ohr ein Geräusch, als würde jemand regelmäßig und tief atmen. Sie tastet nach der Fernbedienung, die neben dem Bett in einer Halterung steckt, erwischt aufs Geratewohl einen Knopf, der das Geräusch zum Verschwinden bringt. Etwas hier bringt einen dazu, sich leise und zurückgenommen zu bewegen, das Geräusch von Schiebetüren, die hin und her huschenden, sich routiniert verneigenden Schatten hinter papierbespannten Raumteilern, der Geruch nach Teepulver und aromatisierter Chemie. Das Haus schüchtert sie ein mit seiner fremden Ordnung, mit seinem getakteten Wasserdampffauchen aus elektrischen Luftbefeuchtern, auch die Stadt, von der sie nichts kennt außer ein paar Fakten aus dem Reiseführer. Mella liegt hinter ein paar dünnen Wänden im selben Gang, auf der gleichen Tatamimatte, aus der ein schwacher Geruch von Seegras aufsteigt. Zwei- oder dreimal auf dem langen Flug brachte sie Marie ungefragt von vorne etwas zu trinken mit, lächelte sie an. Manchmal ist etwas einfach das, was es ist, und bedeutet nichts weiter, begreif das endlich, sagt sich Marie, während sie sich hin und her dreht. Will sich Mella einfach unverbindlich durch diese Woche hindurchlächeln? Nein, Marie will doch kein Gespräch über vergangene Zeiten. Zumindest will sie keinesfalls, dass Mella über Reden oder Nichtreden bestimmt. Sie ballt die Fäuste unter dem Laken und scheut sich davor einzuschlafen, als wäre Träumen eine Gefahr.

3
Mütter

Das Wort *Sanatorium* hörte Marie zum ersten Mal von Mella. Das
sei ein Krankenhaus für Leute, die wahrscheinlich nie mehr gesund würden, fügte sie hinzu, dort sei ihre Mama. Mellas Gesicht
blieb dabei reglos. Gerne hätte Marie etwas Tröstendes gesagt,
aber ihr fiel nichts ein.

Mella kam im Winter in Maries Klasse, im zweiten Gymna-
sialjahr kurz vor Weihnachten. Es roch nach den feuchten Män-
teln und Wollsachen, die sie aus Platzmangel hinten in der Klasse aufhängen mussten, und Marie war müde wie immer, wenn
sie noch im Dunkeln aufstehen und zur Schule fahren musste.
Die Lehrerin schob das neue Mädchen an den Schultern in die
Klasse und stellte es vor. Dabei dehnte sie das E in der Mitte des
Namens Amelia in die Länge, als würde sie sich über ihn lustig
machen. Da und dort flackerte ein Kichern auf, das die Lehrerin mit einer Handbewegung zum Verstummen brachte. Mit
einem Mal war Marie wach. Die Neue hatte helle, große Augen,
vielleicht blaugrün, sie trug eine schwarze Strickmütze mit
Ohrenklappen, wie man sie seit Kurzem bei älteren Mädchen
sah, und einen passenden Schal mit Silberfäden in den Fransen,
genauso einen, den Marie brennend gerne gehabt hätte. Aber
ihre Mutter war der Meinung, dass Schwarz keine Farbe für ein
Kind sei. Ein *Kind*! Sie war doch schon zwölf. Entweder hatte
die Mutter der Neuen andere Ansichten, oder sie konnte sich
gegen sie durchsetzen. Beide Möglichkeiten waren hochinteressant.

Noch mehr aber weckte Maries Aufmerksamkeit, was als Nächstes geschah: Mit einer gewandten Bewegung entzog sich diese *Ameeelia* dem Griff der Lehrerin und trat einen Schritt nach vor, blickte in aller Ruhe in die Klasse, keineswegs schüchtern, eher als hielte sie nach jemandem Ausschau, der es wert wäre, genauer betrachtet zu werden. Als ihr Blick an Marie hängen blieb, freute die sich, fast fühlte es sich wie Erschrecken an, wie ein kleiner elektrischer Schlag. Gleich darauf wurde ihr klar, dass die Neue wahrscheinlich nur den leeren Platz neben ihr bemerkt hatte. Maries beste Freundin Hanna fehlte gerade wegen der Windpocken. Amelia glitt auf Hannas Sessel, nahm nach der Aufforderung der Lehrerin zwar die Mütze, nicht aber den Schal ab. Marie flüsterte: »Du heißt also Amelia?«

Ein fast unmerkliches Kopfschütteln folgte.

»Mella.«

Mella war mit ihrem Vater aus einer großen Stadt im Norden hergezogen, hatte zwei Katzen, tolle Kleider, eine Mutter im Sanatorium und noch etwas, wofür Marie keine Worte hatte. Was es war, würde sie herausfinden.

Als Hanna mit spitzem Gesicht und noch blass von der überstandenen Krankheit in die Schule zurückkehrte, zählte schon nichts mehr, was vorher für mindestens zwei Schuljahre unverrückbar gewesen war. Marie hatte ein schlechtes Gewissen, als sie der sanftmütigen, etwas plumpen Hanna mit den akkuraten Heften und dick belegten Jausenbroten sagte, dass sie leider nicht mehr neben ihr sitzen könne – außerhalb von Mellas Hörweite, denn Marie war sich keineswegs sicher, ob Mella überhaupt großen Wert auf den Platz neben ihr legte. Hannas zitterndes Kinn und die fantastischen doppelten Schmalzbrote ihrer Großmutter hatten einfach nicht mehr genug Gewicht.

Als Mella den neuen Schülerausweis ins Federpennal schob,

den ihr die Lehrerin gegeben hatte, bemerkte Marie das Foto einer jungen Frau mit einem pausbackigen Kleinkind auf dem Arm, das Mellas leicht schräg stehende, helle Augen hatte. Mellas Mutter sah nicht wie eine Mutter aus. Sie war sehr jung. Mella nannte sie meist bei ihrem Vornamen, Cordula, wenn sie von ihr erzählte. Undenkbar für Marie, von ihrer eigenen Mutter als Johanna oder gar Hanni zu reden. Als Cordula Mella bekommen hatte, war sie gerade erst mit der Schule fertig geworden. Sie trug Lippenstift, trotz des Babys auf dem Arm große Ohrringe und offenes Haar, in das eine überdimensionale Sonnenbrille geschoben war. Sie hielt Mella, als wüsste sie nicht recht, wohin mit ihr. Die Mutter-Kind-Fotos, die Marie kannte, sahen jedenfalls anders aus. Die Mütter waren ungeschminkt, praktisch gekleidet, strahlten und hatten ein wachsames Auge auf die Kleinen im Planschbecken, Sandkasten oder in der Hollywoodschaukel, und wenn sie sie im Arm hielten, wirkten sie, als wären sie zusammengewachsen, eine Art glückliches Mutter-Kind-Tier, und fänden das auch völlig in Ordnung. War Mellas Mutter auf dem Foto schon krank gewesen? Marie getraute sich nicht, danach zu fragen.

Auf dem Heimweg dachte Marie über Kranke und Krankheiten nach. Einer ihrer Großväter war eines Sommernachmittags in seinem großen Obstgarten, wo sie und ihr Bruder oft gespielt hatten, plötzlich gestorben, ohne vorher krank gewesen zu sein. Noch kannte sie niemanden mit langer Krankheit und hatte daher auch nicht verstanden, warum die Erwachsenen den Tod des Großvaters als schön bezeichnet hatten. Sie hatte die Leere entsetzt, die seitdem nicht mehr aus dem Garten verschwand und mit kalten Händen in ihr Inneres zu greifen schien, selbst wenn dort alles bunt und blühend war und ihre Eltern, Tanten, Onkel und Cousinen um den Gartentisch saßen, den ihr Opa getischlert und in den sie mit einem Nagel ihren Namen geritzt hatte, sodass sie nicht mehr hinwollte, nie mehr.

Abgesehen von ihrem Opa kamen ihr nur ihre Freundinnen, ihr Bruder und sie selbst in den Sinn, die von Zeit zu Zeit Fieber, Bauchweh, Hals- und Ohrenschmerzen bekamen, Windpocken, Röteln, Übelkeit, Durchfall oder Schnupfen. Wenn man krank wurde, fielen die Erwachsenen ohne Zurückhaltung über einen her, und die kargen Rechte, die einem als Kind zugestanden wurden, traten sofort außer Kraft: Es wurde einem etwas eingeflößt, man wurde verbunden, herumgedreht, Kaltes oder Heißes wurde hierhin und dorthin gedrückt. Musste auch Mellas Mutter bittere Flüssigkeiten schlucken und liegen bleiben, solange es die Schwestern und Ärzte verlangten? Wieso schien niemand zu wissen, wie sie gesund und wieder eine richtige Mutter für Mella werden konnte? Die Fragen stachen in Maries Kopf.

Das Angenehmste am Kranksein war das Fieber. In seiner leichten Form war es ein sanftes Geschaukeltwerden auf einem gemächlich dahinschreitenden Kamel oder einem Elefanten, das einen am Rande des Einschlafens hielt. Das Beste daran war, dass man gar nicht anders konnte und dass man zu nichts gezwungen wurde, was den erwachsenen Befehlshabern in den Sinn kam (das waren sie immer, unabhängig davon, ob man sie liebte oder nicht). Keine Hausaufgaben, kein Staubwischen, kein Ausleeren des Katzenklos. Man musste nichts und war an nichts schuld. Alles war aufgeschoben.

Marie führte das Ansteigen des Fiebers manchmal absichtlich herbei, indem sie sich zwang, bis zur Erschöpfung zu laufen, wenn sie das Krankwerden kommen spürte. Wenn sie dann im Bett lag, bekam alles Mögliche Augen, Gesicht und Gestalt, die Blumenranken der Tapete wucherten in Träume hinein, der Tisch war kein Tisch mehr, sondern ein Floß, das sich im Schilfgürtel eines

Flusses verfing, der im eigenen Kopf entsprang, in den Falten der Vorhänge turnten Dschungelwesen. All das war schön, trotz klebriger Zunge und Kopfweh. Maries Mutter setzte sich dann mit einem Strickzeug neben sie und passte auf, während Marie bemerkte, wie selbst die eigenen Hände, die blass und leblos wie erschöpfte Tiere auf der Bettdecke lagen, ganz fremd wurden, wenn man sie lange genug ansah. Saß auch jemand neben Mellas Mutter? War ihre Krankheit so etwas wie ein Fieber, das nicht aufhörte? Oder etwas ganz anderes?

Mella mochte das Krankwerden, das sie kannten, aus genau denselben Gründen wie Marie. Ab jetzt würde sie jemandem davon erzählen können, der nicht die Augen verdrehte und ihr erklärte, dass sie verrückt sei, wie Hanna es immer tat und ihr dann ein Stück von ihrem Jausenbrot anbot. Dabei machte das Erzählenkönnen doch alles doppelt so schön. Schon als Kind fürchtete Marie sich davor, mit einer Erfahrung allein zu bleiben. Auch darin fühlte sie sich Mella unterlegen, die anscheinend mit so vielem allein sein konnte oder sogar wollte.

Auch das Wort Sanatorium kam Marie bei ihren Grübeleien wieder in den Sinn. Es klang bedeutend und ehrwürdig. Sie stellte sich ein schlossartiges Gebäude vor, vor dem die Kranken im Sommer auf gepolsterten Liegen gebettet waren, wie die Gäste auf dem Kreuzfahrtschiff, das sie im Fernsehen gesehen hatte. Mit langen, durchscheinenden Gliedern und einer Sonnenbrille im alabasterfarbenen Gesicht läge Mellas Mutter unter einem Schirm, das Haar unter einem Seidentuch verborgen, wie Marie es von den Fotos französischer Filmstars in den Zeitschriften kannte, die ihre eigene Mutter an Samstagnachmittagen durchblätterte. Marie hatte das Wort Alabaster aus den Märchen, wo es irgendwie zu den Prinzessinnen gehörte, die gerettet werden mussten. Also passte es auch zu Cordula. Vielleicht könnte Marie später einmal mitfahren, wenn Mella und ihr Vater die Mutter besuchten? Mella würde sie dann so vorstellen: »Mama, das ist meine beste Freundin Marie.« Cordula wäre freundlich und sehr müde. Sie spräche leise, mit einer Stimme wie aus feinem Porzellan. Alle gingen auf Zehenspitzen. Beim nächsten Besuch würde die Kranke sagen, wie froh sie sei, dass ihre Tochter ein so nettes Mädchen wie Marie als Freundin gefunden hätte, und Mella würde ihr das weitererzählen, in der großen Pause, sodass es andere zufällig mitbekämen.

Sie malte sich auch Cordulas Zimmer genau aus, die Vorhänge, die Blumen, die Aussicht aus dem Fenster. Das Stechen in Maries Kopf hörte auf, und beinah versäumte sie es, an der richtigen Bushaltestelle auszusteigen. Mellas Mutter war bestimmt nicht gerne krank, wenn sie deshalb doch so lange von Mella und ihrem Vater getrennt sein musste. Mella musste sie entsetzlich vermissen, zeigte es aber nicht. Allerdings würde Cordula ihre Tochter auch nicht andauernd an all die Dinge erinnern können, die zu tun oder zu lassen wären. Sie war ja vollends mit dem Kranksein beschäftigt. Marie stellte sich vor, wie sie nach den Mahlzeiten mit geschlossenen Augen dalag, ein Medaillon hervorzog, es aufklappte und ein Bild von Mella darin betrachtete.

»Wer passt auf dich auf, wenn du krank bist?«, hatte Marie gefragt.

»Mein Vater«, antworte Mella und ergänzte: »Weißt du, er ist Musiker«, als ob diese Tatsache ihn dafür besonders geeignet machen würde. Ein Vater, der Musiker war, war Marie fremd, einer, der wie eine Mutter war, sich neben das Bett setzte und einem die Stirn fühlte, noch mehr. Ein Vater war dafür zuständig, dass die Dinge funktionierten, die funktionieren mussten, so war es bei ihr und auch bei den anderen Kindern.

»Spielt er dir vor?«

»Sicher, wenn ich will«, meinte Mella.

Als Marie zu Hause ankam, sah sie durch den Milchglaseinsatz in der Wohnungstür ihre Mutter als diffusen Farbfleck hin und her huschen. Oft tat sie mehreres gleichzeitig, kochen, telefonieren, den Einkaufszettel schreiben. Sie arbeitete halbtags in der Stadtbücherei und hatte es mittags eilig, deshalb fragte sie meist nicht viel, wenn Marie und ihr Bruder Felix nach Hause kamen. Auch heute warf sie ihr nur eine Kusshand zu und ermahnte sie, die Schultasche nicht im Flur liegen zu lassen. Alles war so sehr wie immer, dass es Marie das Herz zusammenzog. Mit einem Mal war die Möglichkeit, dass es einmal nicht mehr so sein könnte, in Maries Kopf vorhanden, und deshalb würde es nie mehr sein wie zuvor: Mütter wurden krank, man selbst wurde krank, man wurde erwachsen, irgendwer starb.

In der Küche roch es nach Fleischlaibchen. Felix hob lässig die Hand, als er Marie kommen hörte, ohne sich umzudrehen. Die Mutter verscheuchte ihn vom Herd, wischte sich mit einem Schürzenzipfel den Schweiß von der Stirn. Wie alt war sie überhaupt? Zweiundvierzig, also ziemlich alt. Wenn sie sich abends auf dem Sofa ausstreckte, schob sie sich stöhnend ein Kissen ins Kreuz. Freitagnachmittags, wenn Marie in der Wanne lag und die Mutter im Waschbecken Handwäsche ausspülte, klagte sie nach einem prüfenden Blick in den Spiegel über Augenringe und Krähenfüße oder über die kleinen blauen Adernester in ihren Kniekehlen. Aber alle Mütter redeten so. Sie saßen beim Kaffee zusammen und zählten lang und breit ihre Makel auf, zeigten graue Haaransätze am Scheitel und rollten seufzend das weiche Fleisch um den Bauch zwischen Daumen und Zeigefinger.

Morgens, wenn Marie aufstand, hatte die Mutter die Küche schon mit all ihren Handgriffen und ihrer Stimme in einen Ort verwandelt, von dem aus man sich getrost hinauswagen konnte, ein kleiner Schiffsbauch, in den man später sicher wieder zurückfand.

Marie machte dort immer noch ihre Aufgaben, auch wenn die Mutter nebenbei nörgelte, dass sie das Turnzeug nicht vergessen und auf dem Nachhauseweg nicht wieder trödeln sollte. Ohne genau diese Mutter mit ihren morgens geschwollenen Unterlidern, mit dem leicht nach Kaffee, Schweiß und ihrer Seife riechenden rot-schwarzen Morgenmantel, war Maries Welt nicht vorstellbar. Unmöglich, morgens aus einer kalten, schweigsamen Küche aufzubrechen. Wäre ihre Mutter fort wie die von Mella, könnte es gut sein, dass die Kleider von den Haken glitten, dass die Pullover sich nicht mehr falten und die Äpfel nicht mehr schälen ließen. Wahrscheinlich war sogar, dass man ohne sie vergaß, wozu Kleider, Kleiderhaken, Äpfel und alles andere überhaupt gut seien.

»Wir haben eine Neue bekommen«, erzählte Marie beim Essen.

Ihr Bruder zerlegte in Windeseile ein Fleischlaibchen nach dem anderen und sah nicht einmal auf. Er war fast vierzehn und fand es unter seiner Würde, auf das Kindergequatsche seiner kleinen Schwester einzugehen. Die Mutter schob mit dem Messerrücken Essen hin und her und lächelte leicht in den Teller hinein.

»Sie ist nett«, sagte Marie. »Sie hat erzählt, dass sie zu Hause Gras zum Frühstück essen, und sie stinkt fürchterlich.«

Felix hob den Kopf und grinste.

»Jetzt hör doch auf, derart hineinzuschaufeln! Wie alt bist du denn?«, sagte die Mutter zu ihm und in Maries Richtung: »Ach ja, fein, dann ist es ja gut.«

Der Bruder ließ die Gabel aus der Hand rutschen und prustete los.

»Bist du verrückt geworden?« Jetzt war die Mutter genervt, ihre linke Braue zuckte dann.

»Du hörst überhaupt nicht zu!«, platzte Marie heraus. Blitzschnell ballte sich ein Kloß in ihrer Kehle zusammen. Weinen wollte sie aber nicht, schon wegen Felix, also drückte sie die Faust gegen das zitternde Kinn.

»Doch«, widersprach die Mutter jetzt, »ich habe ganz genau zugehört, du hast gesagt, dass ein nettes neues Mädchen in deine Klasse gekommen ist.«

Jetzt mischte sich Felix ein: »Mama, Marie hat gesagt, dass die Neue stinkt und dass sie bei ihr daheim Gras essen. Und du hast gesagt, dass das fein ist.«

Marie warf ihm einen dankbaren Blick zu. Manchmal war er als großer Bruder doch zu gebrauchen.

Felix begann wieder zu kichern, steckte Marie damit an. Die Mutter fragte etwas bestürzt: »Was, sie stinkt? Gras, wieso Gras?«

»Mama!« Felix legte sich jetzt vor Lachen halb auf den Tisch.

Endlich begriff die Mutter. »Oje, ich habe einfach zu viel um die Ohren. Also, wie ist sie?«

»Sie hat einen tollen schwarzen Schal mit Silberfäden«, sagte Marie.

Felix verdrehte die Augen.

Marie hätte sich auf die Zunge beißen können. Aber aus irgendeinem Grund wollte sie auf keinen Fall von Mellas kranker Mutter und dem Sanatorium erzählen, auch nicht, dass sich Mella unter dem Griff der Lehrerin weggeduckt hatte, und natürlich gar nicht, dass sie in der langweiligen Geschichtestunde darüber geredet hatten, mit welchen Tricks man das Fieber in die Höhe treiben konnte. So blieb also nicht viel mehr als der schwarze Schal übrig, und der würde bei Maries Mutter keine Punkte bringen.

»Sie wird meine beste Freundin«, platzte Marie schließlich heraus.

Jetzt sah die Mutter erstaunt auf.

Felix meinte: »Klar. Wie lange kennst du sie schon? Ganze vier Stunden, was?«

Die Mutter: »Ist nicht Hanna deine beste Freundin? Habt ihr euch etwa gestritten?«

Marie schüttelte den Kopf. »Nein, wieso? Außerdem ist sie ja gar nicht da.«

»Was ist mit Hanna, es muss doch einen Grund geben, wenn du sie nicht mehr als beste Freundin willst?«

Marie wünschte, sie hätte die Neue erst gar nicht erwähnt. Hanna grüßte lieb und wirkte bodenständig, wie die Mutter sagte. Die Erwachsenen waren oft so oberflächlich.

»Was soll sie mir getan haben?«

»Vielleicht den falschen Schal getragen?«, warf Felix zu allem Überfluss ein, mit vollem Mund, und mampfte weiter, ungeachtet des tadelnden Blicks der Mutter

»Lasst mich doch in Ruhe«, fauchte Marie jetzt und machte Anstalten, vom Tisch aufzustehen. Die zu erwartende Sei-ja-nicht-frech-bleib-gefälligst-sitzen-und-nicht-in-diesem-Ton-Litanei folgte umgehend. Die Mahlzeit verging in missmutigem Schweigen. Unter Maries Ärger lag dennoch eine schöne Aufregung, wenn sie an Mella dachte: Morgen würde sie sich wieder neben sie setzen und sie würden miteinander flüstern. Das fühlte sich an wie Funkeln und Flackern in der Magengrube. Und da war noch etwas anderes, ein scharfes Ziehen in der Brust, der heftige Wunsch, Mella solle sie mögen.

Beim Hinausgehen hörte Marie Felix zur Mutter sagen: »Scheint, als hättest du jetzt zwei Kinder in der Pubertät«, was die Mutter zum Lachen brachte. Marie machte die Tür zu ihrem Zimmer gerade so laut zu, wie es ging, ohne des absichtlichen Türenknallens bezichtigt zu werden. Dann setzte sie sich an ihren Schreibtisch und malte sich aus, worüber sie sich morgen mit Mella unterhalten würde.

Bald verbrachte Mella viel Zeit bei Marie zu Hause, und die

Mutter fragte nicht mehr nach Hanna. Sie mochte auch Mella. Selbst als sie ab dreizehn mit Gürteln zusammengezurrte Hemden ihres Vaters trug und sich die Augen mit breiten Kajalstrichen schminkte, machte die Mutter, die sonst alles und jeden mit ihren scharfen Urteilen bedachte, nie abfällige Bemerkungen. Wenn sie ein Tablett mit Kakao und Broten brachte, bedankte sich Mella höflich, nannte sie in jedem zweiten Satz »Frau Mauerbach« und unterhielt sie mit lustigen Episoden aus der Schule. Darauf verstand Mella sich glänzend, und Marie schien es, als ob Mellas Augen beim Erzählen größer und unschuldiger wurden, ihre Stimme heller und eifriger. Ihr Gesicht leuchtete geradezu, wenn sie mit der Mutter plauderte, die dann im Türrahmen stehen blieb, mit Mella lachte und kein Auge für ihre fehlenden Knöpfe oder löchrigen Socken hatte. Marie war unbehaglich dabei zumute, weil sie die Zeit mit Mella nicht gern teilte und ohnehin nie wusste, wann Mella plötzlich aufspringen und erklären würde, nun müsse sie wirklich auf der Stelle nach Hause, ihr Vater warte bestimmt schon.

Irgendwann eines lustlosen Nachmittags ein oder zwei Jahre später – Mella und Marie taten so, als würden sie Hausaufgaben machen –, kam von Maries Mutter der in der Dramaturgie des Mutter-Tochter-Verhältnisses unumgängliche Vorwurf: »Du erzählst ja gar nichts mehr. Früher hast du immer –« und so weiter.

Aber wirklich wütend machte Marie, dass Mella nach einem augenverdrehenden Blick Maries verständnisvoll lächelnd zu Maries Mutter meinte: »Frau Mauerbach, Sie müssen wissen, ich sage meiner Mutter auch nicht viel. Viel weniger als Ihnen.« Und die Mutter lächelte tatsächlich innig zurück.

Im Unterschied zu Marie wisse Mella ihre Fürsorge zu würdigen, so die Mutter später zu Marie. Die arme Mella habe eben keine Mutter, der sie sich anvertrauen könne. Mella habe doch sie als beste Freundin und außerdem ihren Vater, entgegnete Marie. Aber die Mutter hing dem festen Glauben an, dass eine Mutter durch nichts und niemanden zu ersetzen war. Natürlich würde Mella ihrer verrückten Mutter nichts erzählen, das arme Ding! Maries Mutter hatte längst ihre eigene Mella-Version erfunden. Über Cordula wussten inzwischen ohnehin alle Bescheid, was Mellas Ansehen nicht schadete, im Gegenteil.

An diesem Nachmittag stritten sich Mella und Marie.

»Ihre Fürsorge zu schätzen wissen! Wie die sich aufspielt mit ihren Broten!« Wer sich aufregte, verlor.

»Lass sie doch. Das ist eben ihre Welt. Sie meint es gut.«

Viel später würden diese Sätze an Marie nagen. Jetzt überging sie sie.

Mella war zu klug, um beim Streiten zu verlieren.

»Was will sie nur andauernd wissen?«

»Erfinde doch einfach etwas!«

Eine simple Lösung, auf die Marie nie gekommen wäre. Sie kam sich nicht zu ehrlich dafür vor, sondern zu dumm, und das machte sie böse: »Erfindest du bei allen Leuten irgendetwas, die etwas von dir wissen wollen?« Es auszusprechen, räumte die Möglichkeit ein, da war nichts mehr zu machen.

Wieso hast du eigentlich –?

Wie kommst du eigentlich dazu –?

Was sollte es denn, dass du meiner Mutter –?

So war Mella nicht beizukommen. Sie zuckte nur mit den Schultern zu Maries Vorwürfen.

»Streitest du dich nie mit deinem Vater?«

Das Nein kam ohne Zögern.

»Das kann doch nicht sein! Wirklich nicht?«

»Nein, nie.«

Noch am selben Tag vertrugen sie sich wieder, aber Mellas Beteuerungen, sie habe nur zwischen Marie und ihrer Mutter vermitteln wollen, konnte Marie nicht glauben. Dass man mit Erwachsenen geschickt umgehen musste, wenn man nicht ihre Marionette sein wollte, war auch für Marie eine klare Sache. Aber dass Mella sie nicht in ihre Tricks eingeweiht hatte, kränkte sie.

Mella überstand also schon seit Jahren die mutterlosen Morgen. Allerdings konnte sie bei sich zu Hause ihren Schal im Vorbeigehen übers Treppengeländer hängen und die Schulsachen irgendwo liegen lassen, sie holte die dagebliebenen Kleider der Mutter zum Verkleiden aus dem Schlafzimmer der Eltern, bediente sich aus dem Kühlschrank, wie sie wollte, ließ Türen ins Schloss krachen und machte sich über Maries Zurückhaltung lustig, wenn sie bei ihnen zu Besuch war.

»Sei locker, meine Mutter ist gerade nicht zu Hause.«

Marie schaute sich gern die Fotos an, die fast die gesamte Wohnzimmerwand über dem Sofa einnahmen. Sie zeigten zumeist jüngere Versionen von Mellas Familie vor fremden Landschaften, oft war Mellas Mutter im Zentrum, farbig oder schwarzweiß: Cordula mit bloßem Rücken und hochgesteckten Haaren, mit geöffneten Blüten in Nahaufnahme, über denen ihre Augen schwebten und einen fixierten, vor Ausschnitten von Treppen, Häusern, Gärten. Was Cordula fehlte, war der gewisse Stolz, mit dem Mütter ihre Kleinkinder zur Schau stellten, sie auf dem Arm oder Schoß hielten und mit Wohlwollen und Frohsinn bestrahlten. Oft wirkte sie, als würde der Fotograf sie gerade bei etwas stören, selbst wenn sie auf dem Bild lächelte.

Auch Maries Vater fotografierte. Er besaß eine Voigtländer, die niemand sonst anfassen durfte. Die Alben, die Maries Eltern und Bekannte einander bei Besuchen präsentierten, zeigten junge Frauen mit spraysteifen, helmartigen Frisuren vor irgendwelchen

Sehenswürdigkeiten, junge Väter mit frisch gepflanzten Bäumen, ein paar Jahre später vielleicht vor einem vollgepackten Auto vor dem Aufbruch nach Italien, die Verwandtschaft beim Grillen, davor linkische Kinder zwischen viel zu viel Spielzeug. Mit den wie gefroren wirkenden Tableaus vom Fotografen mit starren Gesichtern und Sonntagskleidern, die noch Maries Eltern als Kinder in ihren Familien zeigten, war es vorbei. Dennoch glichen sich die Alben, als hätte man dieselben zwei, drei Familien immer wieder neu arrangiert.

Auf Mellas Lieblingsbild saß Cordula allein auf dem von der Kamera am weitesten entfernten Platz einer an die Wand montierten Sesselreihe aus rotem Hartplastik, die schräg von der Seite aufgenommen war. Sie hatte die Beine übereinandergeschlagen und wandte dem Fotografen den Kopf zu. Ihren Gesichtsausdruck erkannte man nicht genau, doch man ahnte, dass sie lächelte. Marie stellte sich vor, sie würde einladend winken und jemand setzte sich neben sie: zum Beispiel sie und Mella, einmal als kleine Kinder, dann so alt, wie sie jetzt waren, oder auch Fremde, mit denen sie ein Gespräch begänne. Sie könnten stehen, sitzen, die Beine auf den Sitzflächen Richtung Kamera strecken. Personen würden kommen und gehen, ohne die Ruhe der Komposition zu zerstören. Das Foto habe ihr Vater auf irgendeinem Flughafen geknipst, erzählte Mella, er habe sie dabei wohl auf dem Rücken getragen. Die beiden lächelten von einem anderen Bild, das Cordula gemacht hatte, die vielleicht Zweijährige klammerte sich an die Ohren des breit lachenden Vaters, der mehr wie ein großer Bruder wirkte, und schien vergnügt zu kreischen.

»Wohin seid ihr geflogen?«

»Ach, ich weiß nicht. Nach Griechenland, Portugal, einmal nach Marokko. Überallhin.«

Mella erzählte ihr erstaunliche Geschichten über Menschen,

Orte, Tiere und Musik, die Marie selbst dann gierig aufsaugte, wenn sie nicht alles davon glaubte. Mella konnte außerdem in vielen Sprachen mindestens bis zehn zählen und »ich liebe dich« sagen.

Überallhin, dachte Marie. Wie kann man nur krank und verrückt werden, wenn man überallhin kommt, wohin man will? Neben Mellas Lieblingsbild hing ein zweites mit derselben Sesselreihe, die allerdings leer war. Cordula war fort. Das Bild erzählte, was geschehen würde, aber weder Mella noch ihr Vater schienen es zu bemerken.

4
Mellas Augen

Von Anfang an tat Mella nicht, was üblich war. Zuerst meinte Marie, sie wüsste es nicht besser, weil sie fremd war. Wenn Trauben von Mädchen kicherten und tuschelten, setzte sich Mella abseits auf den Boden und aß ihr Jausenbrot, als säße sie allein irgendwo auf einer Gartenmauer. Sie ritzte keine Namen von Stars oder Bands in die Bank, schrieb keine Zettelchen mit vertraulichen Botschaften. Wenn der Bus knapp zu erreichen war, rannte sie nicht, sondern ließ ihn einfach vorbeifahren, setzte sich in das Wartehäuschen und schien die Blicke der anderen hinter den Fensterscheiben des wegfahrenden Autobusses nicht einmal wahrzunehmen. In der Schule war sie meist ohne erkennbaren Ehrgeiz und beteiligte sich gerade so oft am Unterricht wie nötig, um keine Aufmerksamkeit durch zu viel Schweigen auf sich zu ziehen. Zudem hatte sich die Sache mit ihrer Mutter unter den Lehrern herumgesprochen. Man behandelte sie mit Nachsicht und der gewissen Distanz, die man gegenüber jemandem zeigt, den man bedauert.

Meistens trug sie Jeans mit Flicken und übergroße, mit den Namen von Bands bedruckte T-Shirts, die die Mütter der anderen Mädchen nicht erlaubt hätten. Mehr als »hat mir mein Papa mitgebracht« war nicht aus ihr herauszubekommen. Ihre Kleider rochen manchmal nach Rauch. Ihr Vater hatte sie schon als kleines Kind oft mit zu Proben genommen, weil er sie nicht mit ihrer Mutter alleine lassen wollte. Sie war stolz darauf, beinah überall schlafen zu können, sogar bei lauter Musik.

Nach und nach erzählte Mella der Freundin einiges aus der Zeit, bevor sie in Maries Stadt gekommen waren: von Musik an Flussufern mit Hunden und Liebespaaren, von Frühstücken mit ihren Eltern und deren Freunden, die bis in den Abend dauerten, von einem Museum, in dem ihr Vater Besprechungen für eine Konzertreihe hatte, sodass Mella nach der Öffnungszeit mit dem Roller im Dunkeln durch die menschenleeren Ausstellungsräume voller ausgestopfter Tiere und afrikanischer Masken fuhr. In den Barthaaren eines Löwen sei ein Spinnennetz gehangen, das im Luftzug aus der Klimaanlage gezittert habe. In seinem geöffneten Maul sei die große Spinne gesessen. »Aber sag's nicht weiter.«

Marie musste lachen. »Was für ein Geheimnis soll das denn sein?«

Mellas schiefes Lächeln und Schulterzucken kannte sie schon. Selber schuld, wenn du's nicht verstehst, hieß das vielleicht.

In Italien hatten sie und ihre Eltern ganze Sommer verbracht, weil der Vater dort Aufnahmen gemacht und auf Festivals gespielt hatte. Für fremde Länder und Städte hatte Marie bis jetzt nur in der Weise Interesse bekundet, wie es Kinder tun: als Kulisse für Abenteuer- und Fantasiegeschichten. In Maries Volksschulklasse gab es noch viele, die nie auf Urlaub gefahren waren, im Gymnasium aber gehörte es dazu, im Sommer zu verreisen, und prestigemäßig lag Marie mit ihren Italienurlauben im Mittelfeld. Über Italien wollte Marie am allerliebsten etwas hören, weil sie selbst schon dort gewesen war. Bis jetzt war sie mit ihrer Familie viermal an der Adria gewesen. Italien war gelber Sand und gestreifte Liegestühle, Sonnencreme, die nach Kokos roch, Stracciatellaeis, das sie liebte, Tintenfisch, den sie verabscheute, und eine Sprache, gegen die die eigene wie störrisches Gebell klang, und fast jeden Tag die gleichen Spaghetti aglio e olio, von denen sie nicht genug bekam und die ihr zu Hause nicht schmeckten. Marie sammelte alle Wörter, die sie kriegen konnte, in einem eigenen Heft. Wenn sie es zu Hause aufschlug und die Vokabeln laut vor sich hin sagte, konnte sie das Meer hören und den Sand unter den Füßen spüren. In Italien trug die Mutter ärmellose Sommerkleider und rosa lackierte Nägel, der Vater war gesprächiger als sonst, spielte mit ihnen am Strand Boccia und legte der Mutter die Hand auf den Rücken. Weil Maries Vater bei der Bahn arbeitete, fuhren sie mit dem Zug hin, das kostete wenig.

Als Mella aber auf Maries Drängen hin von ihren Italiensommern erzählte, erkannte Marie fast nichts wieder außer dem Meer und der Sprache, die auch Mella gefiel. Mella war in einem ganz anderen Italien gewesen, in piniengesäumten kleinen Dörfern und Städten auf Hügeln im Landesinneren, die Marie nur vom Zugfenster aus kannte. Wenn es im Sommer so heiß war, dass tagsüber der Asphalt klebrig wurde, tanzte man dort nachts auf Festen, bis es wieder hell wurde. Die Freunde ihrer Eltern kämpften dort um eine andere Gesellschaft, versuchte Mella zu erklären, aber Marie verstand nicht, und Mella musste zugeben, auch nicht genau zu wissen, was sie sich darunter vorstellten und wofür die roten Fahnen und Halstücher standen. Aber alle waren nett zu ihr gewesen, die Kinder blieben auf, solange sie wollten, und jeder redete mit einem. Mella mochte die alten Leute, die den ganzen Morgen und bis spät nachts vor den Häusern blieben, sich unterhielten oder einfach still dasaßen. Niemand tadelte einen, wenn man nichts tat. Sie sang Marie »Bella ciao« vor, es klang beschwingt und wehmütig zugleich. Sie wohnten in steinernen Häusern, in deren Ritzen Skorpione hockten, in Zelten auf dem Strand und in einem umgebauten LKW, mit dem sie auf Tour gegangen waren, abends saßen sie vor Tavernen, wo die Köche sie in die Töpfe schauen ließen, und Cordula sprach Italienisch.

Maries Eltern kannten weder »Bella ciao« noch Italiener noch Leute, die von einer anderen Gesellschaft träumten, sie kannten nur die Angestellten des Hotels, in das sie jedes Jahr fuhren. Wovon träumten ihre Eltern eigentlich? Marie wusste nur, dass sie es seltsam fänden, wenn sie danach fragte.

Marie brachte alles in Erfahrung, was Mella von Italien wusste, obwohl sie beim Zuhören immer trauriger wurde. Ihr eigenes Italien schrumpfte. Zum ersten Mal sah sie ihre Eltern aus einer gewissen Distanz und beurteilte sie, fast als wären sie Fremde. Dabei waren sie nicht allzu streng und vertrugen sich im Allgemeinen. Marie hätte ohne zu zögern gesagt, dass sie ihre Eltern liebe. Sie waren stolz, dass ihre beiden Kinder auf höhere Schulen gingen, weil ihnen das die Volksschullehrerinnen nahegelegt hatten. Der Vater war als Eisenbahner bei der Gewerkschaft, aber Politik war zu Hause kein Thema. Sie waren wie andere Eltern auch, und bis jetzt war Marie noch nie auf den Gedanken gekommen, dass damit etwas nicht in Ordnung wäre. Es war die bloße Existenz Mellas und auch die Cordulas und Alexanders, ein unbestimmtes *Mehr oder Anders*, das alle Sehnsucht weckte, die man nur erdenken konnte.

Auf nächtlichen Autofahrten in fernen Städten, die Marie nur aus dem Schulatlas kannte, habe sie an den Leuchtreklamen und Plakaten das Buchstabieren geübt und in den Stunden weit nach Mitternacht, halb schlafend, lesen gelernt, erzählte Mella ein anderes Mal. So lerne man am allerbesten, behauptete sie, und als es Marie dann ausprobierte und sich für den nächsten Geschichtetest den Wecker auf drei Uhr morgens stellte, den Stoff wiederholte und dann wieder einschlief, befand sie, dass Mella recht hatte. Marie wollte die Welt mit Mellas Augen sehen. Größer und weiter kam sie ihr dann vor. *Das Erzählen ließ die Dinge erst existieren.* Man musste keine Angst davor haben. Zum ersten Mal gab es hinter dem Erzählten vielleicht noch etwas anderes, etwas, worauf man warten konnte, unbestimmt, aber schön. Mella zeigte ihr beides, das Erzählen und das Totschweigen. Auch das war mächtig und beschützte einen: Mellas Mutter kam zwar in ihren Geschichten vor, aber nur nebenbei, in Ergänzungen wie »mit meiner Mutter« oder »Cordula hat gesungen/war schon müde/wollte da- oder dort-hin«. Wenn Mella sie gar nicht erwähnte und Marie nachfragte, sagte sie meist nur, »ich weiß nicht« oder »da war sie gerade wieder verrückt«. Das Verrücktsein war etwas, das kam und ging. Mellas Geschichten waren alle um das Verrücktsein der Mutter herum-erzählt.

Das Treffen zum Eislaufen, für das sie sich mit ein paar anderen Mädchen aus ihrer Klasse verabredet hatten, erklärte Mella später zum eigentlichen Anfang ihrer Freundschaft. »Schicksalhaft«, sagte sie. Mella hatte die Angewohnheit, sich neue Wörter, die sie irgendwo aufschnappte, sofort einzuverleiben. Bis jetzt war Schicksal ein entrückter Begriff gewesen, der zu erwachsenen und berühmten Leuten gehörte. Marie gefiel die Vorstellung, dass sie beide dank ihrer Freundschaft ab jetzt auch ein richtiges Schicksal besitzen sollten.

Die anderen Mädchen kamen nicht. Marie und Mella blieben noch für eine Weile unschlüssig vor dem Eingang des Eislauf-platzes stehen. Marie hatte ihre Freudinnen überredet, Mella zum Mitkommen einzuladen. Jetzt bereute sie es für einen Moment. Sie ist komisch, sagten die anderen Mädchen über Mella. Interes-sant, aber komisch, sagten die Wohlwollenden. Ja, vielleicht ein bisschen, hatte Marie beigepflichtet und kam sich trotz ihrer Für-sprache verräterisch vor. Außerdem sei Mella vielleicht nur schüchtern. Marie ließ nicht locker. Wegen ihres Bruchs mit

Hanna hatte sie bei den anderen an Boden verloren und strengte sich deshalb an.

Für einen Dezembertag war es ziemlich warm, die Föhnluft schärfte die Umrisse und von den Kufen der Schlittschuhläufer spritzte Wasser, wenn sie durch die Pfützen auf der Kunsteisfläche fuhren. Mella war mit den Schlittschuhen ihrer Mutter und zwei Paar dicken Socken in einer Plastiktüte gekommen, die sie brauchte, weil ihr die Schuhe zu groß waren. Marie wäre das peinlich gewesen, aber Mella kümmerte derlei nicht. Wenigstens war Eislaufen etwas, in dem sie besser war als Mella, und so entschied sie ungewöhnlich bestimmt: »Komm, lassen wir uns den Spaß nicht verderben!« Sie zog Mella in großen Kurven im Vorwärts- und Rückwärtslauf über den Platz und versuchte ihr ein paar Tricks beizubringen. Sie liefen fast ohne Pause, aßen schmierige Pommes mit Ketchup aus der Tüte und sangen die Radio-Hits mit, die aus den krachenden Lautsprechern tönten, bis Marie nach Hause musste. Mellas Vater nahm es nicht so genau, und so begleitete Mella sie noch bis zu ihrer Straße. Marie machte sich keine Gedanken mehr, warum die anderen nicht gekommen waren. Mella und sie gingen Hand in Hand. Sie waren beide verschwitzt vom Eislaufen, und jetzt wurde ihnen kalt. Trotzdem wollten sie sich an der Ecke vor Maries Haus noch nicht gleich trennen. Das Stück Straße, das sie von ihrem Standort aus sehen konnten, lag verlassen da, bis der Nachbar, wie immer leise auf seinen asthmatischen Dackel einredend, langsam vorbeiwackelte und, ohne sein Gemurmel zu unterbrechen, die Hand grüßend in ihre Richtung hob. Auf der Telefonleitung saß reglos ein Elsternpaar. Ein anderer Nachbar befestigte eine Plane an seinem Auto. Das Licht der Straßenlaterne färbte die Atemwolken bläulich, und die Luft roch nach Ruß aus den Kaminen und nach Schnee.

Mella zeigte auf die Vögel: »Die werden wegfliegen, spielt keine

Rolle, ob jetzt gleich oder in fünf Minuten. Weißt du, was ich meine?«

Marie fragte sich später, ob es nicht diesen Moment gab, in dem man sich entscheiden könne, wirklich verstehen zu wollen, was jemand dachte und empfand, wirklich wissen zu wollen, was ihn ausmache, und ob davon nicht alles Weitere abhing. Ob eine wirkliche Freundschaft möglich werde, mehr als ein angenehmer Zeitvertreib und Vertrautheit, die auf ähnlichen Lebensumständen und Zufall beruhten. Falls man tatsächlich die Wahl hatte, dann traf Marie sie in diesem Moment.

Sie sagte:»Nein, weiß ich nicht, aber vielleicht ist es das: Unser Nachbar da, der wird sterben. Und sein Hund auch. Er kommt jeden Tag zweimal vorbei, und irgendwann werden die beiden nicht mehr kommen. Und so ist es mit allen anderen auch. Man kann absolut nichts dagegen tun.«

Mella hielt noch Maries Hand. Das Licht der Straßenlaterne leuchtete sie beide grell aus. Sie zog die schwarze Mütze mit den Silberfäden vom Kopf und drückte sie Marie in die Hände.

Marie schüttelte den Kopf und wollte etwas sagen, aber Mella legte den Finger auf die Lippen und sagte so inständig, »Bitte!«, dass sie still blieb. – »Danke«, sagte sie nach einer Weile und setzte dann noch hinzu:»Aber das weiß doch im Grunde jeder, verrückt, nicht?«

Mella schüttelte energisch den Kopf:»Nein, das weiß nicht jeder.«

»Kann sein«, sagte Marie.»Man muss es vergessen, sonst wäre man doch andauernd traurig. Dazu habe ich echt keine Lust.« Marie drehte die Mütze in den Händen, getraute sich gar nicht, sie aufzusetzen. Sie trat einen Schritt aus dem Lichtkegel und hoffte, Mella würde nicht bemerken, wie rot sie geworden war. Gleichzeitig war ihr kalt und schwindelig von dem Gedanken, dass sich alles ständig änderte, egal ob man das wollte oder nicht. Wieder hatten sie die Grenze der kleinen Welt, in der zumindest die Erwachsenen die Dinge im Griff hatten, überschritten, das passierte mit Mella dauernd.

Mella schwang den Plastiksack mit den Schlittschuhen und den Socken ein paar Mal über dem Kopf und ließ los, sodass er in hohem Bogen über die Straße flog und ziemlich weit oben in einer Thujenhecke hängen blieb. Um ihn zu erreichen, musste sie auf eine Mülltonne klettern, während Marie aufpasste, dass sie nicht umfiel. Sie kicherten und glucksten, bis im Haus Licht anging.

»Jetzt muss ich wirklich. Meine Mutter geht mich sonst suchen.«

Vor Maries Haustür küssten sie einander zum Abschied auf die Wangen. Die Empfindung von Mellas kalter, glatter und runder Wange blieb merkwürdig lang auf Maries Lippen haften. Später schlüpfte Marie noch einmal aus dem Bett, stellte sich im Dunkeln ans Fenster und schaute auf die Straße hinunter. Allmählich bildete sich eine zarte Schneedecke.

Die Elstern würden also wegfliegen. Der Hund des Nachbarn würde eines Morgens steif und kalt auf seiner Hundedecke liegen, der Nachbar würde noch grauer, noch wackeliger und noch wunderlicher werden, und eines Abends würde er um die gewohnte Zeit nicht mehr durch die Gasse kommen. Die Mutter würde nicht mehr auf den Balkon hinausgehen und Blumen abzupfen, und Marie wäre nicht mehr da, um all das zu beobachten. Die Elstern, der Hund, die Gasse, der Nachbar. Die Mutter. Mella. Sie selbst. Der Gedanke kam ihr zu groß für sie vor und verspießte sich ständig wie ein Ding, das nicht in die Lade passt.

Sie waren ja da, alle beide: Mella inzwischen längst bei sich zu Hause in ihrem Turmzimmer, das gerade groß genug für ihr Bett war, und Maries Mutter oben neben dem Vater. Wie so oft würde er leise schnarchen und die Mutter ihn seufzend und vorsichtig auf die Seite drehen. Wahrscheinlich gab es noch viel mehr von solchen Gedanken, die einen schwindelig machten, dachte Marie beim Einschlafen. Da war es wieder, ein noch sprachloses Darüberhinaus, auf das sich Marie ausrichtete. Gemeinsam mit Mella würde sie herausfinden, was es damit auf sich hatte.

Jahrzehnte später findet Marie in ihrem Tagebuch, das sie damals mit langen Berichten über Freundinnen, die Familie und Erlebnisse aller Art gefüllt hatte, den ersten Eintrag über Mella:

Meine beste Freundin ist Mella. Gestern waren wir Eislaufen und zum Glück sind die anderen nicht gekommen.

Die Buchstaben sind mit Schlingenmustern und Blümchen verziert, auf das Satzende folgt eine lange Rufzeichenreihe, dann eine ganze Weile nichts mehr. Danach waren einige Zeilen durchgestrichen, so gründlich, dass nichts mehr lesbar war.

Ab jetzt saßen sie beide in der Schule nebeneinander und galten in den Augen der anderen rasch als unzertrennlich. Die meiste Zeit verbrachten die beiden Mädchen damit, miteinander zu reden. Sie erfanden eine Menge Aktivitäten, die man auf Nachfrage von Maries Mutter aufzählen konnte, Hausaufgaben, Radfahren, das Übliche. Vor allem Mella war gewandt darin, wobei sie nicht direkt log, sondern einfach das Nebensächliche in den Fokus stellte. Es gab gewisse Einschränkungen, wenn sie sich bei Marie trafen. Deren Mutter war nachmittags zu Hause, immerhin wurde auch Mella bestens mit Mittagessen und Jause versorgt. Außerdem hätten Maries Eltern es nicht geduldet, dass Marie so viel Zeit außer Haus verbrachte. Bei ihr ließ es sich herrlich von der Zukunft träumen und Pläne schmieden. Dass das Leben noch nicht wirklich begonnen hatte, war eine unausgesprochene Gewissheit.

Einmal erzählte Mella Maries Mutter vom Entenfüttern an dem ein paar Kilometer entfernten Schotterteich, von Haubentauchern, Stockenten und Kanadagänsen mit süßen Küken, die sie dort gesehen hätten, vom matschigen Weg und davon, dass die Brezeln in der Bäckerei am Weg die besten wären, die sie je bekommen hätte. Marie staunte: Es stimmte alles, sie waren tatsächlich dort gewesen, auf einem Baumstrunk am Ufer sitzend hatten sie altes Brot ins Wasser geworfen und Laugenbrezel und Äpfel gegessen. Aber weder Vögel noch Weg hatte Marie weiter beachtet, und auch Mella hatte sie nicht erwähnt. Sie war dagesessen, ein Stück Grashalm zwischen den Zähnen, hatte aufs Wasser gesehen und Marie zugehört.

»Woher kennst du bloß all dieses Viehzeug?«, fragte später Marie. Von ihrem Vater, meinte Mella, der habe ein Faible für so etwas, auch für Sternbilder, Steine und Käfer. Manchmal nerve er damit, aber nützlich sei es doch auch, sagte sie grinsend, und Maries Mutter halte sie jetzt sicher für ein richtiges Naturmädel. Marie war unbehaglich zumuten, doch sie wusste nicht, was genau sie dagegen vorbringen solle.

Nicht dass Marie sich besonders für Holzarten oder Insekten interessiert hätte, doch ihr eigener Vater hätte sich niemals mit so etwas befasst. Er war ein unscheinbarer, freundlicher Mann, der das unzweifelhaft Nützliche vorzog, bei der Bahn die Waggons von Güterzügen organisierte und nicht viel zu sagen hatte, und genau das war es, was Marie ihm nicht verzieh.

Marie hatte ihrer Freundin bei jenem Ausflug an den Schotterteich von einem Lieblingsspiel erzählt, es hieß »Karawane«, erfunden hatte es ihr Bruder Felix mit vielleicht sieben, und seitdem er keine Lust mehr dazu hatte, spielte sie es allein. Doch irgendwann ließen sich die paar Quadratmeter Wiese zwischen Jasmin und Apfelbaum plötzlich nicht mehr in die Fantasieoase verwandeln, die sie dafür brauchte. Es ging bei diesem Spiel darum, mit all ihren versammelten Puppen und Stofftieren die Wüste zu durchqueren, die Oase zu erreichen und dort Abenteuer mit Räubern und Sklavenhändlern zu bestehen oder gegen wilde Tiere und Krankheiten zu kämpfen. Dann war der Tag gekommen, an dem der Zug der Karawane nicht an einem erfundenen Sandsturm scheiterte, sondern daran, dass der Apfelbaum der Apfelbaum blieb. Die Stofftiere hatten tote Glasaugen und aus der alten Gartenbank wurde keine Sänfte mehr, die von Dienern über die Dünen getragen wurde. Ein paar Mal hatte Marie es noch versucht, dann gab sie auf. Sie weigerte sich, ihre Puppen in den Keller zu verfrachten oder an andere Kinder zu verschenken, wie es ihr die Mutter vorschlug. Sie bewahrte sie stattdessen in einer Kiste in ihrem Zimmer auf, manchmal holte sie eine heraus, kämmte sie und zog ihr andere Kleider an.

Über der Wasseroberfläche des Teichs schwirrten grüne und blaue Libellen, denen sie eine Weile schweigend zusahen, als Marie zu Ende erzählt hatte. Von Ferne bellte ein Hund, Spaziergänger näherten sich, man hörte ihre Stimmen. Mella hatte den Arm um sie gelegt, hielt sie fest um die Schulter, das tat gut. Marie warf ihr einen Blick von der Seite zu, aber ihr Gesicht verriet nichts. Sie wippte mit den Beinen und boxte Marie leicht in die Seite: »Komm, ich zeig dir was.« Mella lief voraus, sah sich nicht einmal um, ob Marie ihr folgte. Das stillgelegte Sägewerk lag am Ende eines unkrautüberwucherten Zufahrtswegs und war mit einem Bauzaun gesichert, den sie durch das Unterholz entlangliefen. Sie drängten sich durch eine Lücke, die jemand mit einer Zange aufgebogen hatte. Auf dem Gelände lagen verrostete Maschinenteile und Stapel aus verwitterten Holzbalken. Knabenkraut und Königskerzen wucherten zwischen riesigen Zahnrädern, die an einem Hubstapler lehnten. In einer Metallverstrebung, die aussah wie ein abgebrochenes Stück eines Baukrans, war ein Nest zu sehen, um das ein Vogel aufgeregt flatterte. Sonst war alles still. Der Zaun verschwand irgendwo zwischen Weiden und Gestrüpp, das Gelände sah weitläufig aus. Mella sprang von einem Holzstoß auf ein heruntergerissenes Metallschild, das sich klirrend verbog. *Betreten verboten.* Etliche Zigarettenkippen, eine leere Kekspackung und zwei Flaschen lagen rundherum. Mella roch an einer Whiskyflasche, in der noch ein Rest Flüssigkeit schwappte, und kickte sie in die tiefe Sandgrube, die mitten auf dem Gelände ausgehoben worden war. Eine etwa zwei Hand breite, rostige Eisentraverse lag quer über der Grube, auf deren Boden sich ein dunkles Gewässer gebildet hatte. Die Flasche schaukelte tief unten auf der Wasseroberfläche. Sie sahen hinunter und sehnten sich danach, nicht mehr zu zögern, keine Angst zu haben und nicht mehr wegen irgendetwas traurig zu sein. Puppen, Mütter, Brüder und Väter, die zu wenig, oder Väter, die zu viel wussten: Es gab immer einen Grund.

Nachdem Marie sich durch ein paar tastende Schritte am Rand versichert hatte, dass der Balken nicht wegrollte, lief sie mit angehaltenem Atem los. Als sie auf der anderen Seite vom Balken sprang, klatschte Mella und machte die Geste des Hutziehens. Sie spuckte in hohem Bogen ins Wasser hinunter. Den Abstand bis zur Oberfläche schätzten sie auf vier oder fünf Meter. Die Wände der Grube waren steil und rutschig, die Wassertiefe war nicht zu erkennen. Als dann Mella lief, klopfte Maries Herz. Zwei oder drei Schritte vom Rand entfernt blieb Mella stehen, streckte ein Bein weg und hob die Arme über den Kopf wie eine Balletttänzerin.

Auf der Heimfahrt lachten sie so heftig, dass Marie, die sich Luft schnappend über den Lenker ihres Fahrrads beugte, ein Schlagloch übersah und im Gebüsch landete, zum Glück ohne sich zu verletzen bis auf ein paar blaue Flecken. Zu Hause lümmelte Felix auf der Couch und machte die üblichen dummen Bemerkungen, aber Marie ließ sich nicht provozieren. Als ihr Vater fragte, wo sie so lange gewesen sei, antwortete sie ohne Zögern: »Englisch lernen bei Mella«. Das Lügen ging so leicht wie noch nie. Sie fühlte sich großartig.

Bevor Marie endlich Mellas Mutter begegnete, lernte sie ihre Stimme kennen. Irgendwann in den Sommerferien nach der dritten Klasse zog Mella eines Nachmittags, den sie bei ihr auf der Couch lümmelnd verbrachten, eine in ein Seidentuch eingewickelte Musikkassette hervor und legte sie ein. Die Luft war feucht und schwer, Mella hatte keine Lust gehabt, nach draußen zu gehen. Marie hatte sich daran gewöhnt, dass Mella manchmal eine Weile wortlos irgendwelchen Gedanken nachhing. Zuerst hörte Marie auf der Kassette das Rücken von Sesseln, dann näher kommende Schritte. Sie hatte den Blick dabei auf ihre dünnen Beine mit den knochigen und fleckigen Knien gerichtet, die sie gerade inständig hasste. In den letzten Monaten war sie um mindestens fünf Zentimeter gewachsen. In der Schule hatten sie sich gelangweilt, und Mella hatte begonnen, sich mit Lehrern anzulegen, indem sie insistierende Fragen gestellt hatte. Die ersten Ferienwochen hatten nicht viel Erleichterung gebracht. Bald würde Marie mit ihrer Familie wieder an die Adria fahren, aber ohne Mella hatte sie keine Lust dazu.

Mellas Stimme, die vom Band härter und erwachsener klang: »Hallo, Mama«. Keine Antwort. »Hallo, Mama, ich bin's!«

Lange Pause, das leise Quietschen der Tonköpfe. Mella hockte mit hochgezogenen Schultern vor dem Kassettenrekorder, den Finger auf der Stopptaste. Dann das heisere Lachen einer Frau, klickende Geräusche, ein Feuerzeug. »Sie raucht, wann immer sie kann«, warf Mella ein. Es folgten unverständliches Geflüster, Räuspern, mehrmaliges Ansetzen, zu sprechen oder zu singen, dann stimmte Mellas Mutter ein Lied an, »Schlaf, Kindlein, schlaf«, etwas brüchig, aber überraschend jung klingend, und unterbrach nach ein paar Takten. Ob Mella sich nicht erinnere, wie oft sie ihr vorgesungen habe?

Für einen Moment kämpfte Marie gegen den Lachreiz an. Ohne die Antwort ihrer Tochter abzuwarten, stimmte die Frau auf dem Band noch ein weiteres Lied an, hielt wieder inne, begann eine dritte und vierte Melodie, stieß dazwischen immer dringlichere Fragen hervor, im Grunde Vorwürfe: Wieso Mella überhaupt herkomme, wenn sie sich ohnehin nichts gemerkt habe von früher, wieso, zum Kuckuck, und –? Die Sätze, von Schluchzen und Schniefen durchsetzt, verhedderten sich, die Stimme kippte, »du musst doch« und »tausendmal hab ich dir doch« und »weißt du nicht« und »du musst, du musst, du musst«.

Marie hätte sich am liebsten die Ohren zugehalten und rückte ein Stück ab. Doch Mella schob den Lautstärkeregler langsam bis zum Anschlag hinauf. Weinen und Rufen dröhnten in den Ohren. Marie sagte nichts. Sie wusste, dass Tröstungsversuche Mella wütend machten.

Es war jener Sommer, den sie später in eine private Legende verwandelten, derselbe Sommer, in dem jede von ihnen zum ersten Mal auf einer Party im elterlichen Hobbyraum mit gebeizter Holztäfelung und Kellerbar einen Burschen geküsst hatte, eine Unternehmung ohne jede Romantik, geplant nur, um davon erzählen und sich darüber lustig machen zu können. Liebe und Sex waren Monster, die man sich durch Spott auf Abstand hielt. Sie waren noch klar im Kopf, fanden sie, und man sah ja, wohin Liebe einen bringen konnte.

»Schau dir meinen Vater an«, sagte Mella. »Wegen seiner bescheuerten Liebe hat er jetzt eine verrückte Frau, um die er sich sein ganzes Leben lang kümmern muss.« Sie habe genug von ihrer Mutter, sagte sie, endgültig. Vor ein paar Wochen hatte es wieder einmal einen Versuch gegeben, Mellas Mutter über ein längeres Wochenende nach Hause zu holen. »Fürchterlich«, antwortete Mella aufs Maries schüchterne Frage, wie es gelaufen sei. Marie sah, dass sie Blutergüsse an den Handgelenken hatte.

»Liebt dein Vater sie noch?«, fragte sie. Das schien ihr weniger riskant als nach den Flecken zu fragen. Einmal, als in der Schule Kinder etwas Dummes über vererbbaren Wahnsinn zu Mella gesagt hatten, war diese ganz ruhig geblieben, hatte aber dann in der Mädchentoilette mit der Faust gegen die Wand geschlagen, bis sie blutete.

»Er *hat*, auf jeden Fall. Er hat sie vergöttert.«

»Und jetzt?«

»Keine Ahnung. Vielleicht. Manchmal ruft eine Frau an, dann redet er sehr leise. Aber es ist nicht immer dieselbe, glaube ich.« Die zitronengelben Vorhänge mit den Spiralmustern in Mellas Zimmer bauschten sich im Wind und wehten einen Schwall nach frischem Asphalt riechender Luft herein. Maschinenlärm von einer Baustelle war zu hören, und der hämmernde Bass aus dem Zimmer von Mellas Vater, der Konzertmitschnitte abspielte, mischte sich mit dem Rauschen vom Band und dem enervierenden Schaben des Tonkopfs. Was immer es war, was in Mellas Mutter vorging: Schuld, Verzweiflung, Hoffnungslosigkeit? Manchmal beschimpfte sie Mella, ließ sich gegen ein Möbelstück fallen, wenn man sie nicht daran hinderte, klammerte sich weinerlich an sie oder erkannte sie erst gar nicht, und das alles abwechselnd, manchmal sogar während eines einzigen Besuchs.

»Dann wieder ist sie ganz normal, das Problem ist nur, dass man nie weiß, wie lange es anhält.«

»Wie ist sie dann? Was macht ihr miteinander?«

Darüber wollte Mella noch weniger sprechen wollte als über alles andere. Einmal hatte ein Mädchen in der Schule zu ihr gemeint, es müsse hart sein, so ohne Mutter, zu Weihnachten zum Beispiel oder an den Geburtstagen. Nein, warum denn, hatte Mella gekontert. Weil einen alle für ein ach so armes Mädchen hielten, bekäme man viel mehr geschenkt und könne viel eher tun und lassen, was man wolle. Sie jedenfalls stehe nicht darauf, dass ihr jemand mit der warmen Jacke hinterherlaufe, wegen einer Viertelstunde Zuspätkommen ein Riesentheater mache und dann wieder ach so nette Mutter-Tochter-Gespräche mit einem führen wolle, die darauf hinausliefen, dass man ausgequetscht wurde wie eine Zitrone und danach zugeschüttet mit unbrauchbaren Ratschlägen und idiotischen Lebenserfahrungen. Das Mädchen schnappte nach Luft. Sie habe doch nur sagen wollen, dass es ihr für Mella leidtue. Mella machte die Augen schmal. Dann sagte sie, während sie das etwas pummelige Mädchen von oben bis unten maß:

»Weißt du, ich mag keine Weihnachtskekse. Und auch keine Geburtstagstorten, die die lieben Mamis so gerne backen. Die machen nämlich fett, wie man an dir ja sieht.«

Damit drehte sie sich um, Marie folgte ihr. Sie hatte die anderen auf der Mädchentoilette sagen gehört, sie würde Mella nachlaufen. Mella verstand eben, wovon die anderen mit ihren kuscheligen Müttern, die Kekse backten und die Wäsche wuschen, keine Ahnung hatten. Marie aber schon, mit ihr redete Mella, sie brauchte sie. Das erfüllte sie mit Stolz und wischte den unangenehmen Verdacht weg, dass sich Mella für ihre spöttische Beschreibung die Mutter von Marie zum Vorbild genommen hatte, deren Kuchen und Brötchen sie so gern aß und die sie so geschickt um den Finger zu wickeln verstand.

Marie mochte auch Mellas Vater. Wenn er am Vortag ein Konzert gespielt hatte, schlief er lange, fast bis die Tochter von der Schule nach Hause kam, und wenn sie Marie mitnahm, kochte er manchmal fantastische Mittagessen für sie, Hühnchen mit Aprikosen, Bananenpalatschinken oder scharfen Reis mit Gewürzen, die Marie nicht kannte. Es war wichtig, dass er sie mochte, schon deshalb, weil er der wichtigste Mensch in Mellas Leben war.

Mella holte die Kassette mit Cordulas Stimme schließlich aus dem Rekorder und legte sie weg. »Lass uns verschwinden«, sagte sie und schob Marie aus dem Zimmer. Unten bemerkte sie, dass sich der Vorhang im zugefallenen Fenster eingeklemmt hatte, und lief noch einmal nach oben. Sie kniete sich auf das Fensterbrett, um den Stoff hineinzuziehen, und sah zu Marie hinunter, die ihr energisch zuwinkte. Wie lange Mella damals tatsächlich oben auf dem Sims kniete, weiß Marie nicht. In ihrer Erinnerung ist das Bild wie festgefroren. Marie meint sich an ein Schwanken zu erinnern, an einen Moment, der sie die Luft anhalten ließ, bevor Mella wieder im Zimmer verschwand, das Fenster verriegelte. Sie lief abwesend neben Marie her, ließ sich an der Hand nehmen wie ein Kind.

Danach saßen sie mit einer Tüte Schokoladen- und Vanilleeis auf der Mauer gegenüber dem Eissalon, der eine Straße weiter lag, und kommentierten die Vorbeigehenden, was sie an trägen Sommernachmittagen oft taten. Wenn sie davon genug hatten, gingen sie hinunter an den Fluss und suchten sich einen Platz auf den ausgewaschenen Steinen im Schwemmsand. Auf das Geglitzer der Wellen zu schauen, löste allmählich den Druck in Maries Brust. Mella tupfte mit einer Fingerspitze vorsichtig das Nasse von Maries Wange. In einen großen Stein an ihrem Lieblingsplatz hatte Mella mit der Spitze ihres Hausschlüssels zwei M für ihre beiden Vornamen geritzt. Sie blieben, bis die Sonne hinter die Hügelkuppe am gegenüberliegenden Ufer gewandert war. Jetzt war es, als wäre etwas an Mella zart und durchsichtig geworden, als sähe Marie zum ersten Mal die Anstrengung, die es die Freundin kostete, so überlegen und gleichgültig zu scheinen.

Marie sah, wie Mella sich beim Reden die Haare zwirbelte, wie ihr Gesicht wieder Farbe bekam und sich auf ihrer Nase ein leichter Sonnenbrand abzeichnete, sie sah die eingetrocknete Schokoladenspur auf ihrer Wange, hörte Mellas typisches Klopfen mit den Knöcheln und ihr Lachen. Sie sah ihre nackten Knie, die sie beim Sitzen meistens anzog und die runder und heller waren als ihre eigenen. Sie würde Mella niemals alleinlassen, das schwor sie sich.

Auf dem Nachhauseweg ging Mella langsam und klagte über Gliederschmerzen. Tags darauf kam sie nicht zur Schule und Marie brannte vor Unruhe, nach ihr zu sehen, was erst gegen Abend möglich war, da sie ausgerechnet an diesem Nachmittag mit ihrer Mutter zum Einkaufen musste.

Nein, sie könne sie nicht besuchen, auf keinen Fall, so Mellas Vater mit ungewohnter Schärfe, als sie endlich an Mellas Haustür läutete. Er hatte tiefliegende Augen und bläuliche Bartschatten auf Kinn und Hals und schaute durch sie hindurch. Sonst hielt sein Blick sie immer einen Moment lang fest, es fühlte sich so an, als würde er sie hochheben und gleich sanft wieder absetzen, wie man es mit einem Kind machte, aber mit einem kleinen Augenzwinkern, das sie wissen ließ, dass sie eben kein Kind mehr war.

Mella habe Fieber, sagte er, eine Sommergrippe, sie schlafe, und er wolle nicht, dass Marie sich anstecke, und »komm morgen wieder, noch besser übermorgen«. Als Marie nicht gleich reagierte, kam sein »Gute Nacht« mit ziemlichem Nachdruck. Aber Mella schlief gar nicht. Nach einer Weile, die Marie noch unschlüssig im Vorgarten stand, hörte sie hinter dem angelehnten Fenster von Mellas Zimmer die eindringliche Stimme des Vaters, dazwischen Mella, kurz und schrill, dann wieder den Vater, begütigend. Aber auch als Marie sich auf das Gartenmäuerchen stellte und den Atem anhielt, gelang es ihr nicht, etwas zu verstehen, und schließlich machte sie sich auf den Heimweg.

5
Kind of Blue

Zuerst war es das Haus, das Marie das Gefühl gab, eine andere zu sein, sobald sie dort über die Schwelle trat. Sie kannte es schon aus der Zeit, bevor Mella hierher gezogen war. Spitzwinkelig, mit Bogenfenstern, grünem Dach aus Kupferblech und schönbrunngelber Fassade, stand es am Ende einer unauffälligen Vorstadtgasse aus den Nachkriegsjahrzehnten in einem Garten mit schiefen Obstbäumen. Mellas Vater kaufte es von Verwandten der früheren Besitzer zu einem guten Preis. Marie erinnerte sich an das betagte Paar. In ihren Geschichten machte sie aus der alten Dame mit der weißen Flechtfrisur und der singenden Aussprache, die sie aus ihrer alten Heimat behalten hatte, eine Art freundliche Hexe und berichtete von einer Reihe mit ihr verknüpfter seltsamer Ereignisse in der Nachbarschaft. Mella behauptete, sie glaube kein Wort davon, trotzdem wollte sie immer wieder etwas über die beiden Alten hören, die Maries Bruder und ihr Äpfel und die besten Obstkuchen mit dickem Streusel geschenkt hatten, wenn sie mit den Rädern vorbeifuhren. Der alte Mann plauderte gern auf die Hasen ein, die unter den Fliederbüschen herumliefen. Beim Spazierengehen gingen die beiden stets Hand in Hand. Man erzählte sich, dass sie einander erst jenseits der fünfzig kennengelernt und ihre langjährigen Partner füreinander verlassen hatten, eine romantische Geschichte, von der Marie nicht wusste, ob sie der Wahrheit entsprach. Was sie der Freundin erzählte, wirkte wieder zurück auf ihre eigene Erinnerung, und sie begann sie schließlich durch Mellas Augen zu sehen.

Einmal wollte Mella unbedingt das Grab der früheren Besitzerin sehen. Sie wohne ja schließlich in ihrem Haus und sei ihr einen Besuch schuldig, damit ihre Seele nicht umherirre und sie heimsuche, erklärte sie Marie. *Heimsuchung.* Solche Wörter kannte Mella. In Albanien glaubten sie an so etwas, sagte sie. Auch dort war sie einmal mit ihren Eltern gewesen, auf einer langen Autofahrt nach Griechenland hatten sie für eine Weile in einem Dorf am Meer Station gemacht. Sie fanden den Namen der Frau tatsächlich auf einem nüchternen Urnengrab auf dem städtischen Friedhof, wo kein Platz für den Wiesenblumenstrauß war, den sie mitgebracht hatten. Mella stellte die Blumen in eine Plastikflasche auf den Boden. Marie hätte Mellas Andacht gerne geteilt, sah sich aber dauernd um, weil sie nicht von Bekannten ihrer Mutter ertappt werden wollte.

Mit der Zeit wusste Marie so zu erzählen, dass es Mellas Art entsprach, Dinge und Menschen zu erfassen: zum Beispiel die Sechstklässlerinnen mit ihren glattgeföhnten Mähnen, wie sie mit gespielter Empörung über irgendwelche Jungs Tanzschulerlebnisse austauschten, oder die Hausmeisterin der Schule in ihrem Blumenbeet, mit starrem Blick auf der Jagd nach jedem Fitzelchen Unkraut. Ihr vierschrötiger Mann, der, die Daumen in die Träger seiner Latzhose eingehängt, hinter halb geschlossenen Lidern den Mädchen hinterhersah und dabei die Zunge zwischen die Zähne schob. Die Freundinnen beobachteten gemeinsam, zogen Schlüsse, erzählten einander mögliche Geschichten über die Menschen um sie herum. Natürlich waren sie ungerecht und voll jugendlichem Hochmut, aber darauf kam es nicht an. Sie übten es, der Welt, die sie vorfanden, ihren Blick entgegenzusetzen. Sie träumten von nicht weniger, als sich auf einem Netzwerk aus Geschichten im Gleichgewicht zu halten, anstatt von ihnen verschlungen zu werden, wie es Mellas Mutter geschehen war.

In Mellas Haus hatten sie ihre Lieblingsplätze. In der ehemaligen Werkstatt mit der großen Dachveranda darüber saßen sie im Schneidersitz auf der Hobelbank des früheren Besitzers, zwischen ihnen zwei Gläser Fanta und Chips, die, anders als bei Marie zu Hause, nicht verboten waren. Mellas Vater hatte das sperrige Möbel behalten, obwohl er keine Verwendung dafür hatte. Er meinte, man solle etwas von den ehemaligen Bewohnern aufbewahren. Marie staunte. Über eine solche Ansicht hätten sich ihre Eltern das Maul zerrissen. Obwohl Maries Mutter mit ihr und ihrem Bruder in die Kirche ging, verabscheuten sie in ihrer Familie alles, was in ihren Augen dem gesunden Menschenverstand widersprach. Sie waren Leute mit festen Ansichten, die sie mit einem Repertoire wiederkehrender Wendungen verteidigten. Mellas Mutter war anders, weil sie verrückt war. Mellas Vater aber war anders, weil er es so wollte. Etwas hielt Marie davon ab, mit Mella viel über ihn zu reden. Seit Kurzem nannten sie ihn beide Alex, weil er das vorgeschlagen hatte. Es fiel Marie jedoch schwer, jedes Mal, wenn sie seinen Vornamen aussprach, war es wie ein winziges Stolpern, das auf den Lippen prickelte.

»Warum wirfst du das Ding nicht weg, der alte Mann ist doch im Heim und sie ist tot«, rutschte es ihr heraus, als sie zu dritt bei Mella um den Küchentisch saßen und eine Unmenge Nüsse aus dem Garten knackten.

»Sicher, aber das ist nicht das Entscheidende.«

Dachte Alex tatsächlich, man könne jemandem, der es gar nicht mehr mitbekam, etwas zuliebe tun? Marie wusste nicht, was sie glauben sollte, aber wie Alex und Mella die Dinge sahen, war in jedem Fall verheißungsvoller, als man es in Maries Familie tat, wo man Eindeutiges bevorzugte. Mellas Vater redete nicht viel und sagte im Unterschied zu anderen Erwachsenen kaum etwas, das sie nicht schon wörtlich hätten voraussagen können.

»Denkst du, dass es sinnlos ist, sich über Menschen Gedanken zu machen, die nicht mehr da sind?«.

Marie erschrak ein wenig über die Frage, sie wollte nichts Falsches sagen. »Meine Mutter sagt, man soll die Vergangenheit ruhen lassen.«

Er lachte. »Und was meinst *du*?«

Spätestens jetzt würde er sie für ein dummes Ding halten. Ihre Mutter sagte fast immer etwas in der Art, wenn Marie Fragen zu früher stellte. Marie unterbrach das Nussknacken, betrachtete den Haufen Kerne auf dem Tisch. Woher wussten die Eltern, was man sollte? Ihr war ein bisschen schwindelig. Mella und ihr Vater arbeiteten schweigend weiter. Das sanfte Trommeln des Regens und das Knacken der Nussschalen gaben einen guten Hintergrund zum Nachdenken ab.

»Nur weil man etwas glaubt, muss es ja noch nicht stimmen, oder?«, sagte sie.

»Natürlich nicht«, sagte Alex. »Überleg doch einmal, die Menschen haben jahrhundertelang geglaubt, dass die Erde eine Scheibe ist. Das macht es auch nicht wahrer.«

Sie machten Nussstrudel. Es tat gut, eine Pause vom Denken zu machen, und Mella war aufgedreht wie ein Kind, wie immer, wenn Alex länger Zeit für sie hatte. Das kam damals nicht oft vor, weil er häufig in anderen Städten spielte. Einmal die Woche fuhr er in die zwei Zugstunden entfernte Hauptstadt, wo er in einem Konservatorium unterrichtete. Dann kam er erst spät nach Hause, und Mella war den ganzen Tag sich selbst überlassen. Marie rührte die Füllung aus Zucker, Nüssen, Butter und Rosinen zusammen und goss zu viel Rum zur Mischung. Wenn es regnete, mochte sie das Haus besonders. Von der Dachrinne prasselten an zwei Ecken dicke Wasserstrahlen auf den Weg aus Steinplatten, der um den Vorgarten führte.

»Wenn jemand sehr unglücklich oder zornig gestorben ist, dann ruht die Vergangenheit einfach nicht, das hab ich gelesen«, warf Mella altklug ein. Sie hatte damals eine Vorliebe für Geistergeschichten, war fasziniert von der Wiederkehr der Toten und liebte alles irgendwie Gespenstische, Verschwommene.

»Dann müsste es allerdings ganze Heerscharen von Gespenstern geben.« Alex klopfte mit den Knöcheln einen Rhythmus auf die Tischplatte, der irgendwie an die Geräusche des Wassers aus den Dachrinnen und des Regens erinnerte. Marie kam dazu eine Melodie in den Sinn, sie traute sich aber nicht, sie laut zu singen, obwohl die Leiterin im Schulchor sie bei schwierigen Stellen oft zum Vorsingen auswählte.

Mella erzählte dann noch eine Geschichte über ein autostoppendes Gespenst, das die Fahrer an den Ort der unentdeckten Tat lotste und dann verschwand. Marie hörte nur mit einem Ohr hin. Sie sah zu, wie Alex die Nussschalen sorgfältig in der Mitte der Tischplatte zusammenfegte. An seinen Unterarmen und Händen bewegten sich die kleinen Muskeln. Er hatte große, quadratische Handflächen mit langen Fingern. Wenn er in der Werkstatt Gitarre oder Klavier spielte, durften die Mädchen zuhören. Wenn sie etwas erzählten, stellte er ihnen Fragen. Meist sagte er nicht viel zu ihren Antworten. Gefragt zu werden war aber ein gutes Gefühl. Im Sommer hörten sie ihm von der Dachveranda aus beim Üben zu. Dort konnte man das Vibrieren der Klaviertöne in den Fußsohlen spüren.

Ein anderer Lieblingsplatz in Mellas Haus war der größere Raum neben der Werkstatt, den sie als Wohnzimmer nutzen. Hier standen drei Sofas mit buntgemusterten Überwurfdecken um einen improvisierten Tisch aus lackierten Kisten, wo Mella und sie miteinander Hausaufgaben machten oder lernten, weil es in Mellas Turmzimmer zu eng war. Es störte Alex nicht beim Üben, wenn er sie leise reden und lachen hörte, und Marie gewöhnte sich an die Klänge, selbst wenn er bestimmte Stellen Dutzende Male wiederholte. Der alte Orientteppich im Wohnzimmer stammte auch noch von den Vorbesitzern. Sonst gab es nur die gerahmten Fotos von Mellas Familie und eine Stereoanlage. »Sie zu benutzen, ist ziemlich das Einzige, was mein Vater mir verbietet«, sagte Mella, als sie Marie zum ersten Mal ein Stück von einer LP darauf hören ließ. Bei aller fraglosen Liebe zu ihm wäre es ihr dennoch nicht in den Sinn gekommen, sich an seine Anweisung zu halten. Zuerst saß Marie die ganze Zeit an der Sofakante, während die Platte lief, und lauschte mit einem Ohr zum Fenster hinaus, ob man etwa ein Auto kommen hörte. Die Musik klang ganz anders als aus dem großen alten Radio, das ihre Eltern zu Hause hatten und das ihr Bruder spöttisch »unseren Volksempfänger« nannte. Hier war es so, als würde die Musik unmittelbar neben ihnen gespielt. Da waren langgezogene Saxophonlaute, die wie Wehklagen waren, dazwischen Atmen, Aufstöhnen, Pianoläufe wie die reinste Bewegung aus Freude und Übermut, virtuose Gitarrenriffs, Teile, die unerhört auseinanderfielen, sich weit voneinander fort-, dann wieder ineinanderbewegten und zu einem schwingenden Ganzen zusammenfanden. Eine der ersten Platten, die sie hörten, war Miles Davis' »Kind of Blue«. Nach und nach hörten sie die ganze Sammlung durch, immer in Alex' Abwesenheit. Mella blies den Staub von den Scheiben, setzte den Tonarm vorsichtig auf und vergaß nie, den Schutzdeckel über dem Plattenspieler zu schließen. Manche der Männer auf den Covers erinnerten Marie an Alex, etwas um ihre Augen oder ihren Mund. Bei manchen Stücken kam das Prickeln auf der Zunge wieder und breitete sich aus. Am liebsten hörten sie Schubert und Pink Floyd, Gospelsänger, Laurie Anderson und die Beatles, Chopin und immer wieder Johann Sebastian Bach. Mit der Musik war Alex gegenwärtig, auch wenn er nicht zu Hause war. Irgendwann begann Marie zu hoffen, auch ihn anzutreffen, wenn sie zu Mella ging, auch wenn sie nicht viel miteinander sprachen.

Mella behauptete, gewisse Stellen direkt im Herz, im Magen oder in den Fingern zu spüren. Wo in Tschaikowskys Violinkonzert in einer Aufnahme mit Dawid Oistrach aus dem Jahr 1963 ein feiner Kratzer auf der Platte zu hören sein würde, wussten sie genau: exakt zwölf Sekunden vor dem Ende des zweiten Satzes, den Mella immer wieder hören wollte. Marie mochte das Störgeräusch, es war wie ein Augenzwinkern in der tiefen Melancholie der Musik, die Mella Tränen in die Augen trieb und Marie trotz ihrer Schönheit unruhig machte. Erst nachdem sie das Stück schon viele Male gehört hatten, erwähnte Mella, dass dies eine der Lieblingsplatten ihrer Mutter sei. Selbst spielen mochte Mella nicht mehr, obwohl sie Klavierunterricht gehabt hatte. Manchmal klimperte sie eine Weile herum und war nicht schlecht, fand Marie. Sie sei nicht begabt genug, um wirklich gut zu werden, meinte sie, da lasse sie es lieber gleich. War Alex kein geduldiger Lehrer gewesen?

»Was geht dich das an? Es hat eben nicht funktioniert!«

Was hatte Mella nur? Gerade sie fragte ihr doch sonst auch Löcher über alles und jedes in den Bauch: Was macht ihr am Sonntag nach dem Mittagessen? Wer fängt zu essen an? Woran merkst du, dass deine Eltern gestritten haben? Küssen sie sich manchmal vor euch? Was ist das erste Weihnachtsgeschenk, an das du dich erinnern kannst? Wovor hattest du als Kind die meiste Angst? Was war das beste Geschenk, das du je bekommen hast? Wann hast du das letzte Mal gelogen? Wohin würdest du auswandern? Lieber taub, stumm oder gelähmt sein? Magst du deinen Vater oder deine Mutter lieber? Wenn ein Mitglied deiner Familie sterben müsste und du könntest wählen, wer wäre es?

Meist war es aufregend, über Mellas Fragen nachzudenken. Außerdem schmeichelte es ihr, dass Mella so viel über sie wissen wollte. Vor allem aber hatte sie das Gefühl, sie würde auf jeden Fall Mellas Freundin bleiben, solange sie ihr Antworten gab, die sie interessierten. Bis sie einmal Mella gegenüber herausplatzte, »Warum fragst du mich immer aus?«, sollten noch Jahre verstreichen, und die Frage kam erst zu einem Zeitpunkt, da sie sie gar nicht mehr hätte stellen müssen, weil sie die Antwort schon kannte.

6
Lügen

Sie hätte es merken müssen, sagte sich Marie später. Weil er in den Mittagspausen, die er sonst mit seinen Kumpels in der Schule oder am Flussufer verbrachte hatte, plötzlich immer nach Hause kam. Felix' Schule lag nicht weit von ihrer entfernt, wenn sie mit Mella unterwegs war, begegneten sie einander manchmal.

»Er meint wohl, dass er mithalten muss«, sagte Marie achselzuckend über ihren Bruder, der seit einiger Zeit vor allem blöde Drei-Wort-Sätze mit Kunstpausen dazwischen von sich gab, was wirkte, als habe er sie sich mühsam antrainiert. In seiner Lederjacke und den Stiefeln sah er verkleidet aus, schmal und lang, wie er war. Vorzugsweise lernte er nachts, weshalb er morgens blass und wortkarg zwei Tassen Kaffee in sich hineinschüttete und seiner Wege ging. Er machte eine Ausbildung in Maschinenbau und hatte Schulfächer wie Fertigungstechnik und Konstruktionsmethodik, unter denen sich Marie nichts vorstellen konnte. Irgendwann waren ihnen die gemeinsamen Spiele abhandengekommen, das Baumhaus, die Karawane, die Flucht nach Costa Rica, Handlungen von opernhafter Dramatik, die Felix entworfen hatte und bei denen sie mit Feuereifer dabei gewesen war. Ihre spätere Nähe war seltsam substanzlos, hatte keinen Boden aus gemeinsamen Vorlieben mehr.

Auch über ihn stellte Mella Marie viele Fragen: Was denkt er über eure Eltern? Worüber habt ihr im Urlaub geredet, wenn keine anderen Kinder da waren? Hat er manchmal geweint? Mag er deine Mutter oder deinen Vater lieber? Beschützt er dich? Was war der schlimmste Streit, den ihr je hattet? An Mellas Neugierde war Marie gewöhnt, deshalb schien ihr daran nichts besonders. Marie wusste nicht viel über ihren Bruder zu erzählen. Er verschanzte sich mit seinen Stapeln an Elektrotechnikbüchern und den Motormodellen, an denen er stundenlang herumtüftelte, verschlossen wie eine Auster, dennoch vertrautester Zeuge und Mitspieler bei jedem langweiligen Omabesuch, jedem Weihnachtsstreit, jeder Krankheit, die sie gemeinsam durchlitten hatten. Letztes Jahr hatte er sich bei einem Schulausflug mit ein paar anderen Mitschülern in einem Almgebiet verirrt, sie waren von der Gendarmerie gesucht worden. Marie war damals ganz heiß vor Angst um ihn geworden, und als er gegen Mitternacht nach Hause gebracht worden war, weinte sie vor Erleichterung. Manchmal, wenn er bei seinen Redepausen ins Leere starrte oder vom heimlichen Rauchen hinter den Müllcontainern ins Haus zurückschlich, warf er ihr einen Blick zu, der zugestand, dass sie Bescheid wusste. Sie würde ihn nicht verpfeifen, selbst wenn sie sich beim Frühstück angeschnauzt hatten. Genau wie Marie schien auch er auf irgendetwas zu warten, auf etwas Großes. Sie hätte ihn gerne danach gefragt, aber nicht gewusst wie. In einem Jahr würde er die Schule abschließen und weggehen. Früher hieß der Plan: auf ein Schiff oder zur Fremdenlegion. Jetzt: Zivildienst, irgendwohin reisen, arbeiten. Die Eltern erwähnten es nicht, obwohl der Zeitpunkt heranrückte.

Mella kam zweimal in der Woche gleich nach der Schule zu Marie. Neuerdings saß Felix immer dabei, wenn sie in der Küche mit der Mutter zu Mittag aßen. Außer belanglosen Bemerkungen über Essen, Müdigkeit, Schulstress gab er nicht viel von sich. Mit Marie und der Mutter sprach er in einem leicht spöttischen Tonfall, der die Mutter auf die Palme brachte. Mella hatte es bei den muttertauglichen Gesprächen, wie die Mädchen dies unter sich nannten, zu einiger Meisterschaft gebracht. Nach wie vor log sie nicht eigentlich, sondern nuancierte ihre Geschichten genauso weit, dass sie in den Ohren der Mutter sowohl tragbar als auch glaubwürdig blieben.

Einmal gab Mella eine Geschichte über eine verschobene Schularbeit zum Besten, wobei sie den Dialog mit der Lehrerin als Einpersonenstück mit mehreren Rollen darstellte. Felix lachte über Mellas Kommentare mehrmals laut auf. Sein Blick hatte oft etwas unruhig Huschendes, das seine sonst unbewegte Haltung erzwungen wirken ließ. Diesmal aber blieb er lange an Mella hängen, an ihrem Mund und den gestikulierenden Händen. Als Felix bemerkte, dass Marie ihn beobachtete, zog er augenblicklich zurück, was immer es gewesen sein mochte. Darin glichen sich er und Mella: Sie ließen sich nicht in die Karten schauen.

An diesem Morgen fuhren sie alle drei zufällig gemeinsam zur Schule, und Felix bekam mit, dass sich die Sache mit dem Vergessen der Prüfung bei Weitem nicht so verhielt, wie Mella sie dargestellt hatte. Als sie einander später im Flur begegneten, meinte er im Vorbeigehen: »Was erzählst du für einen Mist?« Mella grinste nur und drückte sich an Felix vorbei, aber der blieb im Weg stehen, als hätte er vergessen, wie man einen Schritt zur Seite macht.

Da musste es begonnen haben. Als Marie sie später löcherte, gestand sie es ihr auch, mit diesem Schulterzucken, das Marie wahnsinnig machte. Im Nachhinein kam ihr in den Sinn, wie Mella einen Moment neben Felix innegehalten und ihm einen kleinen Schubs versetzt hatte, auf den er mit einem überraschten Kiekser reagierte. Trotz ihres Furors war Marie klar, dass andere nur achselzuckend gesagt hätten: »Was soll's, er ist dein Bruder, nicht dein Freund.« Niemand hätte verstanden, dass sie doch Bescheid wissen musste. Sie beharrte darauf, jedes noch so kleine Detail zu erfahren. Sie fand, das stünde ihr zu.

Mella brauchte doch niemanden außer Alex und sie. Hätte sie einen wie Felix gebraucht, wäre sie nicht Mella gewesen. Vielleicht wusste nur Marie, wie sehr Mella ihre Mutter hasste. Dass die Erwachsenen das Gegenteil glaubten, lag an ihrer Eitelkeit, in der sie sich im Leben ihrer Kinder für immens wichtig hielten. Von den Erwachsenen ertrugen die meisten nur sehr wenig Wahres. Mella schaute dieser Tatsache ins Auge und handelte danach. Und sie hatte die meisten wesentlichen Dinge schon längst begriffen. Mella hatte ein Schicksal, und wer in ihrer Nähe war, bekam auch eines: Besser konnte es Marie nicht erklären.

In ihrem Kopf vollzog ein greller Scheinwerfer quälend langsame Schwenkbewegungen. Sie stopfte sich das Kissen ins Kreuz. Ordnung, festhalten, Zeilen füllen: Das half, wenn es eng wurde. Dreimal war Felix in der letzten Woche mit ihnen im Bus gefahren, obwohl sein Unterricht erst in der zweiten Stunde begann. Er würde einen Kumpel in Mathe unterstützen, hatte er der Mutter gesagt. Es war nicht seine Art, unaufgefordert preiszugeben, was er wann tat. Dienstags um fünf ging Mella zum Volleyballspielen. Da hatte Felix keine Schule, war aber nicht zu Hause gewesen, auch die Woche davor nicht. Mindestens zweimal hatte bei Mella das Telefon geklingelt, und sie hatte nicht abgehoben. Sie trug ein Halstuch, drei volle Tage schon, dabei war es heiß, und die Schüler schlichen in der Mittagspause in den durch eine Hecke abgegrenzten Gartenbereich des Hausmeisterpaars und bespritzten einander mit dem Gartenschlauch.

Ein Schultag ohne Mella war eine schier nicht zu bewältigende Strecke in Ödnis und Langeweile. Maries Mella schrieb selbstverständlich Maries Mathematikhausübungen ab und lieferte als Gegengabe Latein, war mit Geld und anderen Dingen großzügig, wusste genau, was klug und angesagt war. Sie konnte sich aufgrund eines Schulfilms über die Vernichtung von Weizen in den USA zur Senkung des Weltmarktpreises in eine existenzielle Krise hineinreden, die noch nicht am nächsten Tag, aber am übernächsten wieder vergessen war. Maries Mella war unangreifbar und erschütterbar zugleich und verließ sich darauf, dass Marie über alles den Mund hielt, was sie betraf. Vielleicht war es dieses geduldige und unbeirrbare Warten auf später, das sie alle gemeinsam hatten. Vielleicht dachte auch Felix, dass in Mella schon etwas von diesem ersehnten Später gegenwärtig war. Vielleicht verhielt es sich auch viel simpler: Mella war einfach da gewesen, hatte ihre Spielchen gespielt, und Felix, schüchtern und gierig zugleich, hatte die Gelegenheit genutzt. Aber Maries Mella spielte doch keine Spielchen!

Beim Erwachen stach Marie das Licht in den Schläfen. Der Wecker zeigte erst Viertel vor fünf. Sie schlich in Felix Zimmer. Er lag auf dem Bauch, das Kissen halb über den Kopf gezogen, neben dem Bett ein Stapel Zeitschriften. Sie rüttelte ihn: »Hey, wach auf! Was habt ihr miteinander laufen, du und Mella? Rede!«

Natürlich redete er nicht, jedenfalls nicht zur Sache. Nachdem er zuerst so getan hatte, als schliefe er, vergingen die ersten Minuten mit Beschimpfungen und Abwehrkämpfen wie »Bist du verrückt geworden?«, »Lass mich sofort in Ruhe, du durchgeknallte Kuh, du tickst ja wohl nicht richtig!«, bis zu vergeblichen Versuchen, Marie aus dem Zimmer zu werfen.

»Mit wem soll ich etwas haben? Mit Mella? Was soll zwischen deiner Freundin und mir schon sein?« Das idiotische Wiederholen dessen, was sie gesagt hatte, diente einzig und allein dazu, Zeit zu gewinnen. Felix war zittrig und zappelig, knackte fortwährend mit den Fingerknöcheln.

»Und wenn es so wäre, was, bitte, ginge es dich an?«, sagte er schließlich.

Er gab es also zu. Aber er würde nichts preisgeben. Wenn er in Mella verliebt war, würde er das nicht riskieren. An Mellas Macht zweifelte Marie nicht. War es vorstellbar, dass umgekehrt Felix Macht über Mella bekam? Warum hatte ihr Mella nichts erzählt?

Felix saß jetzt im Bett, die Knie mit der Bettdecke fest an die Brust gezogen.

»Bis du verknallt in sie?«

Bekam er rote Ohren?

»Weiß ich nicht. Wieso machst du so ein Drama draus?«

Jetzt brach Marie in Tränen aus. Ihr tat schon der Kiefer weh vom Zusammenbeißen der Zähne. Trotz allem fiel es ihr leichter, vor Felix zu weinen als vor irgendjemand anderem. Sie hatten einander schließlich beim Kotzen gesehen, erbittert um das letzte Stück Schokolade und um Legosteine gestritten, waren nebeneinander mit Mumps und Masern im Bett gelegen. Sie gab sich dem Schluchzen hin, einfach weil sie absolut nichts anderes hätte tun können. Felix' Stimmung schlug um. Er legte die Decke um ihre Schultern, zog sie neben sich und tätschelte ihren Rücken, bis sie sich beruhigt hatte. Dann schlich er in die Küche und holte Kamillenteebeutel und Eiswürfel für sie. Beim Frühstück fragte die Mutter nach ihren verschwollenen Augen. Sie habe Albträume gehabt, erklärte Marie. Die Mutter fühlte ihr die Stirn und fand, dass sie heiß war. Daheimbleiben wollte Marie aber auf keinen Fall. Sie musste schließlich mit Mella reden. Geistesgegenwärtig sprang Felix ein: »Hast du nicht gestern etwas von einem Geschichtetest gesagt?«. Ja, genau, den wolle sie keinesfalls versäumen.

Marie fuhr mit dem Fahrrad, um Mella im Schulhof abfangen zu können. Als sie in die Pedale trat, spürte sie, wie übernächtigt sie war. Die kühle Luft tat gut, aber die Schwere in der Brust, die das Weinen aufgelöst hatte, füllte sich langsam wieder auf, je näher sie der Schule kam. Mella war spät dran. Schnell, schnell, sie habe die Englischhausübung nicht. Wortlos reichte ihr Marie das Heft. Eine Viertelstunde nach Unterrichtsbeginn ein Zettel von Mella:

»Was hast du? Deine Augen sind komisch.«

Marie überschlug für einen Moment die Möglichkeit, gar nichts zu sagen. Felix würde wohl kaum etwas erwähnen. Und wenn doch?

»Was ist mit Felix gelaufen?«, schrieb sie.

Hoffnungsvolles Perfekt. Mella rückte so weit wie möglich aus Maries Gesichtsfeld und ließ sich ihr langes Haar ins Gesicht fallen. Marie wartete. Als die Lehrerin an die Tafel schrieb, kam der Zettel zurück: »Nichts Wichtiges!!!!!!!!!!!«

Eine ganze Reihe Rufzeichen. Bedeutete das, Marie solle sich nicht aufregen? Weil es das nicht wert sei? Als Marie nicht gleich reagierte, folgte genau das als Nächstes: »Reg dich nicht darüber auf. Es hat NICHTS mit dir zu tun. Ist eh schon fast wieder vorbei.«

Fast. Marie unterstrich das Wort »fast« und malte einen Pfeil und ein großes Fragezeichen dazu. Jetzt wurde die Lehrerin aufmerksam, und Mella nutzte das, um für den Rest der Stunde nicht zu antworten. Marie fühlte sich klarsichtig und zum ersten Mal voller Widerwillen gegenüber Mella. Sie beobachtete ihr eigenes Empfinden, wie man einen interessanten, fremden Gegenstand betrachtet.

Es würde sie stark machen, wenn sie es nicht gleich wieder verlor. Wenn dieses Alles-Wissenwollen nicht gewesen wäre und das Halstuch, das Mella schon seit drei Tagen trug.

Er sei lieb. Ja, einfach ein netter Kerl. Und witzig. Doch, wirklich. Nein, sie sei nicht verliebt in ihn. Natürlich könne sie ihr glauben. Sicher hätten sie etwas zu reden miteinander. Dumm sei er nicht.

Er sei doch immerhin ihr Bruder. Nein, nicht wie mit ihr. Aber das wisse sie doch. Einen guten Musikgeschmack habe er auch. In Geschichte kenne er sich aus und in der Politik. Warum sie das nie erzählt habe. Es sei seltsam, dass Leute, die unter demselben Dach wohnten, so wenig voneinander wüssten. Wieso sie auf einmal so schwach sei. Sie müsse doch wissen, dass sie, und nur sie. Ihre verwandte Seele. Ihr Schwesterherz, niemals ersetzbar. Wieso sie das überhaupt aussprechen müsse. Sie fände das bedenklich, sogar schlimm. Ja.

In weniger als einer Viertelstunde war es Marie, die sich in der Rolle der Beschuldigten befand. Satz für Satz, Antwort für Antwort war sie, ohne es zu merken, darauf hingesteuert, als Kleingläubige dazustehen, als eine, die wegen *nichts* schon am Großen und Ganzen zweifelte. Dennoch brauchte sie Mellas Versicherungen. Mellas Stimme, ihr roter Pullover vor der fleckigen grauen Wand, ihre beschwörenden Augen. Marie fühlte sich lieber kleingeistig als verlassen. Ohne das Halstuch hätte sie es damit gut sein lassen, gedemütigt zwar, aber getröstet.

Sie standen vor der Klasse im Gang, die Stimmen zu einem Flüstern hinuntergezwungen. Die nächste Unterrichtsstunde hatte schon begonnen. Kopfweh, Übelkeit, Besprechung mit der Theatergruppe, sie würden sich schon etwas einfallen lassen, der Biologielehrer war harmlos. Dass sie ganz allein in dem langen, leeren Gang standen, gab der Situation etwas Dramatisches, als stünden sie auf einer Bühne. Graues Linoleum, hellgrauer Ölanstrich bis zur halben Höhe, oben fleckiges Weiß. Mella lehnte an der Wand, ihr blasses Gesicht glänzte vor Anstrengung. Die Schule war in einer ehemaligen Kaserne untergebracht, man merkte es dem Gebäude an. Der Gang hatte eine lange Fensterreihe auf einen Hof mit Sportplatz hinaus, auf der anderen Seite lagen die Klassenräume. Alle fünf Minuten gab die Uhr beim

Weiterrücken des Zeigers ein ruckendes Geräusch von sich, wie ein mechanischer Schluckauf. Der Hof war leer, bis auf ein paar Tauben, die stupide nach Bröseln pickten. Außerhalb des Zauns brauste der Morgenverkehr, ein bösartig summendes Einerlei.

»Nimm das Tuch ab.«

Der Satz war einfach da gewesen, sie hatte gar nichts damit zu tun, konnte nur zusehen, was er mit sich bringen würde.

»Was?« Mellas Lächeln erreichte ihre Augen nicht, war nur ein verlegenes Zucken.

»Na los!«

Jemand in Marie hatte das Ruder übernommen, den sie nicht kannte. Sie war gespannt darauf, was sie als Nächstes tun würde. In der Zwischenzeit wandte sie sich wieder den Tauben im Hof zu. Weinen war kein Thema, solange die neue Marie das Sagen hatte. Der Stein in der Brust war auszuhalten.

Die Flecken an Mellas Hals waren purpurrot und ziemlich groß. Manche Mädchen versteckten sie nur pro forma. Jetzt hätte Marie doch gerne geweint. Die Kälte verschwand und ließ sie wieder mit Mella allein.

Nur küssen, mein Gott. Wenn sie gewusst hätte, dass Marie das so tragisch nehme, dann hätte sie es sein gelassen. Marie hielt sich die Ohren zu. Als sie die Hände herunternahm, sah Mella ihr direkt in die Augen und sagte: »Er küsst gut.«

Das brachte die Kälte augenblicklich zurück. Marie holte aus. Ihr tat die Hand weh, so fest war der Schlag gewesen, obwohl sie ihn mit der linken geführt hatte. In der rechten hielt sie noch den zusammengeknüllten Zettel mit dem Dialog aus der vergangenen Schulstunde. Mella hatte sich nicht vor dem Schlag weggeduckt. Vielleicht war Marie einfach zu schnell gewesen. Vielleicht hatte Mella bezahlen wollen, irgendwie. Auf ihrer rechten Wange waren Maries Fingerkuppen zu sehen. Sie gingen zu den Garderoben und warteten bis zur nächsten Pause. Zwei Tage darauf kam Mella wie üblich zu Marie nach Hause. Felix verbrachte die Mittagspausen wieder mit seinen Kumpels. Marie fand, dass sie und Mella sich besser verstünden als je zuvor. Als sie es einige Zeit später Mella gegenüber erwähnte, stimmte sie ihr zu. Du bist stärker geworden, sagte sie.

7

Mono no aware*

Daran wird Marie sich erinnern, obwohl es kein Foto davon gibt: die ständig vibrierenden Gleise der Tokyoter U-Bahn in der Ikebukuro-Station von oben, ein in der Nachmittagssonne silberweiß glänzendes Netz, dessen Linien in alle Richtungen auseinanderstreben. Der durchbrausende Zug ist ein bläulich schimmernder Balken, den ein kalter Windstoß begleitet. Sie sind auf dem Weg zu einem Tempel an das andere Ende der Stadt. Yokui, die dicht neben Marie auf der Fußgängerbrücke steht, kümmert sich auf dem Kongress um Organisatorisches, verteilt Namensschilder und Stadtpläne und hat eine Gruppe jüngerer Betreuerinnen unter sich, die mit ihren kinnlangen Mittelscheitelfrisuren und den stewardessenartigen Uniformen wie Klone aus einem Science-Fiction-Film wirken. Yokui riecht intensiv nach einem pudrigsüßen Parfum und ist von jener alterslosen Schönheit, die den westlichen Blick verwirrt: Mandelaugen mit einem zarten Fältchenkranz, knabenhafte Gestalt. Am zweiten Tag fragt sie Mella und Marie, ob sie ihnen und ein paar anderen Interessierten ihre Stadt zeigen dürfe, falls sie keine anderen Pläne hätten.

Maries Vortrag ist vorbei, die größeren Veranstaltungen, über die Mella Interviews für eine Radiosendung macht, sind alle vormittags, und das Tagungsprogramm ist zwar hochinteressant, aber

---

* »Das Pathos der Dinge« oder auch »das Herzzerreißende der Dinge« bezeichnet jenes Gefühl von Traurigkeit, das der Vergänglichkeit der Dinge nachhängt und sich doch damit abfindet. Als Mitgefühl mit allen Dingen und deren unabdingbarem Ende ist mono no aware ein ästhetisches Prinzip, das vornehmlich ein Gefühl, eine Stimmung beschreibt.

Marie hat genug von den Grausamkeiten, die unweigerlich zur Sprache kommen. Sie fühlt sich löchrig und schutzlos und sehnt sich nach anderen Eindrücken.

Nun sind sie zu siebt unterwegs, eine nervöse kleine Psychotherapeutin aus Düsseldorf, die mit traumatisierten Asylwerbern arbeitet, ein Psychiaterpaar aus Seoul mittleren Alters, das sich in letzter Sekunde angeschlossen hat, und zu Maries Bedauern auch ein ständig quatschender Schweizer Kollege, Vertreter eines namhaften psychoanalytischen Instituts, Mella, Marie und Yokui.

Es gebe nicht ein, sondern hunderte Tokyos, sagt Yokui. Alle ziehen sie ihre eigenen Spuren durch die Viertel, die miteinander verbunden seien wie eigene Landkarten für Eingeweihte. Die kleine Gruppe steht für einen Augenblick still, sogar der Schweizer hält den Mund. Yokuis Bemerkung hat sie aus dem für Touristen typischen, leicht betäubten Dahintrotten geholt, das von der Mischung aus Jetlag und Bilderflut herrührt. Sie befinden sich hier oben halb im Freien unter einer Art riesiger Dachluke, von der aus man einen großartigen Blick auf die von Stadtautobahnen zerteilte Ansammlung von Häusern und Wolkenkratzern hat, die sich bis zum Horizont hinziehen. Fast dreihundert U-Bahnstationen gebe es in Tokyo und 7,8 Millionen Fahrgäste täglich. Sie mögen ihr verzeihen, sagt Yokui, sie liebe Zahlen.

Marie, Yokui in der Mitte und Mella lehnen am Brückengeländer in einer abgesperrten Baustelle, jede einen Becher mit *Green Tea to go* in der Hand. Yokui hat das neongelbe Plastikband einfach übertreten und ihnen zugewinkt, ihr zu folgen. Das Quäken der Ansagerinnen, die Signaltöne, die tief dröhnenden U-Bahn-Züge, die Abertausenden Sohlen und das unablässige Klack-klack aus den zahllosen Automaten sind von ihrem Standort aus nur gedämpft zu vernehmen. Neben Fahrkarten, Getränken und Snacks gibt es auch Blumen, Suppen, Zahnbürsten, Nähzeug und

Nagelfeilen, Stofftiere, DVDs, sogar Wegwerfkameras, Unterwäsche und Lesebrillen in den allgegenwärtigen Kästen. Wenn es japanisch ist, sich an Regeln zu halten, gehört Yokui zu den Ausnahmen. Durch das Bodengitter zu ihren Füßen sieht sie das gleichmäßige Fließen der Menschenmassen, das an manchen Stellen verlangsamt rotierende Wirbel bildet. Yokui schiebt die kleine Gruppe zusammen, um Fotos zu machen, ein Windstoß weht Marie Mellas Haar ins Gesicht. Marie bemüht ihr Fotolächeln. Warum auch nicht, sie verbringen schon den zweiten Nachmittag miteinander, seitdem sie Yokui zum Schwänzen der Arbeitskreise am Nachmittag überredet hat.

Dass Mella immer noch hinter ihr steht, bemerkt Marie gar nicht, da sie nach ihrem Vortrag einige Leute in Gespräche verwickeln. Yokui meint gewiss, dass sie Freundinnen seien, da sie sie gemeinsam im Taxi hat ankommen sehen. Pläne hat Marie keine, aber Angst vor den einsamen Abenden im hellhörigen Hotel, vor den lauernden Gespenstern, die von Mellas bloßer Anwesenheit genährt werden. Ihr fiel auf, wie schnell Mella beim Interview für ihren Radiobeitrag mit ihr sprach, als wolle sie die Sache hinter sich bringen. Die Fragen selbst waren tadellos. Thema war Maries Studie zu den Frauen und Gefährtinnen von Gewalttätern. Abschalten, ausblenden, funktionieren. Die Stimme senken, wenn sie nach oben auszubrechen droht und eng wird. Die Sprache des Körpers zähmen, der die Flucht plant. Die Erfahrenen mengen noch die richtige Dosis Freundlichkeit bei und halten dem Blick des Gegenübers stand. Sie sind wach in den richtigen Momenten und verhalten in anderen, je nachdem. Beide sind sie mittlerweile fähig zur Imitation von Interesse, sogar von Mitgefühl. Sie sind Profis, ein wenig automatenhaft, ein wenig anästhesiert. Marie hat Mellas Kurzbiografie nachgelesen: Auslandsaufenthalte, Projekte,

Publikationen. Die üblichen Eckdaten eines gelungenen Lebens. Eine Tochter. Das wusste sie nicht.

»Wir haben es drauf, nicht wahr?«

Mellas kumpelhafter Ton missfällt Marie, auch ihre wahllose Warmherzigkeit für jeden. Wann hat sich Mella das angewöhnt? Nein, sie kennt sie nicht mehr. Nichts täuscht mehr als ein alter Wunsch, das weiß sie doch.

»Was meinst du, dass wir drauf haben?«, sagt Marie und sieht im selben Moment, wie Mellas Finger zittern.

»Ach, nichts Besonderes, das Leben halt«, meint Mella nur, schon wieder auf dem Rückzug, es soll wohl leichthin klingen, geht aber daneben. Sie packt ihr Aufnahmegerät ein, drapiert Haarsträhnen hinter die Ohren, kramt in ihrem Schreibzeug herum. Ihr Blick kommt nicht mehr hoch.

»Nein«, sagt Marie, »ich jedenfalls nicht. Da könnte man doch genauso gut tot sein.«

Was reden sie da überhaupt? Während des Interviews hat sie das Gefühl gehabt, ihnen beiden von einem weit entfernten Punkt aus zuzusehen, so wie sie von diesem gesperrten Fußgängersteg aus jetzt auf die Bahnhofshalle hinuntersehen. Sie und Mella sind wie diese Automaten da unten: Statt Blumen oder Kondomen spucken sie Fragen und Antworten aus. Sie hört ihre eigene Stimme wie die einer Fremden. Sie redet von Mittäterschaft, Abhängigkeit, Schuldgefühlen. *Gefühle, nicht Schuld*, korrigiert sie Mella einmal, die Unterscheidung sei ihr wichtig. Die Studie und ihr Buch sind ziemlich erfolgreich gewesen, besonders seitdem eine große Frauenzeitschrift das Thema aufgegriffen und einen langen, etwas reißerischen Artikel über sie gebracht hat. Irgendetwas tut weh. Wie gut, dass sie gerade so weit entfernt von sich selbst ist. Ist ja gut, redet sie sich im Stillen zu. Dazwischen wechselt sie ein paar Sätze mit den Umstehenden, unterhält sich mit

Yokui. Dann trifft sie Mellas Blick und mit einem Mal ist klar, dass sie beide einen Raum teilen, den sie nicht betreten wollten. Er ist da, wenn sie einander begegnen, egal worüber sie reden. Trotzdem zieht es sie dorthin.

Geht doch, Marie wiederholt es in Gedanken, ein Mantra zur Selbstberuhigung. *Cordulas Tod ist fünfundzwanzig Jahre her, die Sache mit Alex eben die paar Monate länger. Und das Ende? Auch schon bald zwanzig Jahre.* Ihre übrigen Freundschaften sind ganz anders, und seit dem Ende ihrer Freundschaft mit Mella sorgt sie dafür, dass es so bleibt.

Kurz nachdem sie Yokuis Einladung zugesagt hatte, fiel ihr ein, dass sie Kopfschmerzen vortäuschen könnte.

Vielleicht würde ja Mella nicht kommen: eine Vorstellung, auf die sie hoffte und die sie zugleich mit Enttäuschung erfüllte.

Yokui steckt die Kamera ein, nimmt Mella den Becher ab, den sie ihr zum Halten gegeben hat, stellt sich zwischen sie.

»You really look a bit tired, both of you.« Yokuis Deutsch ist gut, aber sie wechselt hin und wieder ins Englische. Manchmal hält ein Bild aus der Menge zersplitterter, belangloser Cuts aus ihren Streifzügen:

Das Mädchen in einer bis oben zugeknöpften türkisen Bluse, vor sich einen großer Papierbecher Cola, den sie mit beiden Händen anhebt. Verknotete Beine, als wolle sie so wenig Raum wie möglich einnehmen. Ihr linker Unterarm ist von neun regelmäßigen, gleich langen Schnitten entstellt.

Yokuis Reihenhaus in einer der vielen verkehrsberuhigten Straßen und Gässchen ist puppenhausartig klein. Die dutzenden Blumentöpfe mit Bonsais jeder Art, vielfarbigen Orchideen, Hibiskus, Graslilien, Rosensorten, liebevoll gepflegtem, blühendem und nicht blühendem Grün auf Schwellen, Gehsteigrändern,

Hausecken, Simsen, Treppenaufgängen, die Marie und Mella beim Vorbeigehen entzücken, wecken den Wunsch in Marie, mit welchen Mitteln auch immer Platz zu schaffen, etwas einfach und grob beiseite zu fegen.

Sie wollen noch einen Abstecher zum Ueno-Park machen, bevor sie ins Hotel zurückfahren. Der Park sei riesig, beherberge neun Museen. Und tausend Obdachlose, sagt Yokui. Ein Säufer mit einem entgleisten Gesicht zieht seine Habe in einem blauen Müllsack hinter sich her. Die sumpfgrüne Wasserfläche des größten Sees im Ueno-Park ist über und über mit Lotospflanzen bedeckt. Mit dem Aufblühen wird das intensiv kühle, verschlossene Rosa weicher, geht von sanftem Pink in einen schattierten, helleren Ton über. Der Blick fliegt über die Hunderten faustgroßen Blüten, die sich über Blättern von der Größe eines Cafétischchens erheben. Ihr Gewicht biegt die hohen Stängel. Wo die Blüten abfallen, bleibt ein harter, gelöcherter Kelch.

Sie reden nicht viel, bleiben bei den unmittelbaren Eindrücken des Tages. Plötzlich ist ein altes Spiel wieder da, das sie früher auf Reisen oder beim Fortgehen oft spielten, wenn sie nach Hause kamen: *Wer war für dich heute der traurigste Mensch, den du gesehen hast? Der verrückteste? Der klügste? Der glücklichste?*

Eine Alte in einem Teehaus in Shibuya mit vielen elfbeinbeinfarbenen Nadeln kreuz und quer im aufgelösten Haar, die geräuschvoll mit den Eiswürfeln in der leeren Tasse spielt, kichert, immer weiter von der Sitzbank gleitet, vor dem Abrutschen innehält und das Spiel von Neuem beginnt. Die ist es, sie sind sich einig. Die Glücklichste für einen Moment.

»Eine Weile dachte ich, niemanden zu brauchen macht glücklich.«

Mella bleibt immer wieder stehen, redet sprunghaft, hängt sich für einen Moment bei Marie ein und lässt sie wieder los.

Mellas Unsicherheit tut Marie gut. Zwei Reiher kreuzen den sich rascher als in Mitteleuropa verdunkelnden Himmel. Die transparente Plastikfolie um die am Ufer aufleuchtenden roten und blauen kegelförmigen Papierlaternen und das Klicken von Fotohandys dämpfen die Vollkommenheit des Anblicks ein wenig. Der schöne Wasserfall kann offenbar an- und abgestellt werden.

»Und deine Arbeit? Erzähl mir mehr davon.«

Seit drei Jahren sitzt Marie im Rahmen eines EU-weiten Forschungsprojekts wöchentlich für einige Stunden in einem hellgrau gestrichenen Raum mit einem unmäßig vor sich hin wuchernden Gummibaum an einem klinikweißen Resopaltisch Straftäterinnen gegenüber, die sie nach ihren Erinnerungen an die Taten, nach Auslösern, Umständen, Gründen befragt. Sie fühlt sich wohl dort, was seltsam klingen mag. Vielleicht liegt es an der Klarheit der Situation und der Aufgabe. Marie liebt klare Aufgaben. Sie hat sich angewöhnt, nach den Sitzungen direkt nach Hause zu fahren und zu baden, weil sie den Zigarettengeruch von den Kettenraucherinnen loswerden muss. Mit den Geschichten, die ihr erzählt werden, geschieht etwas, während sie in der Badewanne liegt: Teile davon gruppieren sich um und setzen sich neu zusammen, manchmal entstehen Verbindungslinien zu zeitlich entfernt liegenden Gesprächen, was sie dank der Aufnahmen später überprüfen wird. Sie irrt sich fast nie.

»Die Frauen sind anders«, sagt Marie. »Sie wollen Verbindung und Verbündete. Sie wollen Verständnis. Sie tricksen, wollen Nähe. Sie reißen die Augen auf, erklären, verschlingen die Finger ineinander und in den Haaren, sie schweigen, starren, die Augen gehen ihnen über, die Hände flattern ihnen nervös davon.«

Bis jetzt hat sie mit über hundert von ihnen gesprochen. Zum Erstaunen ihrer Umgebung belastet sie die Arbeit nicht. Nie denkt sie daran, dass das, was die Täter verbrochen haben, auch sie hätte treffen können. Das würde nur den Prozess behindern, erklärt sie geduldig, wenn jemand danach fragt.

»Die Männer sperren ab und werfen den Schlüssel weg«, sagt Marie. »Die Frauen hingegen haben immer noch einen unter der Fußmatte versteckt. Und wenn sie meinen, es lohne sich, holen sie ihn hervor. Die nichts erzählen, sind immer die Gefährdetsten, aber auch für die, die viel plappern, gibt es keine Sicherheit.«

Sie haben die U-Bahn-Station erreicht, die zum Glück auch mit lateinischer Schrift bezeichnet ist, da es einer der größeren Knotenpunkte ist.

Während der Fahrt zurück sind sie still. Noch ist es nicht Zeit für anderes.

8
Keine Wahl

Es konnte nicht falsch sein. So würde es sich nicht anfühlen, wenn es nicht richtig wäre. Diese Unruhe in den Händen, wenn sie nicht tun konnten, was ihr eigentlicher Sinn und Zweck war: die seinen zu halten, mit Gesten zu begleiten, was sie ihm erzählte. Die Wörter fanden ohne Zögern zueinander, alles erzählte sich von selbst, tat sich von selbst. Die Angst vor den eigenen Gedanken war verschwunden, und Marie ließ sie gehen, wohin sie wollten. Sie wurde klüger und älter durch seine Augen, durch sein Zuhören. Alles andere war Umweg, Aufschub. Und alle anderen waren kaum mehr als Hindernisse, sogar Mella. Ruhig, sagte sie sich. Sie würden geduldig sein müssen, listig sogar und vor allem verschwiegen.

Dieser Werther sei doch ein Masochist, erklärte Mella und begann eine lange, verwinkelte Diskussion mit dem Deutschlehrer. »Ein *beautiful Loser* ist er ja vielleicht, aber doch immer noch ein Loser.«

Damals hatte Maries Doppelexistenz schon begonnen. Nach außen hin bewahrte sie die Attitüde von Skepsis und ironischer Distanz gegenüber jeglichem Gefühlsüberschwang, die Mella und sie kultivierten.

»Wenn man wirklich liebt, gibt es keine Wahl«, schrieb Marie im nächsten Aufsatz und strich das Wort »wirklich« wieder durch. »Die anderen wollen das nicht akzeptieren, weil sie einen sonst nicht mehr verurteilen könnten. Aber Menschen sind noch genauso wie damals darauf versessen zu urteilen. Werther sieht das ganz richtig.«

Der Deutschlehrer war seinem Fach zum Trotz kein Mann großer Worte. Wenn ihn etwas beeindruckte, setzte er ein Rufzeichen neben die Stelle, wie hier neben Maries Satz. Es war kräftig ausgefallen, und Mella, die Marie das Heft aus der Hand genommen hatte, pfiff anerkennend durch die Zähne. Der Lehrer verfocht die altmodische Haltung, sehr sporadisch zu loben, deshalb galten selbst ein knappes Lächeln oder ein enigmatisches Rufzeichen von ihm viel.

»Und wir? Sind wir anders?«

»Na sicher doch!« Mella grinste, hatte offenbar keine Lust auf ein ernstes Gespräch.

Die Liebe durfte ihr nicht den klaren Blick nehmen, versprach Marie sich selbst. Dieser Werther war in manchem ein guter Komplize: Er schaute genau hin. Und außerdem bot er Tarnung. Es fiel nicht schwer ihn zu verstehen, wenn man sich von seinen Wortkaskaden nicht verwirren ließ. Nur dass er am Ende verlor, machte Marie unruhig. Sie würde *nicht* verlieren, das war der Unterschied.

Jetzt verstand Marie diese ewig strapazierten Metaphern von Feuer, Wasser und Naturkatastrophen. Und dass alles andere hinweggefegt würde. Mitten im Feuer gab es nur Feuer. Alles war brennbar, ohne Ausnahme. Es galten dort nicht die Regeln des alltäglichen Einerlei. Sie würde diese unbekannten Gesetze erforschen.

Bis jetzt war die Liebe ein Witz gewesen – Maries Eltern, die am Sonntagmorgen über die Wochenendplanung und den tropfenden Wasserhahn zankten –, eine Art Sehstörung, die den Horizont auf einen schmalen Korridor zusammenschnurren ließ. Maries Freundinnen, die kein anderes Thema mehr kannten als Jungs, etwas älter, aber doch Jungs mit Pickeln, Schultaschen und Lateinproblemen, Jungs, die ihre Motorräder aufheulen ließen und nicht wussten, wo sie ihre Hände lassen sollten, oder sich überlegen vorkamen, falls die Natur es zufällig etwas besser mit ihnen gemeint hatte. Die Liebe konnte gefährlich sein, das sah man an Mellas Eltern: Wenn einer verrückt wurde und man liebte ihn dennoch, hing er einem am Leben als tonnenschwere Last.

»Schau ihn dir an«, sagte Mella. »Er liebt sie immer noch, und es ist ganz egal, wie sehr ich sie hasse, das gleicht es nicht aus.«

Möglicherweise war die Liebe etwas für die Zukunft, aber so sicher waren sie sich beide nicht. Es fiel Marie schwer, nicht zu zeigen, dass sie es besser wusste. Sie zwang sich zur Ruhe, zu einem kühlen Blick. Sie drehte sich vor dem Spiegel, rückte näher an die Glasfläche heran. Das Leuchten in ihren Augen war tatsächlich da. Mit Nachdruck zog sie die Mundwinkel nach unten. *Wie ein seliger Vollidiot*, sagte Mella gelegentlich über jemanden. Mella oder sie würden niemals ein derartiges Bild abgeben. Sie würden die Dinge im Griff behalten, sie beide.

Marie schaute nicht gern in den Spiegel. Sie mochte ihre runden Wangen nicht. Wenn man mit dem Finger darauf tippte, war da ein elastisches Nachgeben, als würde man ein kleines Kissen drücken. Wäre sie doch nur fünf Jahre älter. Spätestens mit fünfundzwanzig sähe man dann auch so ernst aus, wie einem zumute war. *Aber dann würde ich ihn vielleicht gar nicht kennen.* Allein der Gedanke. Ihre Angst würde sie Alex nicht zeigen. Die würde womöglich seine eigene Angst hervorlocken, und das sollte keinesfalls geschehen.

Beim Konzert, zu dem Alex sie beide mitgenommen hatte, hatte Marie gesehen, wie Mella bei ein paar Leuten gestanden war, die rasch einen Joint hatten kreisen lassen. Ihr helles Gesicht mit dem breiten, roten Mund glänzte, sie winkte ihr, aber Marie tat so, als bemerkte sie sie nicht, fragte sogar, wo sie gewesen sei, als sie mit verschwommenem Lächeln wieder nach vorne kam. Marie wurde vorsichtig, sogar verschlagen. Als Mella neben ihr tanzte, hatte sie wieder diesen Ausdruck, den Marie nicht mochte. Er erinnerte sie an die Sache mit Felix vor ein paar Jahren. Damals hatte Mella diesen Blick gehabt, etwas leise Triumphierendes. Felix' glasige Augen nach dem Ende dieser Geschichte hatten Marie angewidert. Nach ein paar Wochen hing er wie eh und je mit seinen Freunden herum oder spielte Fußball. Wenn Mella zu Besuch kam, warf er einen Gruß hin und ging ihr aus dem Weg.

Bei den langsamen Nummern im Konzert schwenkten die Scheinwerfer gemächlich über die Zuschauer, zwei zärtliche Lichtfinger in Hellgrau und Blau. Wenn Alex aus den Schattengebilden auftauchte, sein Profil, der Nacken, an dem Marie die Stelle kannte, wo die Haut weich wie bei einem Kind war, die sich abzeichnende Linie der Schulterblätter unter dem weißen Hemd, ein wenig steif inmitten all der wippenden, hin und her schwankenden Menschen, durchrieselte sie etwas, für das alle Worte zu schwach gewesen wären. Dennoch stellte sie sich manchmal vor, jemandem davon zu erzählen. Dann war es fast unerträglich, es nicht zu können.

Mella kicherte vor sich hin, flüsterte Alex etwas ins Ohr, er legte den Arm um sie. Geschminkt sah Mella älter aus. Wie sie einander umarmt hielten, hätten sie ein Paar sein können.

Er rauchte nicht mehr, trank auch so gut wie nichts. »Wegen Mama«, hatte ihr Mella gesagt, »einer muss klar im Kopf sein, glaubt er.« Es sei besser, er lasse ganz die Finger davon, meinte Alex, als Marie ihn einmal gefragt hatte, warum er höchstens einen Schluck Wein trinke. Es sei oft ein wirklich gutes Gefühl, betrunken oder bekifft zu sein. Im Rausch fühle man sich für lange Zeit eben nicht entsetzlich, sondern großartig, und das sei das eigentliche Problem daran.

Alex sagte Dinge, die Erwachsene zu Jugendlichen normalerweise nicht sagten. Normalerweise wollten sie einen immerzu zu etwas bringen oder von etwas abhalten. Alex schien nichts dergleichen zu wollen.

Der Geruch nach Sommer lag noch in den Straßen, obwohl es nach Mitternacht war, ein Stadtsommer, der nach Staub, Abgasen, dem Wasser vom nahen Kanal und klebrigem Asphalt roch. Die Hitze hatte sich nur zurückgezogen und staute sich zwischen den Mauern. Zwischen Marie und Alex ging Mella, unaufhörlich schwatzend. Ob sie die Beats auch noch so in den Hüftknochen spürten, genau hier?

Sie zog Alex und Marie näher, legte ihnen die Arme um die Mitte. Ihre Schritte hallten in der leeren Straße wider. Zwei aus einem Lokal torkelnde Betrunkene wichen ihnen aus und schauten ihnen nach. Mella schloss jedes Mal die Augen, wenn sie in den Lichtkegel einer Straßenlaterne traten, und lief dann ein Stück blind zwischen ihnen weiter. Wenn Mella auf eine bestimmte Art ins Reden geriet, erwartete sie gar keine Antwort. Über Mellas Scheitel hinweg traf Marie Alex' Blick. Sie waren wortlos Verschworene, sie beide, und sie passten auf Mella auf. Für Marie war bisher immer klar gewesen, dass ihr die Freundin den einen entscheidenden Schritt voraus war. Jetzt aber verschob sich diese Gewissheit, gegen das ganze Gewicht der Jahre, in denen sie einander kannten. Bei engeren Stellen auf dem Gehsteig löste Alex die Umarmung und schob Marie einen halben Schritt vor sich, indem er ganz leicht die Hand auf ihren Rücken legte. *Und jeder Atemzug für dich.* Schon wieder Goethe. Ja, der hatte es drauf.

Es war alles gut. Sie wusste nicht, woher ihre Gewissheit kam. Sie liebte Alex schon eine ganze Weile. Die Sicherheit war neu. Dazu brauchte sie nicht viel, ein Blick, eine Geste waren mehr als genug.

91

Bestimmt hatte Alex Angst, das wusste Marie, mehr vor Mella als vor Cordula.

Solange er in der Nähe war, hatte Marie alle Geduld der Welt. Er musste nicht einmal tatsächlich anwesend sein. Es genügte, wenn sie ihn sich auf eine bestimmte Art vergegenwärtigen konnte. Der Bus konnte davonfahren, der Vater aus einer Laune heraus auf einem gemeinsamen Samstagnachmittagsspaziergang bestehen, das Heft mit der Übersetzungsaufgabe, mit der sich Marie Stunden geplagt hatte, morgens auf dem Küchentisch liegen bleiben: Was machte das alles schon? Aufforderungen zum Aufräumen, zur Gartenarbeit, sogar ein Verbot, zur Party eines Bekannten zu gehen, weil die Eltern durch vage Gerüchte aufgestört worden waren, nahm Marie kommentarlos hin. Irgendwann wunderte die Mutter sich doch über Maries Fügsamkeit und versuchte, sie aus der Reserve zu locken. Aber Marie unterlief kein Fehler. Dass es so einfach war, hätte sie nicht geglaubt. Sie wollten eben alle, dass man funktionierte, jeder auf seine Weise: Eltern, Lehrer, die Freunde, sogar Mella. Solange man nur alle im guten Glauben daran ließ, konnte man denken und tun, was man wollte. Maries Zehen rutschten in den geliehenen hochhackigen Sandalen nach vor, und sie stieß sich an einer Gehsteigkante. Körperlicher Schmerz half immer, er hatte etwas Eindeutiges.

Mit Cordula lief es schlecht: Neuerdings hockte sie bei ihren Besuchen zu Hause manchmal in irgendeiner Ecke und meinte, man habe ihr Gift ins Essen gestreut oder einen Radiosender eingestellt, der ihre Gedanken beeinflusse. Marie hatte gesehen, wie Alex vor ihr saß und endlos ihre Füße streichelte. Und sie sah auch, dass es keinen Sinn hatte.

Alex brauchte sie. War ihm das klar? Sie hätte ihn gerne gefragt. Aber wer viel fragte, gab zu, dass er wenig verstand. Bestimmt war er nur noch einen Hauch davon entfernt, es zu erkennen. Sie erinnerte sich an das Gefühl, wenn man als Kind auf Weihnachten wartete: Noch dreimal musst du schlafen, noch zweimal. Jetzt würde sie es nicht durch Ungeduld verderben.

Erwachsene waren Lügner. Manche waren nett, aber trotzdem Lügner. »Sehen wir mal, was aus *uns* wird«, sagte Mella, die keine Ausnahmen gelten ließ. Ihr Scharfsinn konnte einem Angst machen. Alex hatte die Zeit nicht beschädigt, nicht so, hatte nicht dasselbe mit ihm angestellt wie mit den anderen. Und was ist mit Alex, hätte Marie beinah gefragt. Ist er auch so?

Zum Glück hat sie es nicht getan. Wer liebt, zweifelt nicht, und wer zweifelt, liebt nicht. Mella hätte über diesen Spruch gelacht. Die Jungs, die sie kannten, waren zu schwach, zu undeutlich. Alex war siebenunddreißig, der Jüngste unter den Vätern ihrer Freunde. Als Mella geboren wurde, war er nur ein gutes Jahr älter gewesen als sie jetzt.

Sie übernachteten bei Bekannten von Alex. Die Wohnung war über einen Innenhof zu erreichen, und in dem Moment, als sie aus der Gasse in den Durchgang traten, tastete Alex hinter dem Rücken seiner Tochter nach Maries Hand. Für ein paar Sekunden verschlangen sie die Finger ineinander und Alex drückte sie so fest, dass es wehtat. Was genau richtig war, denn es ging so schnell, dass Marie sonst nicht sicher gewesen wäre, ob es wirklich geschehen war.

Sie und Mella teilten sich ein Hochbett, Alex nahm das andere Zimmer. Zum Glück war Mella todmüde. Marie wartete, bis ihre Freundin tief und regelmäßig atmete und auf leises Ansprechen nicht mehr reagierte. Sie ließ sich vorsichtig vom Bett hinuntergleiten. Beim Öffnen der Tür rutschte ihr die Klinke aus der Hand und der Parkettboden knarrte. Im Hof hörte sie Katzen fauchen und in der Wohnung knacksten irgendwelche alten Leitungsrohre.

Marie hielt die Luft an, schickte ein Gebet an namenlose Götter. Durch den Türspalt in der Küche fiel Licht. Alex saß am Küchentisch, hob die Hand und nickte ihr zu, als hätte er gewusst, dass sie kommen würde. Auf dem Tisch stand eine geöffnete Weinflasche.

»Möchtest du?«

Er goss ihr ein halbes Glas ein. »Kannst du etwa auch nicht schlafen?« Wie könnte sie.

»Mella schläft schon«, sagte sie mit gewissem Nachdruck. Er sollte doch keine Angst haben. Sie nahm einen Schluck, stellte die Füße auf einen Sessel. Das XL-T-Shirt mit der Katze vorne drauf sah idiotisch aus, aber ihre langen Beine waren schön, das fanden jedenfalls die anderen. Marie selbst wusste nie so recht, was sie von ihrem Köper halten sollte, egal wie lange sie sich im Spiegel prüfte. Wenn sie die Augen schloss, hätte sie sich nicht richtig beschreiben können. Das Staunen darüber, dass dieses zurückgeworfene Bild man selbst sein sollte, dieses Empfinden aus den Kinderjahren, kehrte nun zurück, seitdem sie liebte, auch darüber, dass man begrenzt war auf dieses oder jenes Geschlecht, dieses oder jenes Alter, die Ohren so, die Form und Farbe der Augen, der Mund. Dass man so etwas Ungeheuerliches sagen konnte: *Das bin ich.* Und dass man es zumeist kein bisschen ungeheuerlich fand und diese elementarste aller Gefangenschaften überhaupt ertragen konnte. Marie hatte nie Worte für diese Erfahrung gehabt, obwohl sie so stark war. Irgendwann wollte sie Alex davon erzählen. Vielleicht begriff sie es ja nur richtig wegen ihm. Er verstand so etwas. Vielleicht war es auch ein Test. Aber er würde ihn mit Bravour bestehen. Marie schlang die Arme um die Knie. »Machst du dir wieder Sorgen wegen Cordula?«, fragte sie.

»Sie will, dass ich sie heraushole und nach Hause bringe. Oder irgendein Teil von ihr will es. Sie weint und klammert sich an mich.

Wenn ich sie dann abhole ... zweimal bin ich schon wieder mit ihr zurückgefahren, weil sie plötzlich wieder umkehren wollte.«

Marie wartete, dass er die Geschichte vervollständigte, aber er tat es nicht.

»Sie fragt jedes Mal nach Mella.«

»Mella hat ziemlich mit ihrer Mutter abgeschlossen.« Marie bemühte sich, überzeugt zu klingen.

»Glaubst du das?« Er stützte sich auf die Unterarme, lehnte sich auf dem Küchentisch nach vor.

Schau mich an, bitte.

»Ja, doch. Sie versucht es ernsthaft.«

Mit Alex über Mella zu reden fühlte sich seltsam an. Jeder einzelne Satz war ein kleiner Verrat. Aber einer, der glücklich machte. *Ich sitze jetzt hier mit Alex am Tisch und bin ungeheuer glücklich. Jetzt. Alex. Und ich.* Als würden Wärmespiralen von ihrem Inneren ausgehen, fühlte es sich an.

»Ich bin so müde, weißt du«, sagte er.

Sie wusste, was er meinte: der Qual mit Cordula müde.

»Gegen die Stimmen in ihrem Kopf haben wir einfach keine Chance«, sagte er. »Weder ich noch Mella. Sie macht es besser, sie versucht es erst gar nicht mehr.«

Marie berührte Alex am Ellbogen, legte ihre Hand auf seinen Oberarm. Sie war selbst überrascht, dass sie sich das traute. Einen Moment lang lächelte er durch sie hindurch, lehnte sich wieder zurück, vorsichtig, ohne den Arm wegzuziehen.

Die behandelnde Psychiaterin habe ihm gesagt, dass sich Cordulas Zustand chronifiziert habe. Ihre Stimmung wechsle aber fast von einem Moment auf den anderen, das sei neu und beunruhige ihn. Sie sagten, das gebe sich, es sei wegen der Medikamentenumstellung. Aber sie hätten schon so viel gesagt. Andererseits, vielleicht tue er ihr unendlich viel an, wenn er sie gegen ihren Willen dort lasse. Das letzte Mal habe sie sich mit einer unglaublichen Kraft an ihn geklammert. Ihm sei auf dem ganzen Heimweg übel gewesen. Mella habe auf der Fahrt kein Wort mehr gesprochen. Marie würde nicht sagen, was sie glaubte: Dass er sich wünschte, Cordula los zu sein, dass er doch nur einmal wieder frei und leicht sein wollte nach all der Zeit. Endlich nicht mehr mit den Geistern ringen müssen, die in Cordulas Kopf hausten. Während er sprach, hatte er irgendwann seine Hand auf die Maries gelegt. Marie musste sich nach vor lehnen, in ihrem Rücken zog es, aber sie wagte sich nicht zu rühren. Bloß weiterreden, dann können die Hände dort bleiben, wo sie sind.

»Und dann tut man halt irgendetwas«, fügte er noch hinzu. »Aber alles hat Folgen.« Er nahm einen Schluck, schob dann die Flasche weg.

»Manchmal ist sie so wie vor fünfzehn Jahren oder noch früher, bevor Mella da war. Das ist am schlimmsten. Weil ich weiß, dass es jederzeit wieder anders werden kann.«

»Du kannst sie nicht zurückzuholen. Niemand kann das.«

»Geht es nicht oder weiß nur niemand wie?«

»Das läuft auf dasselbe hinaus.«

Wenn sie so redete, fühlte sich Marie wie Mella. Sie borgte sich ihre Entschiedenheit und Schärfe wie ein Kleid für ihre Gedanken. Sie musste jetzt schließlich das Richtige sagen.

»Das sagt Mella auch. Sie ist so hoffnungslos, das tut weh.«

Sie schlüpfte mit ihren Fingern zwischen seine, begann vorsichtig, mit dem Zeigefinger seinen Handrücken zu streicheln. Nur nicht hinsehen. Dann sah er auch nicht hin.

»Mella ist nicht hoffnungslos. Sie macht sich nur keine Illusionen.« Stimmte das? Es war jedenfalls das, was Mella gesagt hatte. Es störte, dass auch Mella so präsent war, fast als hätte sie sich zu ihnen an den Tisch gesetzt.

»Heute Abend habe ich das alles für ein paar Stunden fast vergessen.«

Für einen Moment war Marie, als hätte sie ein Geräusch hinter sich gehört. Aber da war nichts. Mella schlief tief und fest, und sie, Marie, streichelte immer noch die Hand ihres Vaters. Auch seine Finger hatten sich in Bewegung gesetzt und streichelten nun ihrerseits Maries Hand. Er erwischte die Innenseite, was ein wenig kitzelte. Seine Finger hörten nicht damit auf, das war die Hauptsache. In ihr breitete sich etwas aus, das sie noch nicht kannte, eine Art stiller Jubel, der nur von ihrer Ungeduld unterbrochen wurde: Wie lange würde das unsichtbare Gewicht Cordulas noch gegen Maries und Alex' Hände bestehen können? Wieso nur besaß die Vergangenheit solche Macht?

»Du kannst jetzt ohnehin nichts tun«, sagte sie nach einer Weile.

»Trotzdem. Es ist, als ob ich innerlich beginnen würde, sie abzuschreiben.«

Er glaubte, das dürfe er nicht. Sie würden das Cordula-Gespenst bannen können, wenn er nur wollte.

Da war sie, intensiver als jede tatsächlich anwesende Person es hätte sein können, ihr breites Lachen, ihre schönen, immer etwas zittrigen Hände mit den vielen Ringen, ihr Geruch nach einem feinen Parfum und etwas anderem, etwas Süßlichem, Ungesundem, das vielleicht von den vielen Tabletten kam. Sie saß mit Mella auf der Terrasse, und sie schnitten Puppenkleider aus Papier aus. Das war Jahre her. Marie war unschlüssig im Garten stehen geblieben, aber Cordula war sehr freundlich gewesen, hatte sie zum Mitmachen eingeladen und ihr viele Fragen gestellt. Marie hatte aber gemerkt, dass es dabei nur um Mella ging. Cordula wollte etwas über sie wissen, weil sie Mellas beste Freundin war. In ihrer Freundlichkeit lag etwas Unruhiges, Übertriebenes.

Ihre Lider zuckten und sie wischte sich andauernd mit dem Handrücken über die Augen. Mella war das Publikum, für das Cordula spielte. Sie wollte einmal wie eine richtige Mutter sein, auch wenn es sie anzustrengen schien. Sie nötigte Marie zum Bleiben und brachte ihnen Saft und Kuchen. Mella verzog das Gesicht, weil sie zu viel Sirup ins Wasser getan hatte, während Marie das süße Zeug ohne mit der Wimper zu zucken hinunterleerte.

Wenn Cordula da war, brachte sie alles aus dem Gefüge, selbst wenn es ihr gut ging, selbst wenn sie nur ruhig auf dem Sofa saß. Sie veränderte die Luft, sie war ein einziges Fragezeichen, sie schien mit ihren bohrenden Blicken alles aufzuzeichnen und in etwas Zweifelhaftes zu verwandeln. Alex und Mella bewegten sich wie auf Zehenspitzen um sie herum. Sie machte die Türen so laut zu, dass die anderen zusammenzuckten.

Jetzt aber saßen Alex und Marie spät nachts in einer fremden Küche, und er hielt ihre Finger umschlungen. Cordula war ein trauriger Gedanke, ein Gewicht, das man ablegen konnte. Es wäre so leicht. Sie musste sich zusammenreißen, ihn nicht aufzufordern: *Vergiss sie endlich, vergiss sie wenigstens jetzt. Für fünf Minuten. Schau mich an. Ich bin wirklich.*

Sie löste ihre Hand aus seiner, zerrte das lange T-Shirt über ihre Knie. Sie musste ihm zeigen, dass sie keine Angst hatte. Sie musste aufhören, an Cordula zu denken. Sie musste leichten Sinnes sein, leichtsinnig, leicht genug gegen all die Schwere, die in ihm war, dann würde geschehen, was geschehen musste, so selbstverständlich wie ein physikalischer Vorgang. Aber es ging nicht.

»Vergisst du sie nicht auch manchmal, wenn du spielst?«

»Nein«, sagte er. »Es spitzt sich gerade ziemlich zu.«

In den nächsten Wochen stand die Entscheidung über eine weitere längerfristige Unterbringung in der Klinik an: dortbleiben oder nach Hause. Woandershin wollte sie auf keinen Fall.

Sie flüsterten, was der Situation noch etwas Intimeres gab. Sie wollte hier sitzen bis zum Morgengrauen und mit ihren Blicken in seinem Gesicht spazieren gehen. Er war müde und wusste nicht weiter, aber er war da, mit ihr.

»Wir sollten jetzt allmählich ins Bett gehen.«

Marie behielt den Schluck Wein im Mund, den sie gerade genommen hatte. Er lachte verhalten. Auch sie fiel ein, als wäre das Ganze ein Witz. Was es ja auch war. Gespenster gaben ihre Herrschaft nie freiwillig auf. Es hieß: Alex und Cordula, mit Mella. Und ihre beste Freundin. Nicht: Alex und Marie. Würde es auch nie. Schlagartig war sie nüchtern. Sie zitterte. Wenn ein Witz nicht nur ein Witz wäre, sondern ein Versprechen, wohin kämen sie dann? Es waren die Erwachsenen, die immer alles so kompliziert machten und die Liebe ständig in irgendetwas anderes verwandelten, in etwas Schäbiges, Kleines. Ihr war kalt. Alles schien ihr vollkommen transparent. Gleichzeitig wusste sie, dass sie diese Hellsicht nicht würde halten können. Irgendwann würde sie einknicken und sich mit irgendeinem tröstlichen Gedanken, einem Vielleicht ablenken.

Ihre Hand griff nach seiner, und sie sah sich dabei zu, eher erstaunt als aufgeregt. Gerade noch hatte die Sehnsucht bis in die Fingerspitzen gezogen. Als wäre sie mehr am Leben als sonst. Mit zwei Fingern streichelte sie jetzt seinen Handrücken, nur mit den Kuppen, so leicht, dass es nicht mehr als ein Kitzeln war. Als könnte sie nicht zart genug sein. Die Liebe musste leichter sein als die Wirklichkeit, die ihnen nur Verstellung und Schuldgefühl bot. Maries Finger wussten das ganz genau.

Er hielt seinen Blick auf die Tischplatte und ihre beiden Hände geheftet, als wäre da plötzlich etwas Überraschendes zu sehen, das mit ihnen beiden nichts zu tun hatte. Was wäre zu sehen gewesen, wenn sie jemand beobachtet hätte? Ein Mann und ein Mädchen, nachts an einem Küchentisch, die miteinander geredet hatten und jetzt schwiegen.

Es tat gut, keine Worte mehr zu haben. Die einfachen Dinge. Die wirklichen. Du und du und du. Solange die Gedanken nicht wieder alles umklammern und erwürgen: Du bist ja irre. Du Feigling. Das wächst dir alles über den Kopf. Als wäre es nicht schon längst zu spät. Zu spät wofür? Für die Annahme, dass nichts passiert ist? Wer denkt da? Sie oder ich oder er?

Nicht denken. Und schon sagt einer etwas, spannt das Netz, das nur die brauchen, die nicht ans Schweben glauben, aber an den Sturz. Als wäre nicht auch der nur reine Glaubenssache.

Die Erinnerung an den Kuss war in den nächsten Tagen stark und berauschend, und sie konnte jedes Detail wiederfühlen: die Konsistenz seiner Lippen, die Festigkeit der Haut, die Rauheit des Kinns, der winzige Moment, als sie mit den Zähnen aneinandergestoßen waren. Sie wusste auch, dass es nicht lange gedauert haben konnte, und dass sie weniger ein Gefühl von Aufruhr oder Erregung als von tiefer Ruhe durchströmt hatte. Sie erinnerte sich, dass sie irgendwann gedacht hatte, wie gut es war, und genau in dem Moment war er von ihr abgerückt und hatte geflüstert: »Das ist wirklich nicht gut.« Wegen dieses Kusses konnte sie jetzt ganz still bleiben, aufstehen, ihm die Schulter tätscheln, als wäre das Ganze nur ein liebevolles Missverständnis. Wegen dieses Kusses machte Marie all das nicht das Geringste aus. Es war ganz egal, was immer er glaubte, ganz egal, was irgendeine Angst ihm einflüsterte. Sie räumte die Gläser in die Abwasch, stellte die Flasche weg. Als sie aus der Küche gingen, legte er den Arm um ihre Schulter und wie zuvor auf der Straße schob er sie sanft vor sich. Eine Minute später lag sie mit weit offenen Augen in der Dunkelheit neben Mellas regelmäßigen Atemzügen, es flackerte und flirrte in der Schwärze, jede Sekunde der vergangenen Stunde rief sie sich ins Gedächtnis, nie würde sie einschlafen, dachte sie, froh über die drei oder vier Stunden, die sie noch bis zum Hellwerden hatte, Zeit genug, sich an alles zu erinnern, sich alles einzuprägen, jedes Wort, jedes Zögern, jeden Lidschlag, aber natürlich schlief sie dann doch, tief, traumlos.

9
Schneekönigin I

Diese Dinge geschahen ganz einfach. Zum ersten Mal drei oder
vier Tage nach Cordulas Tod. Wenn sie jemand gefragt hätte, was
sie dabei fühlte, hätte sie nicht geantwortet. Die Wahrheit hätte sie
ohnehin nicht sagen können. Entweder hätte man ihr nicht geglaubt oder sie für eine Art Monster gehalten: die verrückte
Schneekönigin mit dem eiskalten Herzen. Dieses Märchen war
ungerecht: Mit der Schneekönigin hatte keiner Mitleid, nur mit
dem dummen Kai. Dabei brauchte der gar kein Erbarmen, denn
es gab ja die hingebungsvolle Gerda, die sich für ihn aufopferte.
Die Schneekönigin aber hatte niemanden. Da war es doch kein
Wunder, dass sie es mit List und Tücke und auch mit Gewalt versuchte.

So etwas kam Marie jetzt in den Sinn. Wenn man nichts fühlte,
konnte man unglaublich klar denken. Manchmal sah sie ihre Gedanken als eine Art sich verzweigender Gitterstruktur, kristallin
und bestechend deutlich.

Als es zum ersten Mal passiert war, hatte sie sich gewissermaßen
dabei zugesehen. Alex und Mella wussten nichts davon, und so
musste es vorerst auch bleiben. Zurzeit konnte sie es nicht riskieren, davon zu sprechen und in abweisende Augen zu blicken. Auch
wenn man nichts fühlte, das, was einen ernstlich in Gefahr bringen
würde, erkannte man schon. Außerhalb der *Ereignisse*, wie Marie
sie für sich nannte, konnte sie ziemlich gut auf sich aufpassen.

Wie erklärt man jemandem, wie es ist, dabei nichts zu fühlen?
Man kann es höchstens ex negativo versuchen: keine Angst, kein

Erschrecken, kein Gefühl zu stürzen. Kein Schwindelgefühl, keine Übelkeit, kein bisschen Atemnot: Ewig könnte man so weitermachen mit dem Beschreiben und käme doch nirgendwohin.

Seit Cordula tot ist, steht sie nicht nur zwischen ihr und Alex, sondern auch zwischen ihr und Mella. Cordula hat sich in eine schalldichte Mauer verwandelt, oder in etwas wie die undurchdringlichen Energiefelder, die in Science-Fiction-Serien immerzu im Weltall zu warten scheinen, bis sich ein Raumschiff in ihren Einflussbereich verirrt.

Das erste von Maries *Ereignissen* hat sich ungefähr so abgespielt:

Marie steckt Bücher und Hefte für den nächsten Tag in ihre Leinentasche, die sie seit zwei Jahren als Schultasche benutzt, ein Geschenk von Mella zu ihrem sechzehnten Geburtstag, aufwändig bestickt und bemalt mit Blumen, Ornamenten und sogar einem versteckten Zitat von Gertrude Stein, das ihr einmal so gefallen hat. Cordulas Beerdigung war vor vier Tagen und übermorgen wird Mella mit Alex wegfahren, nach Kreta für zwei oder drei Wochen. Marie hat es erst bei der Trauerfeier erfahren, sie hörte Alex im Gasthaus mit einer Lehrerin reden, als sie beim Eintreffen der Gäste in seiner Nähe stand. Mella brauche vor allem einmal Abstand, müsse zur Ruhe kommen, auch wegen Mellas Matura. Vielleicht schaffe sie sie trotz allem noch, das würde ihr guttun.

Marie staunte, wie geschmeidig er die passenden Sätze formulierte. Er, der keine Dutzendwaresätze ausspuckte, wie es andere taten. An seiner Art zu reden liebte sie die langen Pausen, die Wörter, die er immer sorgfältig aussuchte, als käme es tatsächlich darauf an.

Sie hatte zu schnell ein Glas Wein hinuntergestürzt. Jetzt war ihr Kopf heiß und der Raum drehte sich. Sie behielt Alex im Auge. Seine Worte erschienen ihr wie wendige kleine Fische, die schwallweise seinem Mund entströmten. Die Lehrerin platzierte hin und wieder ein »Verstehe vollkommen« oder »Das ist sicher das Beste«, mit leiser, vor Empathie bebender Stimme. »Das sind die Allerschlimmsten: mittelklug, mittelnett, mittelhübsch und nie auch nur einen Millimeter daneben«, hatte Mella über sie einmal gesagt. Was erzählte Alex jetzt dieser Kuh bloß, die aus dem Nicken gar nicht mehr herausfand? Warum haben Mella und er nichts von Kreta erzählt? Jetzt legte die Blondierte Alex auch noch ihre Hand auf dem Arm. »Wenn Sie einmal jemanden zum Reden brauchen«, würde sie gleich sagen und mit ihren Kuhwimpern klimpern.

Dieser neue Alex war Marie fremd. Sicherlich war er nur das Notprogramm, der Avatar, den Alex jetzt hinausschickte, um zu überstehen, was überstanden werden musste. Am meisten quälte Marie, dass er nicht zu begreifen schien, wie sehr sie ihn verstand. Als er ihren Blicken immer wieder ausgewichen war, war ihr klar geworden, dass etwas nicht stimmte. Es war Cordula: dazwischen, dicht, undurchdringlich.

Sie schaute sich nach dem Kellner mit dem Gläsertablett um, aber als sie sich noch ein Glas nehmen wollte, stand ihre Mutter neben ihr, zog sie mit sich an einen Tisch und nötigte sie, ein paar Löffel von der ungefragt vor sie hingestellten Suppe zu nehmen, während sie einer Nachbarin zuzuhören gezwungen war, die mit unverhohlener Wollust über eine Reihe von Selbstmorden und Selbstmordversuchen in der Verwandtschaft schwatzte und die Hypothese verfocht, dass Schwermut und Lebensmüdigkeit vor allem in den Genen liegen würden. Nach fünf Löffeln entschuldigte sich Marie und sagte, dass sie jetzt unbedingt zu ihrer Freundin müsse.

Neben Mella saß eine Frau, die wie eine derbere und lebenstüchtige Variante von Cordula aussah, eine Tante, die Marie schon auf einem Familienfoto gesehen hatte. Sie flüsterte auf Mella ein, die winzig und starr neben ihr lehnte und immer noch ihre Sonnenbrille trug. Als sie Marie bemerkte, winkte sie ihr heftig und stellte sie der Tante als »meine beste Freundin« vor. Erleichtert ließ sich Marie neben Mella auf den Sessel fallen. Bei einem Seitenblick sah sie, dass Mellas Augen hinter der Sonnenbrille nicht verweint waren. Marie wollte sich ebenfalls die Brille aufsetzen, neben ihr bleiben und kein einziges Wort mehr sagen, bis das Ganze vorbei war. Sie schaute auf die Tischplatte, knetete ihre Finger.

Warum besaß sie nicht Mellas Mut? Ihr war es egal, was andere dachten. Sogar jetzt beneidete sie Mella noch. Was für eine Freundin war sie bloß? Marie kamen die Tränen, und Mella schob die Hand über den Tisch und legte sie auf ihre. Es tat Marie gut, obwohl sie wusste, dass Mellas Geste auf einem Missverständnis beruhte.

Wieder und wieder läuft die Situation wie eine Filmsequenz vor ihrem inneren Auge ab. »Ein solches Geschenk werde ich nie mehr verdienen«, denkt sie mit Blick auf Mellas Tasche. Ein Gedanke wie eine messerscharfe Schneide, die man nicht anfassen sollte. Die gegenüberliegende Wand mit der zu einer Collage arrangierten Postkartensammlung in ihrem Zimmer scheint weiter weg zu sein als sonst. Wenn sie schnell aufsteht oder sich umdreht, verschieben sich die Räume. Das ist der Kreislauf, sagt ihre Mutter. Marie bemüht sich, nicht hinzusehen. Wände können sich nicht einfach wegbewegen, daran können weder Tote noch Lebende etwas ändern.

An einer der Blumen auf der Tasche löst sich in der Mitte ein Faden, Marie zupft daran, und als sich das Motiv aufzutrennen beginnt, kann sie nicht mehr aufhören, bis sie aus dem Garn eine kleine Kugel aufgewickelt hat. Wo die Blume war, ist nun ein schmutzig-beiger Fleck mit einer Reihe ausgefranster Löcher.

Maries Herz klopft alle paar Schläge mit einem schmerzhaften Ausläufer bis in die Kehle hinauf. Das ist nur eine Tasche, und Dinge gehen eben einmal kaputt, sagt sie sich. Aber darauf kommt es nicht an. Keine Seele würde verstehen, was sie getan hat: etwas auftrennen und etwas unwiederbringlich kaputtmachen.

Cordula ist genau genommen jetzt auch nur noch ein Ding: ein Ding in einem Sarg, das nichts fühlt, noch weniger, als Marie sich vorstellen kann. Sie weint um die sechzehnjährige Mella, die viele Stunden lang auf dem grünen Samtsofa gesessen ist, vor sich einen Haufen Flicken, Garne, Pinsel, Schere, um für Marie ein Geschenk zu machen. Sie weint um das Mädchen, das eines solchen Geschenks würdig war. Sie weint, weil ein Teil von ihr Cordula glühend beneidet um dieses Nichts, das sie in alle Ewigkeit sein darf, ohne dass jemand noch etwas von ihr verlangen könnte: sich so oder so verhalten, bereuen, sich ändern, sich entwickeln, überwinden, aufgeben, einsehen, neu anfangen. Was man so sagt. Was man für erstrebenswert hält. Was alle für richtig halten.

Irgendetwas würde denen schon wieder einfallen, aber nicht mehr für Cordula. Die Toten haben definitiv ihre Ruhe, vor den anderen und vor sich selbst. Wenn das kein Grund ist, sie zu beneiden! Es tut nicht gut, sich dem Weinen zu überlassen, wie immer behauptet wird. Irgendwann ist es zu Ende.

Das Nächste, woran sich Marie erinnert, ist, wie sie die Spitze eines alten Brotmessers in ihre linke Ellbogenbeuge bohrt. Es tut nicht weh. Wie sie in die Küche gekommen ist, weiß sie nicht mehr. Von der Familie ist noch niemand zu Hause. Ihr Bruder absolviert gerade ein Praktikum bei einer Firma am Stadtrand und wohnt für zwei Monate wieder hier, die Eltern sind noch in der Arbeit. Marie wählt eine Stelle am Arm, die gut zu verbergen ist. Ihre Augen brennen, das ist lästig. Etwas zieht im Kopf, zieht alle Einwände weg. Die Schneide des Messers ist gewellt, deshalb wird der

Schnitt unregelmäßig. An einer Stelle klafft das Fleisch ziemlich tief auf. Sie staunt, dass so viel Blut kommt. Aber sie hat aufgepasst und sich gleich an die Abwasch gestellt. Endlich Stille. Keine heimlichen Finger, keine streifenden Lippen, keine Versprechen aus Blicken. Wie schön die Stille ist. Sie schlägt Wellen, die Marie tragen, auf und ab. Jetzt dröhnt es ein bisschen in den Ohren. Es ist auch schön zuzusehen, wie das Blut mit dem kalten Wasserstrahl vermischt in einer langen Spirale in den Abfluss verschwindet. Endlich setzt der Schmerz ein.

10
Schneekönigin II

Mella bemerkt, dass ihr kaum jemand in die Augen sieht, obwohl sie eine dunkle Sonnenbrille trägt. Die meisten schauen ihr nur kurz auf den Mund, auf das Kinn oder die Stirn. Zum Glück ist sie blass. Das ist das Mindeste, was erwartet wird.

Hier auf dem Friedhof ist es besser als zu Hause, wo Tante Anna und Alex andauernd lästige Fragen stellen: ob es ihr nicht zu viel sei, zum Bestatter mitzufahren, ob sie diese hohen Schuhe tragen müsse, ob sie Taschentücher dabeihabe, ob sie etwas gegessen habe. Es gibt nichts gegen die Ungeheuerlichkeit des Todes als Taschentücher, Bachblüten, einen Schal. Kinder und die ganz Alten sind es gewohnt, den meisten Dingen gegenüber machtlos zu sein. Die Erwachsenen auf der Höhe ihrer Kraft aber tun sich schwer, wenn sie erfahren, dass etwas stärker ist als sie. Das bringt sie aus dem Konzept.

Mella versteht das. Nur sollten sie nicht ständig so tun, als ginge es dabei um sie.

Sie muss nur dastehen und die entgegengestreckten Hände drücken. Was soll daran schwierig sein? Sie trägt elegante dunkelblaue Handschuhe von Cordula. Alex neben ihr atmet schnell, laut und unregelmäßig, als wäre er gerannt. Davon kriegt sie Herzklopfen, aber das kann sie nicht sagen, weil Anna dann gleich irgendwelche Medikamente zückt, und zwar so, dass es alle Welt mitbekommt. Beinah wären sie zur Beerdigung ihrer eigenen Mutter zu spät gekommen, weil Anna unbedingt noch einmal zurück wollte, Kreislauftropfen und Kopfschmerztabletten holen.

Es ist einer dieser grauen, verwischten Frühlingstage, an denen die Dinge fast transparent wirken. Cordula wäre einverstanden mit dem Wetter. Strahlender Sonnenschein machte sie unruhig. Aber manchmal klagte sie, dass ihr der Regen die letzten Gedanken aus ihrem Kopf wasche und gewisse geheime Botschaften im Getrommel ihr den Schlaf raubten. Man konnte sich auf nichts verlassen, nicht einmal auf das, was sie mochte oder verabscheute. Cordulas schwarze Kostümjacke ist Mella an den Schultern zu weit. Sie drückt den Rücken durch, damit es nicht so auffällt.

In den vergangenen Wochen war ihr leicht zumute vor Vorfreude auf den Sommer und das Weggehen, trotz Cordulas Gewicht, ein unruhiges Pendel, das die Tage nach irgendeinem schrägen Rhythmus maß, den keiner begriff, trotz Cordulas Blicken, die die Räume scharf durchschnitten und bei denen sie sich manchmal nicht gewundert hätte, wenn sie Schrammen in Wänden und Möbeln hinterlassen hätten. Manchmal hat sie ihre Mutter für ein oder zwei Tage einfach vergessen. War das schlimm?

Das Ende der Schlange von Beileidwünschenden kommt allmählich in Sicht. Das Gejammer eines kleinen Mädchens, das so kläglich nach seiner Mama ruft, dass sein Gesicht schon ganz rot ist, unterstreicht die Stille, die keine ist, sondern gedämpftes Gemurmel, Scharren von Schuhen, knirschender Kies, Geraschel von Kleidern, alles in allem gehemmter Lärm, als wäre normale Lautstärke eine Pietätlosigkeit gegenüber der Toten, die kein Geräusch mehr von sich geben kann, keine Klage, keine Erklärung, kein Sterbenswort.

Würde Cordula noch etwas sagen wollen? Liegt ihr ein Wort auf der Zunge? Oder sind die Toten ganz und gar wunschlos? Nein, das glaubt Mella nicht.

Die Kleine wendet sich von den Erwachsenen ab, die sich zu ihr hinunterbeugen, und schreit nur noch lauter: *Mama, Mama!*

Wo ist meine Mama? Die Mutter, die sich ein paar Meter abseits leise mit einer Bekannten unterhalten hat, bahnt sich den Weg zu ihrem Kind, der Blick zwischen genervt und schuldbewusst.

Meine Mama. Schon als Mella noch klein war, fiel ihr auf, wie oft die anderen Kinder von ihrer Mama redeten. Probeweise versuchte sie es dann auch und wartete ab, wie sich das anfühlte. Es war nicht schlecht. Aber auch nicht gut. So gab sie es bald auf, das Gerede der anderen nachzuahmen. Sie war in manchem stärker als die meisten Gleichaltrigen. Sie weinte fast nie. Sie hatte keine Angst vor Mathe, den Lehrern, dem Handstandüberschlag, auch bevor sie jemals einen gemacht hatte. Anders als die meisten Mama-Kinder machte oder rannte sie einfach drauflos, wenn etwas Neues auf dem Plan stand. Die Angst stand einem doch nur im Weg, machte einen klein und lächerlich. Und je netter die Mütter, desto mehr Angst hatten die Kinder. Ihr machte schon mit zehn keiner mehr etwas vor.

Cordula war eben keine Mama, Cordula war Cordula. Marie hatte das nicht verstanden. Für Marie war damals eine Mama im Sanatorium immer noch weniger unheimlich als gar keine. Da hinten steht sie jetzt und späht nervös nach vorne. Mella soll wohl ihren Blick suchen, am liebsten wäre es ihr, sich neben sie zu stellen und den Arm um sie zu legen. Da kann sie lange warten. Im Grunde braucht Mella niemanden. Zum Glück ist es ihr rechtzeitig wieder eingefallen. Fast schade, dass die Schlange gleich zu Ende ist. Sie kann gut nachdenken, während sie hier steht und eine Hand nach der anderen wegdrückt. Die Finger in den Handschuhen sind schon ein bisschen klebrig. Aber sie muss nicht einmal lächeln. Manchmal zieht sie die Mundwinkel eine Spur nach oben, das genügt.

Als Alex ihr erzählte, was passiert war, blieb ihr einfach die Luft weg. Sie riss den Mund auf, aber für eine gefühlte Ewigkeit

war es, als wäre die entscheidende Ventilklappe in ihrer Kehle zu-
gefallen und eingerastet, sodass nicht das kleinste bisschen Sauer-
stoff ihre Lungen erreichte. Erst als sich ihr Blickfeld an den
Rändern einzutrüben begann, kam plötzlich ein tiefer Atemzug als
eisiger Schwall, der sie durchströmte, und dann fing das Schreien
an. Natürlich missverstanden es alle. Es kam ohne ihr Zutun, und
sie erinnert sich nicht, dabei irgendetwas empfunden zu haben. Es
war weder Schrecken noch Entsetzen, es war das pure Am-Leben-
Sein. Alex versuchte immer wieder unbeholfen, sie in den Arm zu
nehmen, aber sie – oder diese Kraft, die sich ihrer bemächtigt
hatte – stieß ihn weg. Es würde irgendwann aufhören, versickern
wie Weinen, wie ein Blutstrom, das wusste sie. Schreien und warten und schreien und warten. Sie würde einfach heiser werden
oder sonst zu einem Ende kommen. Sie bekam wieder Luft, das
war die Hauptsache. Es ist okay, hätte sie gern zu Alex gesagt, der
sie erschrocken anstarrte, oder wenigstens: nicht anfassen! Doch
Sprechen ging nicht. Das Schreien war streng, eine strenge Mutter in ihrem Inneren, die genau wusste, was jetzt das Beste für sie
war, und erlaubte keine Pause. Ein Arzt, der in der Nähe war oder
den jemand gerufen hatte, verpasste ihr dann ein Medikament, das
alle Spannung aus ihren Gliedmaßen saugte, sodass sie sich fühlte
wie aus Plastilin und die absurde Angst in ihr aufstieg, dass ihr womöglich ein Arm oder Bein abfallen würde, wenn jemand sie zu
fest berührte. Erst nach der Spritze kam die Angst, aber das glaubten sie ihr nicht, Anna sowieso nicht, und Alex, der ihr immer geglaubt hatte, war seit jenem Tag zusammengesunken wie ein
ausgeleerter Kartoffelsack. Als würde er nur noch aus Vorsicht,
Angst und Schuldbewusstsein bestehen.

Jetzt steht Marie vor ihr, ignoriert Mellas mechanisch ausge-
streckte Hand. Ihre Haare kitzeln Mellas Gesicht, sie riecht das

vertraute Pfirsicharoma ihres Shampoos. Sie muss das alles Marie erzählen, von den Mamas, von der Spritze, vom Schreien. Und von Cordulas Faltvögeln und den Herbstblättern, die sie auf jede Stufe gelegt hat. Marie wird verstehen, dass Mella verdammt wütend ist auf den Arzt, denn wegen seiner dummen Spritze ist ein Teil der Schreie einfach in ihr stecken geblieben. Sie sind klumpig und hart im Bauch, wie Verstopfung, die vom Herzen verursacht wird, von Cordula, die zwar keine Mama war, und trotz allem immer irgendwie da, wie eine flackernde Lampe mit Wackelkontakt, wie ein Hintergrundsummen, das nur sie und Alex wahrnahmen. Wenn Mella die Augen schließt und an Cordula denkt, ist da das Geräusch von Strom in einer Hochspannungsleitung. Mella stellt sich vor, wie sie sich auf ihrer Liege im Sanatorium zurechtrückte, Cordula mit ihren glatten, glänzenden Haaren, den langen Ketten mit den bunten Steinen und der Sonnenbrille, die ihr halbes Gesicht verdeckte, Cordula mit ihrer zart kratzigen Glaspapierstimme und ihren Faltvögeln, ihren Blättern und flachen Flusssteinen auf dem Tisch, den Kirschohrgehängen für Mella und den unheimlichen Geschichten von Wiedergängern und Wechselbälgern, die Feen in die Wiegen nichts ahnender Eltern legten, und den Fantasiegerichten mit Rosinen, Nüssen, Fleisch und allem, was sie zu Hause fanden, Cordula heulend, vor der Mülltonne kauernd, Cordula mit dem steifen Rücken, die sich nicht mehr bewegte, und nur die Stimme ihrer Tochter konnte sie beruhigen, wenn sie *Komm, lieber Mai, und mache* für sie sang. Mella ist, als fiele ihr alles gleichzeitig ein, trotzdem ist jede einzelne Erinnerung gestochen scharf. Sie windet sich aus Maries Umarmung. Die spürt, wenn es genug ist. Sie macht dann von selbst einen halben Schritt zurück. Das Zittern im Bauch will sich wieder sammeln, und Mella schiebt die Freundin mit einer kleinen Bewegung weiter. Schon seit Langem kennt

Mella den Geruch von Maries Mutter besser als den ihrer eigenen: Sie riecht nach Kölnischwasser und darunter ein bisschen nach Küche, nach frisch gekochter Hühnersuppe oder manchmal nach Kuchen. Cordula hat ihren Duft in den letzten Jahren verloren. Sie roch nach zu viel Schlaf am Tag und bitter von den vielen Tabletten. Mella mochte ihre knochigen Schultern nicht, wenn Cordula nach ihr griff und sie an sich ziehen wollte.

Als Kind hatte Mella genau beobachtet, wie es um die Mamas der anderen Kinder stand: Die waren seltsame Wesen mit einer Art Doppelexistenz: Einerseits waren sie normale Erwachsene, Frauen mit Einkaufs- oder Handtaschen, Lippenstift, spraysteifen Haaren und jeder Menge Arbeit, die nie weniger zu werden schien. Es gab welche, die zu Hause waren, und andere, die in irgendwelche Büros oder Geschäfte zum Arbeiten verschwanden. Die Büromütter waren hübscher und rochen besser, die Zuhausemütter machten bessere Jausenbrote und wussten aus irgendwelchen geheimnisvollen Quellen immer, was ihre Kinder gerade brauchten oder welche Gefahren ihnen drohten. Den Mamas galten ewige Liebesschwüre, aber auch mörderische Wut und bittere Tränen. Bei Mella klappte es nicht mit den Gutenachtgeschichten, den verbundenen Knien, den gehäkelten Topflappen und den Sonntagskuchen. Jetzt kannst du froh sein, sagt sie sich, zuckt während ihres imaginären Selbstgesprächs mit den Achseln und ihr Gegenüber, ein Mann in mittleren Jahren, der ihr gerade die Hand geben will, schaut sie irritiert an.

Cordula hatte keinen Kontakt mehr zu ihren Eltern, seit mehr als zehn Jahren nicht. Mella weiß wenig über sie. Alex können sie nicht leiden. Hinten links, gerade noch in Mellas Augenwinkel, stehen sie etwas abseits, beide in Schwarz. Anna huscht ein paar Mal zwischen ihnen und ihr und ihrem Vater hin und her. Die

Großmutter nickt, dreht ständig den Henkel ihrer Handtasche ein. Es gibt keinen Grund zu versuchen sie zu mögen.

Der Großvater, groß, kantig und starr, ist einer, der einem vielleicht Angst machen konnte, als er jünger war, jetzt aber eine windschiefe Gestalt aus einer Zeit, in der es zwei Arten von Familienleben gab, eines, wenn der Vater fort war, und ein anderes, in dem in seiner Gegenwart sofort alle Anstrengung unternommen wurden, ihm alles recht zu machen, eine Vorstellung exklusiv für ihn, aufgeführt aus purer Angst: Anna deutete einmal so etwas an. Cordula wollte ohnehin nie von ihren Eltern erzählen. Wenn ihre Tante sie nicht vorgestellt hätte, hätte Mella sie kaum erkannt. Der Großvater atmet laut, als wäre jeder Atemzug ein Stemmen gegen die Gefahr vornüberzukippen. Seine Augen ähneln denen Cordulas, das ist die einzige kleine Schrecksekunde. Die Großmutter ist flattrig, behandschuht und behütet, mit einer Anspannung, wie sie dünne, ältere, wohlhabende Frauen oft ausstrahlen, und einem Lächeln, das an- und ausgeht wie ein Lichtsignal, als fiele der Person immer wieder ein, dass es hier gar nichts zu lächeln gebe, bevor es sich aus reiner Gewohnheit wieder in die Miene zurückstiehlt.

Alex hat ihre Telefonnummer über die Auskunft herausgefunden. Sie wohnen im Hotel, natürlich im besten. Der Blick ihrer Großmutter gleitet immer wieder zu Mella hin. Zumindest scheinen die beiden nicht zu erwarten, dass Mella viel mit ihnen spricht.

Jetzt ist Cordula leichter als die Luft und hat alles Schwere für sie zurückgelassen. Mella streckt sich vorsichtig. Es juckt zwischen den Schulterblättern, und sie würde sich am liebsten schütteln, zappeln wie ein nasser Hund. Wird man vielleicht tatsächlich verrückt, wenn genug andere denken, man sei es?

Sie denkt an die wassergefüllte Schottergrube, über die sie mit Marie immer gelaufen ist, daran, wie sie beide sich im Winter

Schritt für Schritt mit angehaltenem Atem über das Eis vorangetastet haben. Wie es manchmal geknackst hat. Genau darauf haben sie immer gewartet.

Wo ist Marie? Sie sieht einsam aus, trotz Mama, Papa, Oma, Opa und Brüderchen, und hat keine Ahnung, wie sehr Mella genau das an ihr liebt. Bei ihr kommt die Einsamkeit von innen.

»Sei tapfer«, sagte Tante Anna im Auto. Dauernd schaut sie Mella prüfend an. Da ist etwas in ihrem Blick, das vorher nicht da war, das bemerkt sie selbst. Als wären ihre Augen schärfer gestellt. Obwohl sie alles kennt, ist ihr alles fremd.

Das Schlucken ist schwierig. Sie wollte Cordula unbedingt sehen. Alex hat zwar den Kopf geschüttelt, aber sie wusste, dass er keine Kraft gehabt hätte, es ihr zu verbieten.

Wenn eintritt, was man schon lange gefürchtet hat, gibt es manchmal einen absurden Moment der Erleichterung. Ja, sogar das Begräbnis hat sie sich vor Jahren schon vorgestellt. Wenn sie nur weinen könnte. Am liebsten ist sie allein, weil sie sich ständig konzentrieren muss. Worauf genau, kann sie nicht sagen. Als würde alles, was sich sonst von ganz alleine bewerkstelligt, nur noch gelingen, wenn sie sich genau darauf ausrichtet: einatmen, ausatmen, Schritt, die Hand vorstrecken, sie um das Glas schließen, hochheben, ein Schluck, noch einer. In der Schule wissen sie auch nicht, wo sie hinschauen sollen. Die einen legen ihr ungefragt den Arm um die Schulter, andere wieder meiden sie, als könnten sie sich bei ihr mit etwas Ungutem anstecken. Die Blicke der anderen flattern, wenn sie sie ansehen, vor Unsicherheit, Bedauern und Neugierde. Mit ihren Blicken verbannen sie Mella von den wenigen Orten, an denen sie es einigermaßen aushielte. In einer Schulstunde, in der sie sich auf den Konjunktiv II konzentrieren könnte, auf spätrömische Säulentypen oder das endoplasmatische Retikulum, ganz egal: für fünf Minuten nicht die Tochter der irren

Selbstmörderin sein. Das wäre doch nicht zu viel verlangt. Abends ist sie todmüde und schläft früh ein.

Die puren Tatsachen auszuhalten ist, als müsse sie ständig auf einen hohen Berg steigen.

Die Blumen auf dem Sarg riechen süßlich und ein wenig seifig. Es gibt nur zwei Bouquets, keine Kränze mit Schleifen. Das von Alex und ihr mit einer riesigen weißen Blume aus Südafrika namens Protea und den stacheligen dunkelroten Beeren ist wie ein kleines Bollwerk geraten. Cordula und Alex waren einmal in Südafrika gewesen, um Musiker zu treffen. Damals herrschte noch die Rassentrennung, Cordula hat davon erzählt. Die Blüte in der Mitte ist so groß, dass man an ein riesiges Maul denkt oder an eine fleischfressende Pflanze, und die Ranken sehen aus wie Stacheldraht, aber schön farbig, rot, weiß, und grün. Das passt hervorragend: Cordula konnte es nicht leiden, wenn man ihr zu nahe kam. Alex und sie haben die Blumen gemeinsam ausgesucht, das Foto und den Text für die Parte, den Sarg. Die falschen Blumen, das falsche Bild oder die falsche Schrift würden Cordula schmerzen. Es war also nicht der Tod, was Cordula am meisten gefürchtet hat. Aber was dann? Es tut weh, Cordula zu verstehen, und es tut weh, sie nicht zu verstehen. Sie behauptete immer, sie sei ein Augenmensch und Mellas Vater ein Ohrenmensch. »Und ich?«, fragte Mella. Sie hatte Angst, nicht zu erraten, was der Mutter lieber wäre.

Mellas Blick schweift wieder zu Marie. Manche machen dich zu ihrem Projekt und geben mit ihrer Hilfe nicht auf, bis man völlig niedergeschmettert davon ist. Mit einer verrückten Mutter weckt man leicht die Kümmerwut von anderen Müttern. In nächster Zeit wird sie sich in Acht nehmen müssen. Sie meinen es ja alle so gut. Sie sollen zum Teufel gehen. Jetzt hat sie einen Moment lang nicht aufgepasst, schon ist die Umarmung um sie herum zugeschnappt. Ein Küsschen links und rechts. Sie müssen schließlich glauben, dass es das Schlimmste sei, die Mutter zu verlieren: Das möbelt sie wieder richtig auf.

Als Mella damals die ersten Male bei Marie zu Besuch war, ist ihr deren Mutter wunderbar unkompliziert und wie eine perfekte Mama vorgekommen, sodass sie sie dauernd ansehen musste. Mella liebte ihre Marmorkuchen und gebratenen Äpfel, sie liebte sogar ihre durchschaubare Neugierde, wenn man ihr irgendwelche Geschichten erzählte. Es war ein Glück, dass Maries Mutter sie im Gegensatz zu anderen Eltern nicht für einen zweifelhaften Einfluss hielt. Am meisten liebte sie es, dass es ihr gelungen war, sie von sich zu überzeugen. Was für gute Lügengeschichten sie ihr oft erzählt hat! Sie mochte sie, deshalb bemühte sie sich, sie richtig gut zu unterhalten. Zu Marie sagte sie, Erwachsene würden die Wahrheit ohnehin nicht vertragen. Aber sie wollte auch, dass Maries Mutter sie mochte, und dass sie dafür etwas erfinden musste, war ihr klar.

Das Ende der Reihe der Kondolierenden kommt in Sicht. Mellas Hände sind klebrig in den Handschuhen, aber ausziehen will sie sie nicht. Sie hat Tintenflecken an den Fingern und abgekaute Nägel.

Die vergangen Tage standen ganz im Zeichen von Zahlen und Papier: Mella und ihr Vater beschrifteten Dutzende Umschläge, füllten Formulare aus, brachten Unterlagen auf Ämter. Dazwischen Anna mit ihren Suppen und Tees und dummen Fragen. Mella hätte sich nicht vorstellen können, wie viele Nummern nur einem einzigen Menschen zugeordnet sind, und wieviel Mühe es kostet, ihn wieder davon zu befreien. Versicherungs-, Steuer-, Konto-, Kunden-, Patienten-, und etliche sonstige Nummern, und sobald sie gelöscht werden, wachsen ihm schon wieder ein paar neue zu: Totenschein, Bestattung, Grabstelle.

Zwischen zwei Anrufen und einem auszufüllenden Formular stand Mella meist auf und setzte sich ans Fenster. Wenn sie nichts tat, dann erschien Cordula, ziemlich schnell. Ihr noch weicher Blick von früher, ihre glatte und überraschend kräftige Hand auf ihrer Schulter. Die Dringlichkeit in ihrer Stimme, wenn sie ihr zeigen wollte, wie man einen Schwan aus Papier faltet, wie der Vogel vor dem Fenster heißt, worauf man aufpassen muss, wenn man eine befahrene Straße überquert: Ihr war alles gleich wichtig. Auch darin war sie anders als die anderen Mütter.

Als es ihr noch besser ging, wusste sie schöne, schaurige Geschichten zu erzählen. Es gab Scherenschnitte, Käsekuchen, die winzigen Sprösslinge von Sonnenblumen, ein totes Tier, einen Steinmarder, den sie Friedolin nannten, mit seiner ganzen Lebensgeschichte dazu. Cordula wusste, wie man einen Iglu baut und wie man den Weg mit der Wünschelrute sucht. Es gab zu viele Nutellabrote und es gab Verkleiden mit mottenlöchrigen Pelzen und Hüten vom Dachboden. Es gab Cordulas Hand, die sich um ihre schloss, als sie Zeile um Zeile in schiefer Schreibschrift füllte. Ihre kühlen Finger, die die verkrampfte Kinderhand massierten. Wenn Mella sich wehgetan hatte, pustete sie ihr auf die schmerzende Stelle und sagte einen Zauberspruch.

Irgendwann in den letzten Tagen begann sich Mella in den Pausen zwischen den Erledigungen irgendetwas zu holen, das Cordula gehört hatte, ein Kleidungsstück, ein Armband, eine Haarnadel.

Den Blick auf die Blumen zu konzentrieren, funktioniert gut. Die Leute meinen, sie würde zum Sarg hinsehen. Cordula lässt sich verbrennen, Mella ist erleichtert darüber. In zwei Wochen, zwei Monaten oder zwei Jahren wird Mella sich nicht mit dem Gedanken quälen müssen, in welchem Zustand sich Cordulas Körper befindet. Sie würde es wissen wollen, würde womöglich Biologiebücher wälzen und sich mit bedrückenden Vorstellungen quälen. Darin ist sie wie Cordula. Wie oft ist es ihr todernst gewesen mit irgendeinem Unsinn, den Stimmen, die ihr angeblich im Regen versteckt Gemeinheiten zuflüsterten, der Anzahl und Ausrichtung der Kaffeelöffel auf dem Tisch, den Farben und der Anordnung der Blumen im Beet vor dem Haus. Immer mehr ist Cordulas Klugheit von solchen Wahngebilden verschlungen worden. Jemand hätte sich darauf verstehen müssen, von ihrer Welt in die der anderen zu übersetzen. Mella hat sich gewünscht, sie wäre es. Wie viele Hände hat sie schon gedrückt? Vor den Müttern ihrer Mitschüler nimmt sie sich in Acht, jede zweite möchte sie an sich drücken, aber Mella macht ihren Arm beim Händeschütteln steif wie einen Hebel.

Zu Hause räumt Alex dauernd herum. Am liebsten wäre ihm, Mella wäre ständig in seiner Sichtweite. Nur wenn sie darauf besteht, lässt er sie widerstrebend für eine Weile in Ruhe.

»Sich umbringen ist nicht ansteckend«, sagte sie gestern. »Papa, ich bin zum Glück fast achtzehn und nicht acht.«

Dass nicht sie Cordula gefunden hat, war reiner Zufall. Alex wäre nach ihr heimgekommen, wenn nicht einer seiner Bandkollegen krank geworden wäre und sie deshalb früher mit dem Proben aufgehört hätten. Höchstens drei Stunden sei er doch nur weggewesen, sagte er wieder und wieder zu Anna, die am nächsten Tag mit dem Flugzeug kam. Sie kocht Mahlzeiten, die sie kaum essen, wimmelt Anrufer ab, wäscht die Wäsche. Annas Hantieren erschafft eine dünne Schicht Normalität, über die sie froh sind. Sogar das Wohnzimmer hat sie gesaugt. Obwohl sich Cordula darin erhängt hat.

Immer wieder sagt Alex: »Ich konnte sie doch nicht vierundzwanzig Stunden am Tag bewachen.« Anna nickt gefühlte hundert Mal und öfter dazu, streichelt abwechselnd seinen und Mellas Arm.

Nur als er einmal sagte: »Wenn ich sie dauernd beobachtet hätte, das hätte sie doch nur noch verrückter gemacht«, antwortete Anna: »Nicht verrückter, als sie schon war« und da war eine bittere Wut in ihrer Stimme, über die sie aber in Sekundenschnelle ein trauriges Lächeln klebte wie ein Pflaster.

11

Schneeköniginnen III

Der Geruch stimmte nicht. Er hatte nichts mit Cordula zu tun. Es roch bitter, scharf und sauber. Als hätten sie den Fußboden mit Hustensaft und Essig gewischt. Anna blieb in der Tür stehen, ein rascher Blickwechsel, ihre Hand für einen Moment auf Alex' Rücken. Er ist schwach, dachte Mella. Es tat weh, aber gleichzeitig triumphierte die in ihr, die schon lange wusste, dass auf keinen Verlass war: Die war Mella und auch wieder nicht, durchtränkte sie, war ein Betäubungsmittel, vielleicht nur Körperchemie, vielleicht ein Schutzgeist. Sie redete mit Mellas Stimme, zog ihr die Schultern gerade, kühlte ihr Herz und löschte ihre Gedanken, beharrlich, wie man eine Tafel löscht, wieder und wieder, jedes einzelne *Mama*, jedes einzelne *Warum*.

Wenn nur der Geruch nicht gewesen wäre. Mella sah Alex, Anna und sich selbst in den hellgrauen Fliesen gespiegelt, verschwommen und vage wie Gespenster. An der Wand eine Uhr, die aussah wie eine auf dem Bahnhof. Man hörte sie nicht ticken. Hinter ihnen gaben die Kühlfächer ein auf- und abschwellendes Summen von sich, ein maschinelles Seufzen, das die zähe Stille nicht aufhob. »Liegen hier noch andere drinnen?«, fragte Mella den Arzt, der sie begleitete. »Wie viele?« Alex drückte ihren Unterarm, um sie zum Schweigen zu bringen.

»Ich will das wissen, ist doch nichts Schlimmes«, wehrte sie sich. Der Arzt war ziemlich jung und hatte starke Brillengläser, die seine Augen vergrößerten. Seine Lider zuckten. Er hob beschwichtigend die Hände und meinte: »Kein Problem. Zurzeit sind es gerade fünf, soweit ich weiß. Mit Ihrer Mutter«, setzte er hinzu, und das Blinzeln wurde noch stärker. Mella war hellwach, als wäre da eine Gefahr, auf die man vielleicht blitzschnell reagieren müsste. Es sind nur Tote, sagte sie sich. Gut, dass auch andere in den letzten Tagen gestorben waren und dass Cordula nicht alleine hier sein musste. Jetzt standen sie alle drei um eine metallene Liege mit Rädern. Es sah genauso aus, wie es in den Fernsehkrimis gezeigt wurde, und es war kalt.

»In Ordnung?«, fragte der Arzt. Er hielt eine Ecke des weißen Tuchs in der Hand, das den Körper bedeckte, und zog es erst weg, als Alex nickte.

Die Falten zwischen Nasenflügel und Mundwinkel waren aus Cordulas Gesicht verschwunden. Das Kinn war weich, der Mund ohne Spannung. Nein, wütend war sie nicht. Oder konnte sie es nur nicht mehr zeigen? Der Hals war violett und blau unterlaufen, das sah man an den Rändern, obwohl sie ihr einen Verband angelegt hatten. Jemand musste ihr das Haar gekämmt haben. Es schmiegte sich in weichen Wellen um Cordulas Gesicht, wirkte aber stumpf wie nach zu viel Haarspray.

Wenn sie nicht wütend war, was dann? Froh, entkommen zu sein? Mella zog die Augen vor Anstrengung zusammen. Da waren die kleine sichelförmige Narbe an der linken Schläfe und die erweiterten Poren um die Nase, die herzförmige Linie der Oberlippe, die einzelnen weißen Haarfäden an den Schläfen, die gelbstichige Haut. Egal wie genau sich Mella Cordulas Züge auch einprägte: Es war nichts geblieben, das man deuten konnte.

Als Alex neben ihr eine Bewegung machte, erschrak Mella. Er strich Cordula sehr langsam über die Wange und wischte mit dem Handrücken über ihre Lider, als wollte er ihre geschlossenen Augen noch einmal schließen. Als wollte er ihr sagen, er sei einverstanden mit ihrem endgültigen Abwenden. *Das ist das letzte*

Mal, dass ich sie sehe, sagte sich Mella, wiederholte den Satz in Gedanken, weil sie es sich nicht vorstellen konnte. Sie würde sich Cordulas Gesicht einprägen. Es war alterslos – sie hätte fünfundzwanzig oder fünfundvierzig sein können. Mella hätte nicht sagen können, worauf sie hoffte, als sie vorsichtig mit einem Finger über Cordulas Wange strich, aber es trat nicht ein. Sie war kalt, seltsam fest und unnachgiebig. Mella ließ ihre Hand einen Moment auf Cordulas Gesicht liegen. Sie würde sich an die Kälte in den Fingerspitzen erinnern. Sie würde sich nicht mehr so leicht einbilden können, ihre Mutter wäre nur wieder im Sanatorium. Diese Vorstellung würde einen verschwommenen Trost, eine ungute Betäubung erzeugen. Auch deswegen musste sie sie sehen.

Cordula war erst siebenunddreißig gewesen, die jüngste der Mütter in Mellas Klasse. Alex reichte Mella ein Taschentuch. Erst als sie sich übers Gesicht fuhr, bemerkte sie, dass es nass war. Als Alex schließlich den Arm um sie legte, ließ sie sich widerstandslos aus dem Raum führen. Der junge Arzt mit den dicken Brillengläsern reichte ihnen draußen unaufhörlich blinzelnd die Hand und Mella nahm für einen Moment die angenehme Wärme eines lebendigen Menschen wahr, sodass sie ihn eine Spur zu lange festhielt.

Anna hatte ihre Schwester als Tote nicht mehr sehen wollen und fuhr Alex und Mella in die Stadt zurück. Wegen einer Baustelle kamen sie nur stockend voran. Radfahrer schlängelten sich vorbei, vor ihnen das Geschimpfe zwischen einer Fußgängerin mit Hund und einem Autofahrer, der zu weit auf den Zebrastreifen geraten war. Grelle Plakate riefen zur Teilnahme an einer Demo gegen das Wettrüsten auf, ein Zeitungsverkäufer, der die Aufmerksamkeit der Fahrzeuginsassen suchte, die an der Ampel wartenden Fußgänger, Abläufe, die Mella minuziös wahrnahm, die ihr aber absurd schienen, eine Choreographie, an der sie keinen Anteil hatte. Die Stille aus der Pathologie umhüllte und isolierte sie. Das Nichtwissen aller anderen war atemberaubend. Alex und sie hatten die Totenstille eingeatmet und würden sie nicht so schnell loswerden. Mella vergrub das Gesicht an seiner Schulter. Den Geruch aus der Sektionshalle hatte sie noch in der Nase.

»Was sollen wir jetzt machen?«

Er schien auf einen Vorschlag von ihr zu hoffen. Aber es war zu anstrengend, Entscheidungen zu treffen, auch wenn es nur darum ging, in der Stadt eine Pizza zu essen oder nach Hause zu fahren. Selbst die Vorstellung der nächsten paar Stunden tat weh, war der letzte Verrat an Cordula: Alex, Anna und sie hatten sie dort zurückgelassen in ihrem Totsein und entfernten sich von ihr, mit jeder Sekunde, die sie weiterlebten. Wenn sie wenigstens noch ein bisschen bei ihr hätten bleiben können, unter dieser Uhr, die nicht tickte.

»Ich will zurück«, wollte Mella sagen, aber sie tat es nicht. Vielleicht würde Alex sie sogar begleiten, wenn sie sich wild genug aufführte. Aber das konnte sie ihm nicht antun. Und Cordula würde es nicht zu schätzen wissen.

Jetzt verstand Mella: Sie war im Krankenhaus gewesen, um zu begreifen, dass sie den Toten vollkommen gleichgültig waren. Wenn sie umkehrte, würde wieder irgendetwas in ihr diese widersinnige Hoffnung empfinden, dass da noch etwas sei, was sie für ihre Mutter tun könnte. Cordula hatte ihr alles übrig gelassen, was zu fühlen war. Und alles zurückgewiesen.

Da war irgendeine verdammte Ungerechtigkeit, ein Zorn, der in ihr aufstieg und die Totenstille verdrängte. Sie würde Cordula nicht mehr zu fassen kriegen, nie mehr. Die hatte sich definitiv in Sicherheit gebracht. Die Kälte in den Fingerkuppen, als sie Cordulas Gesicht berührt hatte: Daran würde sie sich halten müssen.

Das war die Wirklichkeit. Sie schob die Hände in die Ärmel, umschloss ihre Unterarme. Mella sah, wie sich Annas Finger mit den lackierten Nägeln beim Schalten um den Ganghebel legten. Sie hatte ganz ähnliche schöne schmale Hände wie Cordula.

Jetzt war der kritische Moment erreicht, in dem alle äußeren Notwendigkeiten erledigt waren. Einen Vorgeschmack davon hatte sie gestern erlebt: Nachdem alle Umschläge beschriftet und die Dokumente in die Mappe geheftet waren, begannen sie damit, Cordulas Kleider aus dem Schrank zu räumen. Anna sollte sich aussuchen, was sie haben wollte. Aber es war noch zu früh, vielleicht wussten sie es alle drei. Sie brachten Schachteln ins Schlafzimmer, aber niemand fasste etwas an. Schließlich zog Anna einen Schal aus der Lade mit den Wintersachen und brach in Tränen aus. Alles war noch von Cordula selbst säuberlich geordnet worden. Sie hatte immer wieder Phasen gehabt, in denen sie sich stundenlang mit dem Ordnen und Sortieren von Dingen beschäftigt hatte. Es schien sie beruhigt zu haben.

Den brombeerroten Schal hatte Cordula als Schülerin gestrickt und zu Weihnachten einen in Violett für Anna. Anna erzählte eine verwickelte Geschichte von einem unglücklich verlaufenen Silvesterfest, in der die Schals eine Rolle gespielt hatten: Weil Anna den ihren liegen gelassen hatte, waren sie schon am Neujahrsmorgen ein ganzes Stück zu Fuß zurückgegangen. Cordula war noch fürchterlich verärgert gewesen über irgendein dummes Spiel in der Nacht zuvor – Anna erzählte verworren, und es war das erste Mal, dass sie in Mellas Gegenwart weinte, seitdem sie vor fünf Tagen angekommen war. Sie saßen alle drei auf dem Boden im Schlafzimmer, Mella hatte ihre Beine über die von Alex gelegt, und er seinen Arm um Anna. Sie hielt Cordulas zusammengerollten Schal wie ein Haustier auf dem Schoß und strich unaufhörlich über die Fransen. Die Schranktüren standen offen, da hingen Cordulas

Kleider, etliches schon seit Jahren ungetragen. Alex schob die Schranktür zu, Mella zog sie wieder auf. Da war ein dunkelrotes Wickelkleid mit grauen Bändern, sorgfältig in Zellophan gehüllt. Mella nahm es vom Haken – augenblicklich war da Regen, der gegen die Autofenster trommelte, heftiger, peitschender Regen, der im Gesicht wehtat, und da war sie selbst, vielleicht fünf- oder sechsjährig, und Cordula, die atemlos nach einem Lauf, weil sie keinen Schirm dabeihatten, irgendwo nachts in einer fremden, hell erleuchteten Stadt nach einem Konzert, lachend und schwatzend auf die Rückbank sank, Mella mit sich zog, ihren Kopf in den Schoß bettete, ihr dampfender Körper, der Geruch nach feuchter Wolle und Rauch, nasse Füße und Kälte, die bis in die Knie kroch, bis Cordula sie warm rieb und irgendeinen Kinderreim dazu aufsagte, der Mella zum Kichern brachte, da war der Knoten in der Schleife, die dieses weinrote Kleid zusammenhielt und in Mellas Schläfe drückte, übermütig zog sie mit den Zähnen daran wie ein junger Hund. Wer hatte sie gefahren, Alex oder jemand anderer?

Sie hängte das Kleid an die Tür. Die Suche nach Worten stellte irgendetwas mit der Erinnerung an, fälschte den Geruch nach Wolle, nach Cordula, das Gefühl, den Kopf in ihrem Schoß zur Seite drehen zu können und in Sicherheit zu sein, und das durfte nicht geschehen. Anna hatte sich in den Schal gewickelt, Alex trommelte leise mit den Fingern. Mella lehnte sich an ihn. Sie alle hatten Angst vor dem Moment gehabt, in dem es nichts mehr zu tun und zu sagen geben würde, aber er war nicht schwerer zu ertragen als alles andere. Nein, sie wollte nicht, dass Anna noch mehr als den Schal mitnahm. Keiner rührte mehr etwas an. Bis auf weiteres blieben die Schachteln stehen.

Also nicht nach Hause, es war entschieden. Anna hatte die Sache in die Hand genommen und sie zu einem kleinen italienischen

Restaurant in der Innenstadt gebracht. Wenn Mella zu Hause war, schien es ihr fast unmöglich, es zu verlassen, war sie woanders, konnte sie sich wiederum nicht vorstellen, dahin zurückzukehren, wo Cordulas Sachen waren – nicht nur ihre Sachen, auch ihr Schatten, der Abdruck ihres Körpers auf dem Sofa, das Echo ihrer Schritte und ihrer Stimme – und wo sie gestorben war. Die Übergänge von hier nach dort waren jedes Mal ein schmerzhafter Ruck. Aus dem Haus zu gehen war weiterleben, anders als zu Hause, wo Cordulas Lieblingstasse auf dem Küchenbord stand, wo ihre alten Parfumflakons, die schon fast nach nichts mehr rochen, im Badezimmer verstaubten, wo es so nahelag, sich die Bewegung ihrer Arme und die Drehung ihres Kopfes in Erinnerung zu rufen, wenn sie sich in den Nacken fasste und durch die Haare fuhr, den Ausdruck ihrer Augen, wie sie auf der Treppe kauerte. Auch wie sie in den wenigen friedlichen Stunden der letzten Jahre auf dem Teppich im Musikzimmer gesessen waren: Cordula, mit angezogenen Beinen an die Sitzfläche des Sofas gelehnt und mit wachen Augen ohne die milchige Trübe, die von den Medikamenten herrührte, erzählte ihr von gemeinsamen Reisen, an die sich Mella nur unscharf erinnern konnte. Es versetzte Cordula immer in Hochstimmung, wenn sie irgendein Detail zuordnen konnte, das Mella als Drei- oder Vierjährige aufgeschnappt hatte: die gelbe Schnabeltasse mit dem Sprung. Die Toilette, die man über eine kleine Leiter erklimmen musste. Der Plastikeimer voller Weinbergschnecken, die ihnen eine alte Frau später zum Abendessen zubereitete. Kratzige Strümpfe, die nach Schaf stanken und Mella Tränen in die Augen trieben, das glattpolierte Holzbein ihres Vermieters auf Lanzarote, um das sie ihn heftig beneidet hatte. Die samtigen Blätter und der Geruch von trocknendem Salbei. Das porzellanene Klirren der flachen Kieselsteine im Hof irgendwo, wo die Laken beim Aufwachen immer feuchtkalt waren und ein riesiger schwarzer Hund ihr das Gesicht ableckte. Der zersplitterte Hals einer Gitarre nach einem Unfall mit dem Motorrad, von der Mella die Saiten abzog und bei ihren Puppenkleidern versteckte. Tausend Dinge, tausendmal eine kleine Angst und tausendmal ein Heilmittel dagegen.

Alles war das erste Mal gewesen: zum ersten Mal am Meer bei schneidenden Windböen, die nach Fisch und Salz rochen und sie alle drei am Strand beinah umwarfen, zum ersten Mal auf einem offenen LKW mitfahren, als Alex mit portugiesischen Musikern auf einem Stoppelfeld hinter einem Dorf gespielt hatte. Mella erinnerte sich an eine junge, ernste Braut, deren wehender Schleier ihr unheimlich gewesen war. Es war schon Herbst gewesen, zugig und kühl, da heiratete man doch nicht. Und hatte Cordula da nicht auch dieses weinrote Kleid getragen? Hatte sie damals nicht eines Morgens geschrien in einem grauen Steinhaus und sich die Ohren zugehalten, weil sie Angst vor ihrer eigenen Stimme gehabt hatte? Hatte Mella nicht fest geglaubt, dass die Braut ihre Mama verhext hatte? Irgendwann, wenn das Reden nicht mehr so mühsam wäre, würde sie Alex fragen. Vom Kleid würde er wohl nichts mehr wissen, er war kein Augenmensch, wie Cordula gesagt hatte.

Wenn es ihr besser ging, wollte sie nur über schöne Dinge reden. Wie konnte Mella das nicht begreifen und sich daran stoßen? Wenn es ihr besser ging, hängte Cordula die Kleider farblich abgestimmt in den Schrank, bügelte Alex' Hemden und legte eines zu Mellas Entzücken so in Falten, dass ein Gesicht entstand. Auch Brote belegte sie gern so, dass Gesichter oder Muster entstanden, und oft waren sie besonders schön, kurz bevor es ihr wieder schlechter ging.

Jetzt saß Mella vor ihrer Pizza, schnitt sie akkurat in zwölf gleich große Stücke und wünschte, die Erinnerungsmaschine in ihrem Kopf würde aufhören, ein Bild nach dem andern auszuwerfen.

Schon als sie erst fünfzehn oder sechzehn gewesen war, war sie sich alt vorgekommen, wenn sie sich an Szenen aus ihrer Kindheit erinnerte, in denen Cordula alles sah, alles hörte, alles wusste, Cordula, die singen konnte, die schönste aller Mütter. Das war Ewigkeiten her. Konnten sich Jahrzehnte und Jahrhunderte wesentlich anders anfühlen? Vielleicht war alles ganz anders gewesen. Vielleicht war das nur Kino im Kopf, erfunden aus Sehnsucht, aus Schwäche.

Mella schob sich hastig ein Pizzastück nach dem anderen in den Mund, Alex warf ihr einen Blick zu, schwieg aber. Seit Langem war sie wieder einmal hungrig. Die Hosen saßen ganz locker. Sie aß nur, wenn ihr schwindelig wurde oder wenn Anna einfach nicht nachgab.

Glücklicher hatte Mella ihre Mutter nie erlebt, als dann, wenn sie aus den Bruchstücken in Mellas Kopf etwas Ganzes machen und eine gute Geschichte dazu erzählen konnte. Vielleicht war auch Mella nie glücklicher gewesen. Dies war jedoch schnell wieder vorbei, manchmal von einer Minute auf die andere, sodass Mella immer wieder fürchtete, etwas gesagt oder getan zu haben, was ihre Mutter erschreckt hatte. Wenn es Cordula einigermaßen gut ging – das hieß, sie starrte nicht stundenlang auf irgendetwas, erhob keine wüsten Vorwürfe gegen Alex, manchmal aber auch gegen Mella, und erschöpfte sich nicht in endlosen Reden, weinte und zeterte nicht –, dann hakte sie gerne nach, ob Mella nicht doch dies oder das von früher noch wisse. Manchmal war Mella der Fragen überdrüssig, sodass sie Nein sagte, obwohl da sehr wohl etwas war, und es bereitete ihr ein kurzes grausames Vergnügen, Cordula ihre Erinnerung vorzuenthalten. Aber meist gab sie nach, die Aussicht auf eine halbe Stunde, in der alles in Ordnung zu sein schien und in der sie einfach als Mutter und Tochter plaudernd im Wohnzimmer sitzen würden, war zu verlockend.

Manchmal erfand Mella eine Erinnerung einfach, aber nicht ein einziges Mal ließ Cordula sich täuschen. Es musste also Zonen in ihrem Kopf geben, die brillant funktionierten, aber das bot schon lange weder Trost noch Hoffnung.

Was jetzt in Mellas Kopf aufstieg, unterschied nicht zwischen schönen und bedrückenden Erinnerungen. Eine Weile würde sie noch flüchten können, darin umherwandern, sie wieder und wieder durchspielen. Aber irgendwann wäre die Vergangenheit erschöpft, würde sich zurückziehen und in Ruhe gelassen werden wollen, das wusste sie.

Anna stocherte in ihrem Salat, Alex war beim zweiten Bier. Sie ließen sie in Ruhe, aber sie waren da. In einem Impuls der Dankbarkeit griff Mella nach Annas Hand und der ihres Vaters, drückte sie einen Moment. Eine gewisse Ruhe war eingekehrt, nachdem sie Cordula gesehen hatten. Immer noch hatten sie diese Stille um sich, die von den Toten ausging, jetzt aber als schützende Hülle. Es war laut und eng in dem kleinen schlauchförmigen Raum, wo sie an einem Ecktisch saßen.

»Als würde man in ein Aquarium schauen«, sagte Mella.

»Nein, als würden wir in einem *sitzen*«, antwortete Alex.

Es stimmte, sie bildeten eine Art stille Insel hier drinnen. Bald würde Marie kommen. Das Telefon hatte dauernd geläutet, aber Mella hatte nicht abgehoben. Auch wenn Mella heftige Sehnsucht nach ihr hatte, Marie hatte es nicht anders verdient.

Als Mella sich in ihrem Turmzimmer hinlegte, drapierte sie das weinrote Wickelkleid ihrer Mutter wie eine Überdecke auf die Tuchent. Sie hörte die Stimmen von Alex und Anna, die wie beruhigendes Geplätscher aus dem Wohnzimmer zu ihr heraufdrangen. Auch wenn seine Musikerfreunde zu Besuch waren, schlief sie besser ein als bei Stille, die immer durch irgendein unerklärliches Knarren und Knacken aus den Leitungen oder der Holztreppe gestört wurde. Am schlimmsten war es, wenn Cordula da war: da wusste man nie. Letztlich war es oft das angestrengte Lauschen, das sie am Einschlafen hinderte, die Erinnerung an umgeworfene Möbel und Cordulas schrille, weinerlich klagende Stimme. Auch damit war es nun vorbei.

12
Engführung

Für ein paar Minuten ist es wie immer. Sie sitzen auf der Mauer gegenüber dem Eissalon, Tüten in der Hand, von denen es tropft, Vanille und Schokolade. Marie deutet auf die schmelzenden Kugeln, das Lächeln krampft in den Mundwinkeln: »Irgendetwas muss doch bleiben, wie es immer war.«

»Keine Chance«, sagt Mella. Sie beschattet die Augen, blinzelt hinauf in den leer gewehten Himmel. Das übliche Mai-Blitzblau nach einem Gewitter. Die Frühlingssonne sticht.

»Wir werden einen Sonnenbrand bekommen«, meint Marie und gähnt. Heute Nacht hat sie ewig dem Klappern der Fensterläden zugehört. Außerdem tun ihr die Arme weh. Mella verschmiert das heruntergetropfte Eis achtlos am Knie. Marie hat nur eine Kugel genommen, was Mella mit »na, klar, die Figur« kommentiert hat. Für eine Weile schweigen sie.

»Dieses Redenmüssen ist doch die Hölle. Bin ich froh, dass du da bist!«

Gleich werden sie an den Fluss hinuntergehen wie Hunderte Male zuvor. Sie werden einfach weiter schweigen oder über die Matura reden, die in vier Wochen beginnt. Natürlich gäbe es viel zu viel zu erzählen, Mella weiß nicht, wie sie das unterbringen soll. In der Schule merkt sie, dass sie einiges nicht mitgekriegt hat. Ein Jahr länger in die Schule zu gehen, kommt nicht in Frage. Alex diese Griechenlandsache auszureden war ein hartes Stück Arbeit: *Nachher, Papa, bitte, bitte, nachher!* Als das Argumentieren nicht mehr half, musste sie sich aufs Bitten verlegen. Er insistierte eine

Weile, von wegen Schock und Ortswechsel und erst einmal zu sich kommen und Ruhe, Ruhe, Ruhe. Als hätten sie nicht viel zu viel davon, Cordulas ungeheure Totenstille, die über sie alle hinwegschwappt, wie in diesem Traum, den sie vor ein paar Tagen hatte: Cordula übergoss sie darin mit kaltem Wasser aus einem Holzkübel und wollte nicht damit aufhören, egal wie laut Mella auch schrie, und dieser verdammte Bottich wollte einfach nicht leer werden. Beim Aufwachen war ihr kalt und der Hals tat ihr weh. Sie musste an den *Zauberlehrling* denken. Auch Cordula hat Geister gerufen, die sie nicht mehr losgeworden ist. Alex hat geredet wie einer, dem sie ein Tonband mit Phrasen eingesetzt haben. Ihm hat es selbst die Sprache verschlagen. Wenn er wenig redet, ist er ihr nicht fremd. Alex ist kein Augenmensch und auch kein Wortmensch.

»Hast du dieses Zeug in einem Ratgeber für alle Lebenslagen gelesen?«, fuhr Mella ihn an. Immerhin ging es um ein volles Jahr ihres Lebens. Auch wenn ihr Hirn oft leer ist, als wäre ein Orkan durchgefahren, und obwohl ihr von der blöden Heulerei manchmal ganz schwindelig ist, weiß sie, sie will auf keinen Fall länger als unbedingt nötig hier bleiben. Sie will nach London, und zwar im Herbst. Am meisten erbost sie, dass Alex immer so tut, als ginge es vorrangig um sie. Als sei sie kurz vor dem Zusammenbrechen. Dabei ist *er* es doch, der nicht mehr kann. Außerdem wird er unausstehlich, wenn er nicht mindestens zweimal im Jahr ein paar Wochen an irgendeiner Küste verbringen kann.

Er braucht das Meer, um Musik machen zu können. Sich selber will er retten, vor Cordula und wer weiß, wovor noch. Mella hat es ihm letztlich ins Gesicht schreien müssen, dass er einfach nicht wissen könne, was für sie das Beste sei. Ein elender Egoist sei er und ein Lügner dazu. Das hat sie nicht so gemeint, es hat ihr auch sofort leidgetan. Dann hat sich Anna eingemischt, und zwar genau

133

im richtigen Moment und in der richtigen Dosis: »Wenn sie nun einfach nicht will«, sagte sie. Sonst nichts. Sie war sehr klar. »Zwing sie nicht.«

Einen Augenblick sah sie aus wie Cordula, wenn sie stark war. Ihre Stimmen ähneln einander, der Schwung ihrer Augenbrauen, der Mund, der bei Anna entspannter ist, ohne das Netz kleiner Fältchen, das Cordula hatte, lange vor der Zeit. Annas Parteinahme rechnet ihr Mella hoch an.

Jetzt ist das Eis aufgegessen, und sie hat noch immer kein einziges Wort zu Marie gesagt. Dabei wollte sie ihr doch alles erzählen.

Auf der anderen Straßenseite warten einige Schüler, die sie vom Sehen kennen, auf ihre Tüten, einzelne schauen verstohlen herüber. Zwei Mädchen heben grüßend die Hand. Mellas kräftiges »Hi zusammen!« schallt über die Straße, sie macht ein Victory-Zeichen. Die drüben erstarren, keiner reagiert. Mella legt den Kopf schief, um ihren Handrücken abzulecken. Marie neben ihr zuckt zusammen, sie merkt es genau. Jetzt fängt es an Spaß zu machen. Es ist diese Art von Spaß, die gleichzeitig auch wehtut. In letzter Zeit tut sie so etwas noch öfter als früher.

»Gehen wir?«, sagt sie, verfolgt, was die auf der anderen Straßenseite tun: klar, sie tuscheln. Möglichst diskret. So wie in der Schule. Sie deutet mit dem Kinn hinüber.

»Jetzt sind sie schockiert, weil die arme Mella nicht dankbar lächelt und traurig dreinschaut, weil ihre Mama tot ist.«

»Warum redest du so?«

»Warum ich so rede? Glaubst du, jetzt, da Cordula tot ist, kotzen mich Spießer und Heuchler weniger an als vorher? Sollte ich deshalb netter sein? Lieb und arm, das gehört doch zusammen.« Sie greift mit ihrer klebrigen Hand nach der von Marie und bemerkt ihre Blässe und die Ringe unter den Augen.

»Du schaust übrigens auch zum Kotzen aus«, sagt Mella in Maries besorgten Blick hinein und stößt sie mit dem Ellbogen in die Seite.

Marie geht nicht auf Mellas Ton ein. »Erzähl doch ein bisschen«, sagt sie mit weicher Stimme.

Etwas in Mella will sofort schmelzen. Nachgeben, den Kopf in Maries Schoß legen, reden, heulen, schweigen, alles auf einmal. Doch da ist wieder dieser Stein auf der Zunge. Sie fährt mit der Spitze über die Zähne und den Gaumen. Das gehört doch zu den Toten: ein Stein, eine Münze, oder was immer sie den Leichen in den Mund gelegt haben. Der Stein in Mellas Mund wird größer und kleiner, leichter und schwerer, rutscht in die Kehle. Der Halts-Maul-Klumpen, denkt sie. Jetzt fährt die Hitze allmählich ihre Klingen aus und das Kopfweh pocht in den Schläfen.

»Ich weiß nicht«, sagt sie, »magst du das, dass sie neuerdings so große Schokostückchen ins Eis mischen? Also ich nicht.«

Marie ist geduldig, schiebt nicht einmal Mellas heiße, schwitzende Hand weg. Die ihre ist ganz kalt, obwohl die Sonne fast senkrecht über ihnen steht. Sie rutscht von der Mauer. Sie trägt lange Ärmel, das fällt Mella erst jetzt auf. Als sie die Böschung zum Fluss hinuntersteigen, vorsichtig, da nach dem Sturm gestern Nacht herabgefallene Zweige und Äste auf dem Weg verstreut sind, fragt sie: »Wer hat es dir erzählt?«

»Dein Vater.«

Mella bleibt stehen. *Dein Vater.* Nicht *Alex.* Maries Augen sind müde. Puppenaugen, Restflackern.

»Du siehst anders aus«, sagt Mella.

»Du auch.«

Marie ist leicht zu durchschauen. Heute ist sie zu sanft, zu ruhig. Sie hält sich zurück. Es ist eine andere Stille als die ihrer Vertrautheit. Mella sieht sich winzig gespiegelt in Maries Pupillen. Sie wartet. Marie wird sonst schnell nervös. Aber nicht dieses Mal.

»Was hat er zu dir gesagt?«

Marie zuckt mit den Schultern, wendet sich ab. »Nicht viel. Dass sie tot ist. Sich erhängt hat. Er hat mich gar nicht ins Haus gelassen. Ich bin mit Kuchen gekommen, es war ja Donnerstag.«

An den Donnerstagnachmittagen arbeitet Marie in einer Konditorei im Zentrum. Danach fährt sie gleich zu ihren Freunden, im Fahrradkorb einen rosa Karton mit übrigen Kuchen und Torten. Sie essen dann alles auf, direkt aus dem Karton, manchmal auch gemeinsam mit Alex. Sie fasten den ganzen Tag über, um sich dann auf die Cremetörtchen, Schwarzwälder-Kirsch und Mohn-Topfen-Schnitten zu stürzen, probieren das gesamte Sortiment durch und liegen dann völlig erledigt auf dem Boden. Bei Marie zu Hause ginge das nicht, aber Alex kümmert sich nicht um gesunde Ernährung. Marie hat dann das Problem, ihrer Mutter beim Nachhausekommen klar zu machen, dass sie keinen Hunger mehr hat. Sie will weitergehen.

»Warte doch!« Mella hält sie an der Schulter fest. »Ich will wissen, wie das war, als du an dem Tag zu uns gekommen bist.«

»Hab ich doch gerade gesagt! Ich weiß es nicht mehr.« Marie kaut auf ihren Lippen. Natürlich weiß sie es noch. Miststück, denkt Mella. Der Funken Wut fühlt sich ganz genauso wie Schmerz an. Alles fühlt sich auf einmal wie Schmerz an. Sogar wenn sie sich freut, dass Anna eine Kürbissuppe gekocht hat, fühlt es sich wie Schmerz an.

»Er hat nur gesagt, er müsste dich von der Schule abholen. Und dass du es noch nicht weißt.«

Na also. Oder erfindet sie es, damit Mella Ruhe gibt?

Dass seine Tochter an den Donnerstagnachmittagen Basketball spielt, weiß Alex. Die Väter der anderen wissen so etwas nicht. Die

136

haben allerdings Mütter, die es wissen. Vorschriften macht ihr der Vater keine. So ist Mella aufgewachsen, und erst seitdem sie sieht, wie es bei anderen zugeht, weiß sie es zu schätzen. Sie ist froh, dass Alex heute Abend daheim sein wird, obwohl sie ihm erst gestern gesagt hat, er solle endlich wieder mit seinen Leuten Musik machen. Sie bedauert ihre Altersgenossen: dass sie es ertragen, dieses ständige *Woher-kommst-du-wohin-gehst-du-mit-wem-treibst-du-dich-herum*. Es gibt immer noch Eltern, die kaum etwas davon mitbekommen haben, was in den letzten fünfzehn Jahren passiert ist, und die immer noch glauben, Kommunisten und Blumenkinder würden gemeinsam den Untergang den Abendlandes anzetteln. Maries Eltern sind nicht so schlimm, eine komische Mischung aus nett und nervend. Aus heiterem Himmel sprechen sie manchmal irgendein Verbot aus, als müssten sie sich beweisen, dass sie ihre Kinder noch erziehen. Cordula und Alex waren keine schlechten Eltern. Sind! Alex ist ja noch da. Wie sagt man da richtig? Die Gedankenmaschine ist wieder angesprungen, beschleunigt in Mellas Kopf. Weinen ist das einzige Mittel, um sie zum Stillstand zu bringen. Allmählich gewöhnt sie sich an diesen Kreislauf einander überstürzender Gedanken und Bilder, dann Weinen und am Ende bleierne Ruhe.

Marie drückt ihr ein Taschentuch in die Hand. Sie habe Alex vorgeschlagen, zu warten, bis er mit Mella zurückkäme. Er habe Nein gesagt. Zu dem Zeitpunkt haben sie Cordula schon weggebracht, trotzdem: Sie sei alleine dort gewesen, wo Cordula … – ihr Blick sucht den Mellas.

»– sich umgebracht hat«, vollendet Mella den Satz. »Sag’ es ruhig. Es wird nicht anders, wenn man es nicht ausspricht.«

Die anderen! Alles muss man ihnen erst klarmachen, sogar Marie. Es ist sogar besser, es auszusprechen. Gestern hat sie sich vor den großen Spiegel neben der Haustür gestellt und gesagt:

»Meine Mutter hat sich umgebracht.« Sie versuchte diesen und jenen Tonfall. Sie sagte es viele Male hintereinander, so oft und so schnell, bis die Worte nur noch fremdartige Lautfolgen waren und ihre Bedeutung einbüßten, wie es Kinder manchmal im Spiel tun.

Am Spiegel kleben kleine gelbe Zettel, auf die sie Erledigungen und fehlende Dinge für den Einkauf notieren. In ihrer oder Alex' Handschrift steht da zum Beispiel: *Waschpulver, Karotten, Versicherung anrufen.*

Äpfel, Milchbrot, Buchhandlung. Das ist Cordulas Schrift: nach links geneigt, starke Unterlängen, groß mit runden Schlingen. Man konnte nicht schnell schreiben, wenn man so schrieb, Mella hat es ausprobiert.

Wollte Cordula etwa kochen? Scheiterhaufen mit Äpfeln war eine von Mellas Lieblingsspeisen, als sie klein war. Und was wollte Cordula in der Buchhandlung? Hat sie vielleicht irgendetwas bestellt? Dabei las Cordula doch nichts mehr, jedenfalls keine Romane. Wegen der Tabletten konnte sie sich nicht konzentrieren und verlor andauernd den Faden. Nur Gedichte nahm sie hin und wieder zur Hand. Wenn ihr ihre Mutter vorlesen wollte, wehrte sich Mella. »Das hast du doch immer so geliebt als Kind«, wandte Cordula dann ein.

Als Kind. Sie hatte nicht einmal richtig mitbekommen, dass ihre Tochter kein Kind mehr war. Neben vielen anderen Dingen lief auch die Zeit kreuz und quer in ihrem Kopf.

Äpfel, Milchbrot, Buchhandlung. War das womöglich das Letzte, was Cordula geschrieben hat? Was für ein Statement! Fast muss Mella lachen. Das ganze Haus haben sie auf den Kopf gestellt, Anna, Alex und sie: kein Brief, kein Zettel, nichts. Keine Zeile von ihr, die sie doch immer von sich behauptet hat, ein Augenmensch und Wortmensch zu sein.

Sag es. Dann hört es vielleicht auf, ohne dass du wieder

mindestens zehn Minuten heulen musst: *Meine Mutter hat sich umgebracht. Meine Mutter hat sich umgebracht.*

Du musst es dreimal sagen. Woraus war das noch? Sie muss bald mit dem Lernen beginnen, sonst kann sie die Matura vergessen. Nur nicht noch ein Jahr hierbleiben.

»Hör zu«, sagt sie zu Marie, »ich kann es aussprechen: Meine Mutter hat sich umgebracht.« Jetzt hat Marie wieder diesen Blick wie aus Glas. »Ich muss es schließlich üben. Man wird mich fragen, du weißt ja: Woher kommst, was machst du, hast du Geschwister, was tun deine Eltern, das Übliche halt.«

Mella ist froh, dass Marie nur nickt. Wie soll man jemandem erklären, dass man die Worte und die Wirklichkeit im Kopf nicht mehr zusammenbekommt, obwohl man weiß, dass man die richtigen verwendet?

Marie erzählt, dass Alex sie an jenem Tag auch nicht in die Schule zu Mella habe mitnehmen wollen.

Jetzt sagt sie *Alex*, Mella bemerkt es gleich.

»Und dann?« Mella lässt nicht locker.

»Dann bin ich halt nach Hause gegangen. Und habe abgewartet. Ich habe ein paar Mal bei euch angerufen. Aber du hast nicht abgehoben.«

Der Fluss steht ziemlich hoch, aber ihr Lieblingsplatz bei den großen Steinen, die breite Mulden zum Sitzen bilden, ist noch erreichbar. Das Wasser schwappt fast bis zu ihren Füßen, und wo sich ein tiefer Einschnitt in der Uferböschung gebildet hat, klatscht es an einen dicken Wurzelstock, der angetrieben wurde. Es gibt dichte silbrig grüne Weiden, Gestrüpp und Gebüsch voller Vögel, einen sandigen Uferpfad und kleine Kiesbuchten. Fast kann man sich einbilden, weit weg von der Stadt zu sein, in einer menschenleeren Wildnis. Das war es, was ihnen als Kinder gefallen hatte, neben dem Gurgeln und Glucksen des Wassers, das sie als Flüstern geheimnisvoller Stimmen hören wollten und einander dem Wasser abgelauschte Geschichten erzählten, die meist in albernem Gelächter endeten, krude Abenteuer mit ihnen beiden als Heldinnen und jeder Menge Geläster über Mitschüler und Lehrer. Damals vor sieben Jahren ritzten sie sogar mit ihren Hausschlüsseln die Anfangsbuchstaben ihrer Vornamen in einen Stein, zweimal ein M. Mella machte das Und-Zeichen seitenverkehrt, man kann es noch gut erkennen.

»Es riecht komisch dort, wo sie die Leichen aufbewahren. Nicht etwa nach Leichen, nicht wie du es dir vorstellst«, sagt Mella, erzählt Marie von Annas und Alex' enervierender Besorgtheit und von Alex' Griechenlandplan, wovon Marie schon wusste – sie hatte es bei der Verabschiedung aufgeschnappt –, sie erzählt von den spiegelnden Fliesen in der Pathologie und vom blinzelnden Arzt, von den Einkaufszetteln, von Cordulas Kleidern, von den Scherenschnitten und den Dutzenden Sonnenbrillen, von den unzähligen Nummern, die ein Mensch braucht, damit er von Amts wegen überhaupt existiert, vom Sargaussuchen, vom Aufräumen, vom Herumsitzen und von der Schwierigkeit zu atmen, zu essen, wenn man ständig einen wandernden Klumpen im Hals hatte. Sie erzählt von den Großeltern, die sie nicht wiedererkannt hätte, und witzelt darüber, dass sich Cordula über das rätselhafte Verschwinden all ihrer kleinen Fältchen aus dem Totengesicht nicht mehr freuen könne. Sie spottet über den schlappen Händedruck der Schuldirektorin und über den Religionslehrer, der sie um Himmels willen in Ruhe lassen solle, es aber nicht könne, wenn es um den Tod gehe, als ob der sein ureigenes Territorium wäre. Allmählich redet sich Mella aus der Verzweiflung heraus, sie redet, bis es dämmert und ihnen die feuchte Kühle vom Fluss unter die Kleider kriecht. Als sie hinaufgehen, sind ihre Beine steif vom langen Sitzen.

Als sie den Pfad durchs Dickicht zur Uferstraße hinaufsteigen, hat sie einen Moment lang die Idee, Marie wie früher zum Abendessen mitzunehmen. Anna hat bestimmt gekocht. Aber es fühlt sich falsch an, wie auch das Empfinden, für den Augenblick aus dieser unsichtbaren Blase entronnen zu sein, die sie seit Cordulas Tod umschließt.

Das Wohnzimmer betreten sie nicht seitdem. Die Tür ist nicht verschlossen, Anna hat geputzt und Staub gesaugt. Vielleicht zieht Alex sogar aus, und sie ist in ein paar Monaten ohnehin weg. Es täte ihr leid ums Haus. Aber vielleicht müssen sie gehen. Dann hat ihre Mutter auch das geschafft: Alex und ihr das Haus wegzunehmen. Cordula hat es nie wirklich gemocht, weil es Alex' und Mellas Zuhause war, aber nicht das ihre. Alex und Mella haben es eingerichtet, Möbel gerückt, Bilder aufgehängt, Laden und Regale vollgeräumt. Alex und Mella haben jede einzelne Wand gestrichen in diesem Sommer vor drei Jahren, als sie fünfzehn wurde und Cordula wieder einen schweren Schub hatte und monatelang kaum ansprechbar war.

»Ich weiß, es ist gemein, aber ich bin so verdammt sauer auf sie.«

Marie dreht sich zur ihr, umarmt sie. Mella löst sich, um ihr ins Gesicht zu sehen.

»Das habe ich mich sofort gefragt: Wie sie euch das antun konnte.«

Sie flüstern beide, obwohl weit und breit niemand da ist, der sie hören könnte. Hand in Hand gehen sie weiter. Kurz bevor sie die Au verlassen, stolpert Marie über eine Astgabel, reißt Mella fast mit zu Boden, sie fängt sich im letzten Moment. Als sie Marie aufhilft, rutscht der linke Ärmel ihres Sweatshirts bis zum Ellbogen hoch. Sie will ihn sofort wieder herunterzuziehen, aber Mella hält ihr Handgelenk fest: »Was hast du da? Was ist das?«

Marie dreht den Arm, um Mella abzuschütteln, aber die hält sie fest wie ein Schraubstock. An der Innenseite von Maries linkem Unterarm sind sechs etwa gleich lange, horizontal ausgeführte Schnitte, parallel wie die Zeilen in einem Schulheft. Mindestens zwei davon sehen entzündet aus, geschwollen, mit gelblich vereiterten Rändern.

»Was ist das?«, fragt Mella wieder. Jetzt schreit sie fast.

Marie macht sich los, gleichzeitig schnappt Mella mit einer blitzschnellen Bewegung Maries anderen Arm, dreht ihn auf die Innenseite und schiebt den Ärmel hoch. Auch hier sind Schnitte, nicht parallel, sondern kreuz und quer, zwei davon mit frisch verkrustetem Blut.

»Bist du komplett verrückt geworden?«

Mittlerweile ist es fast dunkel. Sie sind nur noch wenige Meter von der Straße entfernt, und die vorbeifahrenden Autos tauchen sie in die breiten Lichtkegel ihrer Scheinwerfer, leuchten Maries Gesicht aus, hell, dunkel, hell, dunkel.

Etwas in Mellas Innerem blendet auf, genau wie die Lichter da draußen, die sie gleichgültig erfassen und wieder ins Dunkel entlassen. Mella holt aus und schlägt Marie mit dem Handrücken fest ins Gesicht. »Tu das nie wieder, hörst du? Niemals wieder!«

Sie starren einander an. Marie laufen Tränen über die Wangen, aber sie ist still, mit weit aufgerissenen Augen. Schließlich weinen beide, schluchzen, als wäre ein Damm gebrochen, Marie fingert zerknautschte Papiertaschentücher aus der Hosentasche.

Den Weg in die Stadt neben der Straße gehen sie Arm in Arm. Niemand sagt ein Wort, nur einmal meint Marie, »die Taschentücher sind aus«, und beide müssen über ihren weinerlichen Tonfall lachen. Als sie sich verabschieden, fährt Mella mit dem Finger über den untersten der Schnitte auf Maries rechtem Arm und sagt: »Nie wieder. Versprich es mir. Sonst fange ich auch damit an.«

13

Shibuya

In Seoul seien die Zugänge zu Apartmentdächern fast überall zugesperrt, die U-Bahngleise mit Glastüren abgesichert und die Brücken am Han-Fluss mit aufmunternden Leuchtzeichen versehen, die aufblinken, sobald sie nachts Fußgänger registrieren. Die Vortragende stößt die Schuhspitzen während des Redens immer wieder aneinander, Marie hat eine berufsbedingte Aufmerksamkeit für solche Details.

Als Marie und Mella auf Yokuis Anraten den Hörsaal schon eine halbe Stunde vor Beginn über einen Seiteneingang zu erreichen versuchen, hat sich auch dort schon eine Warteschlange gebildet. Vor ihnen beginnen zwei jüngere Frauen mit Presseausweisen ein aufgeregtes Wortgefecht. In Maries Ohren summt auch am dritten Tag ihres Aufenthalts das Geräusch des Flugzeugs, ein tiefes Brummen, das alle anderen Töne unterlegt.

Die Suizidrate in Südkorea sei die höchste aller OECD-Länder und habe sich in den letzten dreißig Jahren vervierfacht, fährt die Psychiaterin fort. Der Mann neben ihr erklärt, dass sie in einem großen psychiatrischen Krankenhaus in Seoul arbeiten. Zuerst dachte Marie, es sei nur die bekannte Tendenz, Menschen anderer Ethnien als untereinander ähnlicher wahrzunehmen, als ihr die Ähnlichkeit der beiden auffiel: die gleiche breite Stirn und die Augenbrauenlinie mit dem kleinen Zacken darin. Doch Lee und Yun Cheong sind tatsächlich Geschwister. Sie leiten eine Langzeitstudie zur psychischen Gesundheit von Flüchtlingen aus dem Norden und deren Familien.

Tags zuvor saßen Marie und Mella mit ihnen und einigen anderen aus Yokuis kleiner Gruppe in einem traditionellen Teehaus im Stadtteil Shibuya. Es lag im Hinterhof eines Ensembles von Bürogebäuden, in deren funkelnden Glasfassaden sich die vorbeiströmenden Passanten spiegelten, sodass die Grenzen zwischen Straße und Gebäuden durchlässig und die Menschenmengen noch gewaltiger schienen. Das hölzerne Gebäude war eine Überraschung, fragil, deplatziert, wie aus der Zeit gefallen mit seinem akkurat geharkten Kiesgarten, den papierbespannten Zwischenwänden und den Kalligraphien in grauer Tusche. Die Kimonos der Serviererinnen knisterten beim Vorbeigehen und hinterließen einen Duft nach süßer Seife und Wäschestärke, ihre Holzsandalen klapperten über die Steinplatten. Es gebe in der japanischen Sprache ein eigenes Verb für genau diesen Klang, erklärt Yokui.

In einem Land, in dem das Erforschen der persönlichen Vergangenheit mit drohendem Gesichtsverlust gleichgesetzt wird, begegne man tiefenpsychologischer Forschung mit großem Misstrauen, erzählten die beiden Forscher. Ihrem Englisch mit den breit auseinanderlaufenden Vokalen hört man die zehn Jahre Australien an, die sie erwähnt haben. Der Dampf aus den vielen Teekesseln macht die Luft weich und aromatisch. Sie sind Wissenschaftler, daran würden sie sich halten, sagt Lee, auch wenn die Ergebnisse ihren Auftraggebern nicht immer gefielen, sie hätten Mühe, die Fortsetzung ihrer Arbeit zu finanzieren, ergänzt Yun. Keinen von ihnen hat Marie je allein mit jemandem sprechen sehen. Dass einer die Sätze des anderen fortsetzt, scheinen sie geradezu voneinander zu erwarten. Geboren in Nordkorea, aufgewachsen im Süden, steht im Begleitprospekt, viel mehr bekommt auch Mella nicht heraus, die ein oder zwei Vorstöße macht, nach dem persönlichen Hintergrund der beiden zu fragen. Ihre

Antworten bleiben vage (»ach, schon sehr lange«, »ach, das hat sich gut ergeben«) und verschwimmen in einem synchronen Lächeln, während sie an einem niedrigen, frisch lackiert riechenden Tisch ihren Genmaicha-Tee schlürfen. Maries Blick fällt durch die offenstehende Schiebetür in den Innenhof. Auf einem Laubbaum mit winzigen Blättchen singt eine Amsel nach Kräften. Während sich Mella und die Cheongs weiter unterhalten, gleiten Maries Gedanken zu den schönen Spiegelungen der farbigen Schirme am nassen Pflaster vor dem Meji-Schrein und zu den zinnoberroten hölzernen *Torii* mit den zwei Querbalken, Tore im Freien, manchmal sogar im Wasser, die nirgendwohin führen. Tröstliche Orte, sagt Yokui, Orte, an denen das kreischende Chaos aus Dingen und Menschen verebbt.

Mella und sie bemerken noch immer dieselben Dinge, Marie weiß nicht recht, ob sie das freut. Am Abend zuvor haben sie an der Hotelbar zwei oder drei schockfarbene Cocktails gekippt, und Mella begann unversehens mit einem ihrer alten Spiele: Es ging darum, an welche kleinen Besonderheiten aus dem Tag sie sich erinnerten, und Marie schob die Warnung beiseite, die in ihrem Kopf aufflammte.

Auf dem Rückweg zur U-Bahn gehen sie nebeneinander. An der Straßenecke, die zum Teehaus führt, sitzt ein weißblond gefärbter Junge, einen kleinen schwarzen Hut in den Nacken geschoben, das Kinn auf die Brust gesunken, hinter ihm die Aufschrift *Tomorrowland*. Als sie vorbeigehen, hebt er den Kopf. Er hat winzige Pupillen, als sei der Lichterrausch der Straße in ihm implodiert. Da ist das Mädchen, das immer wieder die Rolltreppe hinunterfährt, um den Handlauf und die verglasten Seitenflächen zu reinigen, dann bestimmt dutzende Male mit Putzlappen und Kübel die Stiege wieder hinaufläuft. Da ist dieser selbst für einen Japaner winzige ältere Mann an der Kassa im kleinen Laden gegenüber dem Hotel, wo sie abends Bier und Reiscracker holen. Mit einer Hand packt er die Waren in die Tüten, während die andere die nachrückenden Sachen über den Scanner zieht, dazwischen murmelt, lächelt und verbeugt er sich unablässig und schwer atmend. Marie sieht es und auch, dass Mella dasselbe sieht: Wie das Tempo des Bandes aus seinen Bemühungen um Höflichkeit und Freundlichkeit eine Karikatur macht, einen traurigen Tanz.

Mit Mella ziellos umherstreifen wie früher, ohne viel zu reden, bis es sich von selbst ergäbe. Das wünscht sich Marie, elend, es sich einzugestehen. Ihre Ankunft vor drei Tagen scheint schon viel länger zurückzuliegen, in einem anderen Leben voll Arbeit, Vernunft und Selbstrettung. Die Vorträge und Fachsimpeleien lassen sie bis auf weniges ziemlich kalt. Dass sie draußen kaum etwas lesen und nichts verstehen kann, gefällt ihr sogar. Auch wenn die fremde Großstadt auf sie einströmt, bleiben ihre eigenen Gedanken ungestört. Sie versteht so vieles nicht, dass sie das Deuten aufgibt.

Im Vortrag der Koreaner geht es um die auffälligen Störungen bei Kindern von Überläufern aus dem Norden, die als ehemalige Militär- oder Polizeiangehörige tätig waren, bevor sie flüchteten. Mitten in einem Fallbeispiel macht Yun immer wieder irritierend lange Pausen. Marie beobachtet Mella, die mit gezücktem Stift dasitzt, immer wieder Stichworte aufs Papier wirft. Der Blick einer Journalistin muss fokussiert sein, sofort unterscheiden, was verwertbar ist und was nicht, anders als der einer Psychologin. Mit niemand anderem hat Marie jemals derart ausdauernd mutmaßen können, warum sich wer wie verhält. Sie erinnert sich an ihre aufgeregte Wachheit bei diesen Gesprächen, kein Bild, eher ein Körpergefühl, etwas, das unauflöslich mit Mella verknüpft ist. Die beiden Vortragenden sitzen nebeneinander auf dem Podium, Yun Cheong hat den Kopf ein wenig in Richtung seiner Schwester geneigt, er hält sie mit seinem leicht nach außen schielenden Blick. Sein volles Haar sieht aus wie schraffiert. Als sie ihm das Wort übergibt, rutscht ihr eine seitliche Strähne aus der Frisur und entblößt ein Hörgerät hinter dem linken Ohr, das Marie gestern im Teehaus gar nicht bemerkt hat.

Yun spricht von Hyperaktivität, Bindungsstörung, Impulsivität. Es bestehe ein signifikant erhöhtes Risiko, an Depressionen oder Schizophrenie zu erkranken. Eine im Vergleich zum statistischen Mittel erhöhte Selbstmordneigung liege auch dann vor, wenn die Nachkommen der Flüchtlinge nicht durchgehend bei einem oder beiden Elternteile aufgewachsen seien. Hinter jedem der Begriffe für die pathologischen Symptome macht sie eine Pause, als wollte sie zumindest dem Leid Respekt zollen, auf das die Worte in ihrer kühlen Abstraktheit verweisen.

Als Lee in der U-Bahn niest, reicht ihm Yun sofort ein Taschentuch. Ihre Bewegungen sind vollkommen aufeinander eingespielt, als wären sie nicht zwei, sondern ein einziger Körper: wenn er ihr das Sitzkissen im Restaurant zurechtrückt, sie ihm die Speisekarte vorliest, mit dem Finger auf eine Zeile weist, wenn sie schnelle Worte austauschen, leise wie Rascheln, in ein feines Dauerlächeln eingebettet. Auch ihr Gang ist ähnlich: Obwohl erst in ihren Vierzigern, machen sie kleine Trippelschritte, wie man sie von älteren Menschen kennt.

Marie liebt dieses Aufblitzen von Blicken und Bewegungen, ein ständiges Berühren und wieder Verlieren, wie man es erlebt, wenn man an einem fremden Ort ohne Vorhaben und Ziele unterwegs ist. Noch vor Kurzem hat sie geglaubt, dass sie gar nichts anderes will, als Mella aus dem Weg zu gehen, und wenn sie sich aus irgendeiner dummen Sentimentalität heraus zu etwas hinreißen lassen sollte, dann würde sie sich selbst den Mund verbieten.

Womit lässt sich Verrat vergleichen? Mit Bloßstellung, mit Nacktheit vor einer höhnischen Menge? Mit Auslöschung bei vollem Bewusstsein? Mit dem Gefühl, vor den Spiegel zu treten und daraus verschwunden zu sein? Das Schlimmste ist der Glaube, den Verrat verdient oder provoziert zu haben, also selbst schuld daran zu sein. Ein leichtes Schwindelgefühl erfasst Marie. Mella tippt ihr auf die Schulter.

»Was ist mit dir?«, fragt sie, mustert Marie besorgt.

»Ach, nur dieser Fisch zum Frühstück«, flüstert Marie.

Es fällt ihr zunehmend schwer, jene Mella, die neben ihr sitzt, mit dem Bild, das sie über zwei Jahrzehnte lang in ihrem Kopf gepflegt hat, in Verbindung zu bringen. Dabei hat es Jahre gedauert, bis es für Marie nicht mehr zwei Mellas gab: die eine ihre beste und nächste Freundin, Verbündete, Gefährtin in so gut wie allem, die andere eine hinterhältige Feindin, die viel zu viel von ihr wusste und ihrerseits Maries Wissen nicht ertrug.

Cordula war zu schwer für uns beide, denkt Marie. Und wir haben geglaubt, das alles einfach hinter uns lassen zu können.

Abstand halten! Sie hat es auf eine dieser seidenweichen Papierservietten gekritzelt, die im Hotelzimmer in hübschen Bambuskörbchen bereitstehen, und sich dabei geschämt, weil so etwas jede mittelmäßige Ratgeberliteratur empfiehlt. Dann hat sie das Papier sorgfältig zusammengefaltet und in ihre Geldtasche geschoben.

Yokui hält Mella und sie für Freundinnen, ein Eindruck, der naheliegt: Sie frühstücken miteinander, fahren miteinander zu den Vorträgen, streifen in Yokuis kleiner Gruppe durch die Stadt. Einstweilen reden sie nicht über früher.

Der Vortrag ist das ideale Hintergrundrauschen für Maries Überlegungen. Im Grunde geht es um dasselbe: Es ist nicht unbedingt vorbei, was vorbei zu sein scheint. Würde es Mella bei einer

148

flapsigen Bemerkung belassen, wenn Marie sie darauf anspricht? Hat ihre Geschichte für sie überhaupt die Bedeutung wie für Marie?

Marie bemerkt beim Blick auf Mellas Blatt, dass ihre Schrift weniger ausholend und zerfahren ist als früher. Ihre Briefe aus England waren kaum zu entziffern. Und da ist immer noch die kleine Narbe an Mellas rechtem Handgelenk, ein verdickter weißer Strich über dem Knöchel:

Mella mit ausgebreiteten Armen auf dem Rücken im Schnee. Und Stille. Marie erinnert sich, wie der Schnee im Mondlicht strahlte, bläulich und silbern. Bei einem Geburtstagsfest eines Studienfreundes hatten sie eine nächtliche Schlittenfahrt unternommen. Mella geriet dabei bei voller Fahrt aus der Kurve und kam mit der Hand unter die Kufen der Rodel. Wie sich später herausstellte, reichte der Schnitt bis auf den Knochen, aber Mella wickelte nur ihren Schal fest um die Hand und behauptete, es wäre nichts. Erst Stunden später, als sie vor Schmerzen fast ohnmächtig wurde, fuhren sie, alle nicht mehr nüchtern, durchs nächtliche Gebirge zum nächsten Notarzt, der die jungen Leute, die nach Mitternacht vor seiner Tür standen, ziemlich barsch behandelte. Marie und Werner, ihr damaliger Freund, waren unmittelbar hinter Mella unterwegs gewesen, die anderen folgten aber gleich. Sie erinnert sich, dass Werner Mella zum Auto und dann ins Haus getragen hatte. Marie hatte gar nicht darauf geachtet und sich erst später gefragt, als sie jedes Zusammentreffen zwischen ihnen nach etwas Auffälligem durchkämmte, wieso ausgerechnet er sich um sie gekümmert hatte. Mella hatte oft blaue Flecken, Prellungen oder Schlimmeres, weil sie sich ziemlich draufgängerisch verhielt, und Marie konnte sich nicht des Eindrucks erwehren, dass Mella es manchmal genoss, sich zu verletzen.

Überlebensschuld, entziffert Marie ein Wort, das Mella unterstrichen und mit einem Rufzeichen versehen hat. Der Begriff ist ihr vertraut: das Schuldgefühl gegenüber den Toten, das etwa Überlebende eines Unglücks oder einer Gewalttat haben, auch wenn sie nicht einmal indirekt Anteil an deren Tod haben. Nichts scheint unerträglicher als der blindwütige Zufall, der niemanden persönlich meint. Nichts scheint schlimmer als ein Unglück, das einen nur trifft, weil man gerade da ist, aus keinem anderen Grund. Ist es möglich, dass sie in diesem Sinn nichts mit Cordulas Tod zu tun haben? Und Marie nichts mit Mellas Verrat? War sie eben einfach da gewesen, zu nah in der Brennweite von Cordulas Verzweiflung? Wie soll man über all das reden? Und wo anfangen? *Lass es bleiben, wenn du nur einen Funken Verstand hast.*

Der Vortragende verweist auf Vergleichsstudien mit den Nachkommen von Holocaustüberlebenden, berichtet von neueren Untersuchungen in Kambodscha, an der Wand hinter ihm Diagramme und Statistiken. Man entwickle therapeutische Konzepte, die die Scheu nehmen wollten. Zum Beispiel beginne man mit Geschichten über einfache Gegenstände des täglichen Gebrauchs, etwas aus dem Familienbesitz, worüber die Patienten erzählen sollten, Geschirr, Werkzeug, Kleider, ein Schmuckstück, das von Generation zu Generation weitergegeben wurde, oder mit Liedern, die man gesungen hat, mit Lieblingsspeisen: Früher oder später würden die Erzählungen der Patienten immer zum Wesentlichen führen. Es sei schwierig, den Eltern klarzumachen, dass ihre Kinder an ihrem Schweigen leiden. Am Ende fällt ein Satz, *heilig-nüchtern*, denkt Marie, wenn dieses Wort auf etwas passt, dann darauf: »Keine Heilung ohne Wahrheit.« Mellas Gesicht ist weich, sie ist beeindruckt.

Der Vortrag dauert länger als geplant, doch gibt es kein Herumrücken und Hüsteln im Saal, keine Flucht zu den Getränkeautomaten oder auf die Terrasse, wo sich in den Pausen die Raucher unter einem dunstigen Himmel versammeln, in dem die Sonne wie Dotter schwimmt. Die Aufmerksamkeit ist völlig ungetrübt, obwohl sich die Cheongs an keine der üblichen Empfehlungen für überzeugende Präsentationen halten: kaum Augenkontakt mit dem Publikum, viele Fakten, kein direktes Ansprechen der Zuhörer.

Wir werden reden, denkt Marie. Sie will nicht mehr darüber nachgrübeln, warum es unvernünftig und schmerzlich sein könnte.

Beim Frühstück tags darauf unterhalten sie sich bei Misosuppe und einem Salat mit glasigen Algen darüber, welches wohl Yokuis Auswahlkriterien für die zusammengewürfelte Gruppe seien. Alle von gestern seien wieder dabei, teilt Yokui strahlend mit. Sie würden um halb sechs Uhr morgens in den Osten der Stadt auf den Tsukiji-Fischmarkt fahren, der der größte der Welt sei, später vielleicht in ein Museum oder bei schönem Wetter in den Ueno-Park. Marie ist ganz froh über die Anwesenheit des redseligen Schweizers und winkt freundlich zurück, als er mit einer Cola-Flasche in ihre Richtung prostet. Mit seinen ständig sprudelnden Anekdoten würde er Yokui und die anderen beschäftigen, und Marie könnte sich einfach wieder den anderen zuwenden, falls Mella ablehnend auf ihr Ansinnen reagiert. Wie soll sie es angehen? Sie zwingt sich, wieder der Diskussion im Plenum zuzuhören, die um die Hauptthese der Koreaner kreist, nämlich dass all das Unbewältigte der Eltern zwangsläufig wiederkehre und von den Nachkommen ausagiert werde, ohne dass diese wüssten, wie ihnen geschehe. Durch die Verbundenheit mit ihnen fühlten diese, was jene nicht fühlen könnten und wollten. Lässt sich so etwas beweisen? Bedarf es überhaupt der Beweise?

Die Patientengeschichten, die die beiden Cheongs als Fallbei-spiele beisteuern, sind eindrucksvoll, aber angreifbar, wie es Ge-schichten immer sind, die auf Deutung angewiesen sind. Eine Weile verbeißt sich die Diskussion in die Frage, wie genau sich Unausgesprochenes vermittle. Für einen Teil der Diskutanten ist und bleibt dieses mühsam zähmbare Unbewusste eine Chimäre, der man am besten jede Realität abspricht.

Marie sehnt sich nach ein paar Stunden Alleinsein.

»Wo bist du denn mit deinen Gedanken?«, fragt Mella.

»Weißt du, ich habe es allmählich so satt, dass Leute immer noch glauben, wir seien letztlich eine Art biochemische Maschine, die man mit den richtigen Substanzen wieder reparieren kann.«

Mella nickt. »Und ich frage mich, ob man überhaupt irgend-etwas in uns reparieren kann. In dem Sinn, dass es keine Spuren hinterlässt. Wie wenn man ein Ersatzteil einbaut.« Sie schüttelt den Kopf. »Wir wissen doch, dass das nicht geht.«

»Meiner Erfahrung nach kann man versuchen«, sagt Marie vor-sichtig, »etwas von der Wahrheit ans Licht zu bringen.«

Sie rechnet damit, dass Mella sofort so etwas wie »welche Wahr-heit, das ist eben die Frage« hinzusetzt, aber das tut sie nicht. Statt-dessen sagt sie: »Lass uns von hier verschwinden.«

»Jetzt?«

Einen Moment lang stehen sie orientierungslos draußen und schauen in das dichte Gewirr von Stromleitungen zwischen den niedrigen Wohnhäusern hinauf. Mella meint: »Denkst du, dass wir das Teehaus von gestern wiederfinden?«

Für sie sehe es allmählich überall gleich aus, befindet Marie, aber Mella zieht sie mit einem bei jedem Versuch matter werdenden »Komm, hier muss es jetzt aber sein« ein paar Blocks weiter. Gelang-weilte junge Männer balancieren an langen Stangen befestigte

Werbeschilder, andere drücken einem Flyer oder irgendwelche Probepäckchen in die Hand. Es muss gerade Unterrichtsschluss sein, unzählige Jugendliche in Schuluniformen bewegen sich wie ein einziges amorphes Wesen in Richtung U-Bahnhof. Immer wieder brechen kleine Gruppen an den Rändern heraus und verschwinden in den Schlünden von Fast-Food-Buden, die zu kunstvollen Türmen aufgeschichtete Spezial-Burger anpreisen, in Shops und den Pachinko-Spielhallen, aus denen das Klingeln der Automaten mit den dröhnend rollenden Kugeln bis auf die Straße tönt, gehetzt, wütend, wie von gereizten Cyborgs. Burschen binden sich die Krawatten der Schuluniform als Stirnbänder um, Mädchen ziehen die Lippen nach, den Blick irgendwo ins Unbestimmte vor ihnen gerichtet, als läge die einzige Rettung darin, in Gedanken weit weg zu sein. Mella deutet auf die Werbetafeln mit dem Schriftzug »Heartful Shibuya!« in Neonrosa: »Meinst du, das überzeugt jemanden?«

Marie macht diese und jene Bemerkung über etwas, das ihr ins Auge fällt, Kleinkinder an Plastikleinen oder giftgrüne Softdrinks in überschwappenden XXL-Bechern, aber Mella wird immer einsilbiger. Sie hält stur geradeaus, schwingt die Arme kräftig beim Gehen. Eine Zeitlang hält Marie mit ihr Schritt, dann fasst sie Mella an der Schulter: »Wohin gehen wir eigentlich?«

Zwei Minuten später sitzen sie in einem der winzigen Schnellrestaurants, in denen die Angestellten aus den umliegenden Bürohäusern in den Mittagspausen aus ihren Suppenschüsseln schlürfen, während sie in ihre Tablets tippen oder einfach vor einer Tasse Tee ins Leere starren. Beim Hinsetzen der Griff an die Krawatte, um den Knoten zu lockern. Mella imitiert die Geste, als sie sich auf die Sitzbank fallen lässt, und Marie muss grinsen. Nach dem Essen legen manche einfach den Kopf auf den Tisch und machen ein Nickerchen. Hinter Mella ist ein Aquarium, in dem blaugelb gestreifte Fische nervöse Kreise ziehen. Über ihrer Nasenwurzel sitzt eine tiefe dreieckige Falte, die sich stärker als sonst abzeichnet. Vielleicht ist es das erste Mal, dass sich nicht automatisch das Bild der jungen Mella über Maries Wahrnehmung legt.

»Sag, warst du damals in Alex verliebt?«

Die Frage kommt ohne jegliche Einleitung, dennoch ist Marie nicht wirklich überrascht. So etwas ist typisch für Mella.

Ihre Fingerknöchel klopfen schnell aneinander, ansonsten sieht sie vollkommen ruhig aus. Sie lässt Marie nicht aus den Augen. Die Fische hinter Mella glotzen blöd und farbenfroh durch die Glasscheibe und klappen hektisch die Mäuler auf und zu, weil von oben eine Wolke Futter auf sie niederrieselt, die eine Serviererin ins Aquarium leert.

»Ist die Frage etwa schwierig?«, sagt Mella, weil Marie nicht antwortet, doch ohne vorwurfsvollen Unterton. Marie kennt Mellas Ruhe, die gefährlicher sein kann als ihr offener Zorn. Was sie dann sagt, trifft immer und verletzt mit Sicherheit. Marie schaut Mella in die Augen. Vielleicht ist sie eine andere als damals. Sie atmet tief ein.

»Ja, war ich.«

Genau in diesem Moment nähert sich eine Kellnerin und bedeutet ihnen mit einer Mischung aus einzelnen englischen Wörtern und lächelnden Verbeugungen, dass sie ihre Bestellungen an einem der an der Wand befestigten Automaten tätigen müssten. Zum Glück sind die Schalter mit Abbildungen der Speisen versehen.

»Mich wundert, dass du mich das damals nie gefragt hast.«

»Wozu denn? Ich wusste es ohnehin.«

Die Gerichte kommen aus der Mikrowelle, so schnell geht es. Marie kennt das Gefühl, wenn es auf diese gewisse Art eng wird in der Kehle und leer im Kopf, wenn sich ihre Sicht der Dinge

mitsamt den x-fach durchgespielten Sätzen unter Mellas Blick auflösen, noch bevor sie sie überhaupt geäußert hat. Wenn Marie sich
jetzt wehrt. Wenn sie sich endlich richtig verteidigt. Oh, ihr fiele
einiges ein: Fragen, die eigentlich Vorwürfe sind, liegen ihr auf der
Zunge. Lass sie nicht wieder alles bestimmen, flüstert es in Marie,
wenn sie jetzt endlich loslegt. Los, sag ihr, was sie dir damals angetan hat!

Dann wird alles bleiben, wie es war. Dann wird das Ende von
vor über zwanzig Jahren nichts anderes als Bestätigung finden.
Dann werden sie recht behalten, alle beide, in ihre Leben zurück-
kehren und sich einreden, dass gar nichts passiert sei in Tokyo. Die
vergangenen Tage, ihre unbeholfenen Freundlichkeiten und An-
näherungen bis hin zu ihrer kleinen Odyssee zu zweit durch Shibuya werden nichts als Sentimentalität gewesen sein, geschuldet
einer Schwäche wider besseren Wissens. Es wird nichts bedeutet
haben. Nicht die müden Menschenmaschinen, nicht die kleinen
Schönheiten. In der Erinnerung wird es nichts als Schwindel gewesen sein.

»Du hast also nur gefragt, um zu sehen, wie ich reagiere? Ob ich
es zugebe?«

Mella nickt. »Verzeih mir, aber hättest du Nein gesagt, dann
wäre es sinnlos, weiterzureden.«

Es geht nicht um Siegen, Marie weiß es. Wenn sie siegen will,
sind ihre Aussichten nicht schlecht: Sie hat moralisch gesehen die
besseren Karten. Aber wenn sie sich verteidigt, wird sie keinen
Zentimeter aus dem bekannten Terrain tun. Kein vorhersehbarer
Schlagabtausch: Das ist der Kompass, danach wird sie sich richten.
Ihre Knie zittern, obwohl sie sitzt. Das nach Spinat aussehende
Gemüse auf ihrem Teller erweist sich als etwas Algenartiges, Ma-
ritimes, mit Sesamöl und einen Hauch Wasabi gewürzt. Mella versucht, ihre Buchweizennudeln um die Stäbchen zu wickeln.

»Warum ich damals nicht gefragt habe? Ganz einfach: Weil ich es nicht ertragen hätte, dich auch noch zu verlieren.«

»Du hast Bescheid gewusst und nichts gesagt, weil –?«

»Es hätte uns alle nur noch mehr aus dem Gleichgewicht gebracht«, unterbricht Mella. »Das konnte ich nicht riskieren. Irgendetwas musste einfach so bleiben, wie es war. Wenigstens du.« Ihr Blick hat etwas Bittendes, was an Mella befremdend ist.

Auf der Uhr über der Bar rennen Mickey Mouse und Pluto hinter den Panzerknackern her. Es ist Viertel nach zwölf, der erste Schwung an Gästen verlässt schon wieder das Lokal, während eine Gruppe Neuankömmlinge geduldig auf Sitzplätze wartet. Die Kellnerinnen schlängeln sich mit starrem Blick durch den vollbesetzten Raum. Blicken sie tatsächlich missbilligend auf die leeren Schüsseln auf ihrem Tisch, oder bildet sich Marie das nur ein?

»Vielleicht sollten wir noch etwas bestellen«, sagt Marie und ärgert sich darüber, dass sie wieder so angepasst zu sein versucht. Sie sind eben Ausländer und benehmen sich auch so, und damit basta. »Wie geht es Alex so?«, fragt sie, vielleicht unpassend, was ihr egal ist. Sie braucht eine Atempause. Ob Cordula damals bemerkt hat, wie sich die Kräfteverhältnisse zwischen ihnen verschoben haben? Sie hat Cordula damals in erster Linie als Hindernis gesehen. Dass Cordula vielleicht klarer wahrgenommen haben könnte als sie selbst, was zwischen ihnen vorging, hat Marie auch später nie in Betracht gezogen. Sie nimmt eine der kompliziert gefalteten Speisekarten zur Hand und fächelt damit, der kleine Raum ist erfüllt von Dampf und Küchengerüchen. Mella trinkt ihren Grüntee in winzigen Schlucken und stochert im Sorbet herum. Sie hat ein nervöses Lächeln auf den Lippen, wenn sich ihre Blicke treffen. Nichts erinnert an ihr allzeit gewappnetes Medienmenschen-Ich, das beinah schneller Antworten auswirft, als Fragen gestellt werden.

Marie erinnert sich an Cordulas ausdauernde Blicke, mit denen sie jeden bedachte, der gerade ihre Aufmerksamkeit weckte. Es war Cordula gleichgültig, ob andere sie für unhöflich hielten. Als dürfe sie tun, was ihr gerade in den Sinn kam, da sie ohnehin als verrückt galt.

Mit sechzehn stand Marie oft vor dem Spiegel, von der Frage getrieben, wie sie auf andere wirkte, ob sie hübsch und interessant oder doch nur hübsch und langweilig war (das schlimmste aller vorstellbaren Urteile). Sogar wenn sie tief in sich hineinhorchte, wie es Hermann Hesse riet, den alle ihre Freunde lasen, es kam keine Antwort. Hermann Hesse sprach von der inneren Stimme, auf die man hören müsse. Aber so sehr sie sich auch bemühte, sie hörte nichts. Vielleicht hatte sie kein richtiges Inneres, mutmaßte sie. Warum sonst blieb es so anhaltend stumm? Wenn es nicht Mella und Alex gegeben hätte, wäre Marie verloren gewesen. Es gehörte zu ihrem und Mellas gemeinsamem Wertesystem, dass es nicht darauf ankomme, wie man auf andere wirkte, dass man davon gefälligst unabhängig zu sein hatte, was die Sache noch komplizierter machte: Sie waren umstellt von Ansprüchen, die sie nicht erfüllen konnten. Sie kamen von außen und von innen, und am Ende blieb eine lange Liste von Müssen, Sollen und Wollen übrig und auf der anderen Seite ein Nichtkönnen, das niederschmetternd war.

Die Erinnerung an das Lebensgefühl von damals ist jetzt vor allem körperlich, ein Geschmack, eine Spannung zwischen den Schultern, eine Melodie, die es in ein paar Akkorde packt, unverwechselbar, wiedererkennbar.

»Woran denkst du?«, fragt Mella.

»Daran, wie ich mich mit sechzehn, siebzehn oft gefühlt habe.«

Mella scheint nicht überrascht, als sie sagt: »Passt gerade zur Stimmung, nicht?«

Von der Überalterung der japanischen Gesellschaft, über die sie gelesen hat, bemerkt man hier nichts. Unmengen junger Leute in braven Schuluniformen, oder wenn sie ein paar Jahre älter sind, in den nicht minder gleichförmigen *salary-man-* oder *office-lady-* Outfits, ergießen sich in die Straßen der angesagten Innenstadtviertel, in die Läden, die Pachinko-Hallen, wo sie nebeneinander hocken, paralysiert vom Stakkato der Ansagen und dem permanenten Feuern der Metallkugeln in den Spielautomaten. Oder sie strömen in die Parks, wo sie bebrillt die Gesichter in die Sonne halten, einen Strohhalm im Mund, die Ohren verstöpselt, vor sich bunte Snacks, die aussehen, als wären sie für eine Kindergeburtstagsparty gemacht. Gehört es zwingend zum Jungsein, jemand sein zu wollen, der man nicht ist, und Vorstellungen nachzueifern, die einen klein und unglücklich machen? Eine Gruppe Halbwüchsiger drängelt soeben plappernd zur Theke, betrachtet sich in der verspiegelten Fläche hinter der Bar. Eine Sechzehnjährige mit Pausbacken stößt ihre Freundin mit dem Ellbogen in die Seite. Die Mädchen kichern, mühen sich dabei die Hand vor den Mund zu halten. Marie hat diese Geste hier oft auch bei älteren Frauen gesehen, was sie albern und wie ewige Teenager wirken lässt.

Je länger sich Marie damals im Spiegel betrachtete, desto fremder wurde sie sich. Mit dem Lesen der Romane von Hermann Hesse hörte sie trotz des Reinfalls mit der inneren Stimme nicht auf. Seine Ratschläge schienen zwar bei ihr nicht zu funktionieren, und die Welt, die er beschrieb, war in vielem eine andere, aber in der Verzweiflung und der Sehnsucht seiner Figuren erkannte sie sich wieder, auch wenn die interessanten ausschließlich Jungen oder junge Männer waren: Goldmund, Demian, Emil Sinclair, Hermann Heilner. Von Verzweiflung schien Hesse etwas zu verstehen, auch von Maries Verzweiflung, und das allein war ein Trost. Doch eines Tages würde Marie nicht länger niemand sein, und dazu brauchte sie den Blick eines anderen Menschen. Ihr eigener allein war zu schwach, der ihrer Eltern zählte nicht, der von Mella war unverzichtbar, aber er genügte nicht, und der von Cordula war pures Gift, das durch seine bloße Präsenz zersetzte.

Wie Alex und Mella um sie herumtanzten, wenn sie zu Besuch war, ihre Wünsche zu erraten versuchten, bevor sie sie noch geäußert hatte. Marie hasste Cordula dafür, dass sie Alex in einen Kerl verwandelte, der seiner kranken Frau alles recht machen wollte. Marie vermutete, dass Cordula das genau wusste und auf die Spitze trieb, wenn Marie im Haus war, als wollte sie ihr zeigen, welche Macht sie immer noch besaß. Marie erinnert sich, dass sie schon beim Öffnen der Tür bemerkte, wenn Cordula da war. Plötzlich stand sie da, wenn Marie mit Mella im Wohnzimmer Hausaufgaben machte, und verfolgte jede ihrer Bewegungen mit Argusaugen, wenn Marie in der Küche hantierte, etwas aus dem Regal nahm oder nur ein Glas Milch eingoss. Unmöglich, all das zu Ende zu denken.

Es wird nichts mit dem Reden, denkt Marie, als sie das Lokal verlassen. Die Menschen ziehen in immer gleicher Dichte vorbei, als würden sie auf einem gigantischen Fließband befördert. Die Stimmen aus den Lautsprechern klingen wie Schausteller, die zu Achterbahnfahrten animieren. Man wird von einem Klangnebel in den nächsten getrieben und irgendwann kauft man irgendetwas, steckt einen Flyer ein und wehrt sich nicht mehr gegen das so beharrlich verheißene Glück. Mella zieht Marie in den Menschenstrom hinein, irgendwann erreichen sie den Ueno-Park.

Im giftig grünen Wassergraben um den Park paddelt einsam eine riesige Wasserschildkröte. Warum fällt Marie jetzt auch noch diese Sache zwischen Mella und Felix ein? Damals waren sie sechzehn oder noch jünger. Was hat Mella bloß dazu getrieben, ausgerechnet mit dem Bruder ihrer besten Freundin ein Techtelmechtel anzufangen? Warum war Marie nur froh, sich mit Mella wieder versöhnen zu können, als es nach ein paar Wochen vorbei war? Warum hat sie sich keine andere Freundin gesucht?

Alex lebe seit Jahren wieder in München und sei mit einer Klarinettistin zusammen, die in einem festen Orchester spiele, erzählt Mella, ihr erscheine es, ehrlich gesagt, wie eine Schmalspurliebe. Aber sie tue Alex durchaus gut, er sei ruhiger geworden, sagt sie mit ihrem typischen ironischen Achselzucken.

Marie hat Mühe, sich auf das zu konzentrieren, was Mella erzählt. Ihr Achselzucken früher, wenn sie über etwas nicht reden wollte. Jahre nach Maries Bruder dann Werner, Maries Freund. Wenn Mella sich schwer in ihn verliebt hätte, hätte Marie das irgendwie verstanden. Vor großen Gefühlen hatte sie Respekt, auch wenn sie auf Irrtum beruhten oder moralisch fragwürdig waren. Wie war es wirklich? Jetzt könnte doch sie fragen. Aber sie tut es nicht. Will sie nichts hören, was ihre Version der Geschichte in Frage stellt?

»Ruhiger werden, das wäre uns fürchterlich vorgekommen, nicht?«, sagt Mella.

»Damals schon. Heute würde es mich eher erschrecken, mit über vierzig dieselben Vorstellungen zu haben wie mit zwanzig«, sagt Marie vorsichtig.

Mella setzt einen Blick auf, den Marie auch gut kennt, daher ist sie über die folgende Spitze nicht verwundert:

»Aha, du auch! Willkommen im Klub der Einsichtigen und Vernünftigen.«

»Und du?«, entgegnet Marie. »Wärst du nicht halbwegs vernünftig geworden, wärst du nicht hier. Sogar deine Schrift ist viel ordentlicher als früher.«

Mella lacht. Das Scheingefecht macht Spaß, doch sie wissen, dass es sich nur um einen Aufschub handelt.

»Redet ihr manchmal über Cordula?«

»So gut wie nie. Ich besuche meinen Vater in letzter Zeit selten. Er hat sich so eingerichtet, dass nichts mehr angesprochen werden darf, was seinen Seelenfrieden gefährden könnte. Mit der Vergangenheit hat er abgeschlossen, sagt er. Vielleicht liegt es an seiner Freundin. Sie schirmt ihn ab und er ist dankbar dafür, darauf läuft es hinaus.«

»Ich kann ihn mir gar nicht mehr vorstellen«, sagt Marie, was nicht ganz der Wahrheit entspricht: Ein- oder zweimal hat sie ihn gegoogelt, aber das ist schon wieder Jahre her.

Vor dem Aufgang zum Tempel, an dem sie gerade vorbeispazieren, fächeln sich Besucher Rauch aus einem großen, prächtig überdachten Bronzekessel zu, Kinder ahmen die Gesten der Erwachsenen nach, die ihn mit kleinen Schritten umrunden und unter Verbeugungen Gebete vor sich hin murmeln. Eines lässt nicht davon ab, mit gellendem Kreischen wieder und wieder nach der Glut zu greifen.

»Möchtest du ein Foto von den beiden sehen? Ich habe eines vom letzten Weihnachten.« Mella kramt nach dem Handy.

»Hast du vielleicht auch eines von Cordula? Und von deiner Tochter?«

»Maja.«

Das Bild zeigt eine wach dreinblickende Zehnjährige mit Stirnband und Pferdeschwanz, mit Mellas schiefem Lächeln und mit Cordulas breiter Stirn, ihrem Augenschnitt und ihren hochgewölbten Augenbrauen, ein munteres Kindergesicht, in dem sich die Veränderung der nächsten Jahre schon andeutet.

»Sie sieht deiner Mutter ähnlich«, sagt Marie.

Wahrscheinlich ist das nicht das, was Mella hören will, deshalb fügt sie hinzu: »Aber vor allem sieht sie aus wie ein glückliches Kind«. Maja hat trotz der Ähnlichkeit weder das Verlorene, Zerbrechliche von Cordula noch Mellas Aufmüpfigkeit in den Augen.

»Wer weiß das schon«, sagt Mella. »Sie wird erst elf.« – Sie zögert einen Moment. – »Manchmal frage ich mich, wie viel davon vererblich ist, du weißt schon. Bis vor ein paar Jahren habe ich mich einfach geweigert, darüber auch nur nachzudenken.«

»Aber es gibt doch keine Anzeichen, dass mit Maja etwas nicht in Ordnung ist?«

»Das nicht. Aber wenn sie nur einmal schlecht gelaunt oder stiller ist, weil ihr in der Schule etwas gegen den Strich geht, oder wenn sie sich nur übermäßig aufregt, weil sie etwas verloren oder vergessen hat, dann kommt da so eine idiotische Angst. Ganz normale Kinderlaunen, sage ich mir dann, Pubertät, was auch immer. Wenn ich ihre Aufsätze lese und die Geschichten, die sie in der Schule schreibt, freue ich mich nicht genug über ihre ausufernde Fantasie. Ich habe Angst um sie, immer wieder.«

Mellas Blick folgt zwei schwarz-weißen Reihern, die den blassen Himmel kreuzen, wie bestellt, um den Anblick zu vervollkommnen. Der Wasserfall am Südufer des Sees ist an- und abschaltbar: Wenn sich eine Menschentraube nähert, schaltet die Frau in der Parkwächterhütte die Kaskade an, die dann für ein paar Minuten strömt und stäubt, als täte sie seit Jahrtausenden nichts anderes.

»Ich beobachte Maja zu sehr«, sagt Mella. »Ich verdächtige sie.«

Sie bleiben stehen. Die vollgefressenen Goldfische zwischen den Lotosblüten geraten bei ihren raschen Richtungswechseln manchmal ein wenig ins Trudeln.

»Wahrscheinlich bin ich schon ein Problem für sie oder fange gerade an eines zu werden.«

»Du hast Angst um sie«, sagt Marie. »Wer, wenn nicht du, hätte das Recht dazu?«

Mella wendet sich zu ihr, einen Moment verblüfft.

»Das *Recht*? So habe ich es noch nie betrachtet.«

»Wie solltest du keine Angst haben? Deine Mutter war schizophren und hat sich umgebracht.«

Mellas Augen, nach all den Jahren. Der Schmerz bleibt ein schlafendes Ungeheuer. »Und nachdem ich mich nie umbringen wollte und keine Stimmen höre, fürchte ich, dass es womöglich bei Maja wieder zum Vorschein kommt.«

Da ist der flapsige Tonfall, in den sich Mella rettet. Da ist das alte warme Gefühl. Ihr Lächeln hat etwas Gequältes, als sie fortfährt: »Manchmal hab ich Angst, dass meine Tochter irgendwie das auslebt, was ich unterdrücken konnte. Wie bei den Patienten der Cheongs.«

»Du weißt, dass das nichts Zwingendes ist.«

Marie sagt das Richtige, es fühlt sich trotzdem falsch an und billig. Sie kann die Augen nicht von den Goldfischen abwenden, die ihr plötzlich leidtun, wie sie eingeschlossen in ihrer Goldfischwelt nach oben glotzen.

»Als kleines Mädchen hat sie jahrelang kaum eine Nacht durchgeschlafen. Später ist sie schlafgewandelt. Wenn Robert oder ich sie dann ins Bett gelegt haben, konnte ich meistens nicht mehr einschlafen. Weißt du, wie das ist mit den vernünftigen Argumenten so zwischen drei und vier am Morgen?«

Oh ja, Marie kennt diese Stunden gut, in denen man sich gehetzt fühlt, obwohl man im Bett liegt, bleischwer und zugleich ruhelos, von einem grausamen Mechanismus im Kreis gedreht, der sich als Denken tarnt. So war es in diesen Wochen nach Cordulas Tod. Und dann wieder, Jahre später. Marie ist zumute, als würde sie eine Betäubung abschütteln. Da und dort schmerzt es, das Bild ist noch verschwommen. Aber sie ist wieder da, hellwach. Wieso reden sie von Alex' Lebensgefährtin, von Mellas Tochter, von ihrer Sorge um sie? Wieso reden sie von Hokusai, vom Fischmarkt, von der fünfstöckigen Pagode? Wieso reden sie nicht endlich darüber, was schließlich den Ausschlag für ihr Zerwürfnis gegeben hat?

Weil du zu feig bist. Weil du dich wie früher von Mella hierhin und dorthin schieben lässt. Weil du sie den Ton angeben lässt, genau wie früher. Weil du dich lieber auf deine Psychologinnenrolle zurückziehst. Weil du nicht zeigen willst, dass es immer noch wehtut, an gewisse Dinge zu rühren. Weil du zu feig bist, das ist der einzige Grund.

»Hör zu«, sagt Marie, »Jetzt bin ich mit dem Fragen dran. Warum musste es damals Werner sein? Warum hast du das getan?«

Alles, worüber sie reden, all ihre Freundlichkeit, ihre Annäherung bliebe nichts als Etüde, der Versuch, eine Brücke ohne Pfeiler in der Luft zu bauen, solange sie das nicht fragt.

Vielleicht wird Mella nicht antworten. Vielleicht findet sie irgendeine weitschweifige Erklärung. Vielleicht gibt sie alles zu und schiebt letztlich Marie die Schuld zu. Vielleicht ist alles anders. Vielleicht ist die Antwort nicht einmal das Wichtigste.

14
Bleiben ging nicht

Dasweißtdudochdasweißtdudochdasweißtdudoch. Und wenn sie es sich auf den Bauch tätowieren lassen oder in Kreuzstich auf ein Kissen sticken müsste: *Bleiben ging nicht.* Cordula hat so etwas gemacht, nicht das Tätowieren, obwohl das zu ihr gepasst hätte, aber das Sticken: Mella erinnerte sich an ein dickes Kissen aus Leinen, aus dem sie als Kind Federn herauszupfte und mit dem Finger die Erhebungen der verzierten Buchstaben nachfuhr, wenn sie ihrem Vater beim Üben zuhörte. *Musik, Atem der Statuen, vielleicht:* stand darauf, im Stil der gestickten Küchensprüche und Kissen aus Großmutters Zeiten, auf denen üblicherweise so etwas wie »Trautes Heim – Glück allein« zu lesen war, keine Verszeile von Rilke, die noch dazu mit einem Doppelpunkt endete.

Seit Cordula tot war, machte sie sich breiter denn je. Egal womit Mella sich beschäftigte, am Ende war da immer Cordula, mit zusammengebundenem Haar und kühn geschwungenen Brauen, oder aufgedunsen, mit bösem Blick, Cordula mit einer verzierten Geburtstagstorte, die zur Hälfte im Müll landete, weil sie sich plötzlich einbildete, Mella durch zu viel Zucker zu vergiften. Es hatte Jahre gedauert, bis Mella sie lächerlich finden konnte, wenn sie so war. Cordula, über ein Stück Stoff, eine halbfertige Zeichnung, einen Bogen Papier gebeugt, aus dem sie alle möglichen Tiere faltete. Am liebsten hatte Mella den Flamingo gemocht, der auf einem Bein stand. Durch das Bordfenster erspähte sie ein Stück blitzblauen Himmels. Waren das Vögel da unten, Zugvögel vielleicht?

Bleiben geht nicht.

Ja, aber –

Kein Aber.

Sie war froh über den Fensterplatz, der Flug nach London dauerte zwar nur zwei Stunden, aber Mella hatte keine Lust auf Smalltalk und lesen konnte sie nichts. Sie wunderte sich immer noch, wie sie die Matura hinbekommen hatte. Die Lehrer waren nachsichtig gewesen. *Battle of Hastings, 1066. William the Conquerer. Oliver Cromwell.* Ohne Marie hätte es nicht geklappt: *die Tudors, die Windsors, die Schlacht von Azincourt, der War of Roses.* Immer wieder hatte ihr Marie die Manuskripte vorgelesen, weil sie sich beim Lesen nicht konzentrieren konnte und von der nächtlichen Heulerei brennende Lider hatte. Dutzende Male hatte sie ihr mit ihrer sanften Stimme die entscheidenden Daten und Jahreszahlen aufgesagt wie Kinderreime, bis Mella sie endlich behielt. Die Tage vor den mündlichen Prüfungen waren sie inmitten von verstreuten Unterlagen und benütztem Geschirr im Wohnzimmer gesessen, zwölf Stunden und länger. Normalerweise prägte sich Mella alles mühelos ein, besonders Geschichte: Der Trick bestand darin, die Ereignisse zu kurzen Filmsequenzen im Kopf zu machen: *Edward the Confessor*, der sich über die Pläne der Kathedrale von Westminster beugt, im Hintergrund das Knacken der Kienspane, deren Flammen tanzende Schatten auf die Wände werfen. Richard Löwenherz, der während der Schlacht von Chalus 1199 von einem Armbrustbolzen getroffen wird und wenige Tage später am Wundbrand stirbt: Der düstere Raum, wo die ein- und aushuschenden Bediensteten hinter vorgehaltener Hand flüstern, dass die Schmerzen des Königs nun die Sühne seien für den Aufstand gegen den Vater.

An die Prüfungen selbst erinnerte sich Mella kaum. Nach der Schlussfeier war sie mit Marie Arm in Arm über die Laufbahn auf dem Sportplatz gerannt, gestürzt und hatte sich das Knie aufgeschlagen.

Mella presste die Stirn gegen das Flugzeugfenster. Deutschland bestand aus ungleichmäßigen Karos in Grün-, Grau-, und Brauntönen, durchbrochen von schmalen grauen Bändern, die sich da und dort zu Auffahrten verknoteten. Sie stellte sich das Land behäbig und knöchern vor, wie im Film »Die bleierne Zeit«, den sie vor Kurzem gesehen hatte. Voller kläffender Hunde hinter akkurat gestrichenen Zäunen und voller Menschen, denen die Ordnung im Garten mehr bedeutete als der Garten selbst.

England war anders, daran konnte auch die Eiserne Lady nichts ändern, das Feindbild für Alex' Musikerfreunde, die Mella das Zimmer im Stadtteil Euston und die zwei Jobs vermittelt hatten. Sie würde in einem Musik-Pub arbeiten, über dem sie gleich wohnen würde, und gelegentlich babysitten. Das Lokal gehörte Ed, einem Freund dieser Freunde. Ed konnte sie nicht abholen, weil er gerade irgendwo in Greater London einen Gig hatte.

Als Au-pair-Mädchen arbeiten wollte Mella auf keinen Fall. Es seien Künstler darunter und sogar eine Familie, die auf einem Hausboot lebe, sie solle es sich doch wenigstens ansehen: Das war Alex mit seiner neuen weichgespülten Stimme, er zeigte ihr ein Foto. Zwei Kinder turnten auf den ziemlich jungen Eltern herum, ein Baby hing in der Armbeuge der Mutter. Mella tat so, als würde sie das Ganze doch in Erwägung ziehen. Aber in Wahrheit gab es nichts zu überlegen: keine Familie.

»Warum nicht?« Marie war hartnäckig. Sie hatte helle Streifen von den Bikiniträgern auf den Schultern und saß rittlings auf dem dicken Ast der Buche in Mellas Garten, blinzelte in die Sonne.

»Du siehst aus wie auf einem Werbeplakat für Urlaub auf dem Land.«

»Lenk nicht immer ab, wenn ich dich etwas frage.«

»Weil ich vielleicht gefährlich wäre, vielleicht sogar für die Kinder?« – Hat sie das tatsächlich gesagt?

Cordula. Mama. Die Worte fühlten sich fremd an, sogar in Gedanken. Sie taten weh wie Stanniolpapier auf den Zähnen. Begann es so, wenn man verrückt wurde? Dass man Dinge sagte, die man sich selbst nicht erklären konnte?

»Wie meinst du das? Hör doch auf mit dem Quatsch!«

Mella tat das Ganze mit einem Grinsen als schlechten Witz ab.

Nein, bleiben ging nicht. Wenn es noch den Funken eines Zweifels gegeben hatte, ob sie die beiden hier allein zurücklassen würde, dann war es jetzt damit vorbei. Und sie ging *nicht* zu einer Familie. Auch dann nicht, wenn sie keine Gefahr lief, ein Kleinkind in den Regents Canal zu werfen, falls es nicht zu schreien aufhörte.

Die letzten Tage zu Hause waren schon herbstlich gewesen. Wenn Mella nicht mehr schlafen konnte, war sie gegen fünf aufgestanden und hatte sich aus dem Haus geschlichen. Sie bemerkte, dass sie die Stadt um diese Zeit gar nicht kannte. Ein feiner Nebel lag über den Vorgärten und quoll aus den Kanaldeckeln. Die Stille draußen hatte nicht die Schwere, die sie im Haus hatte, sie war zarter und durchlässig. Das Moped der Zeitungsfrau, der scheppernde Lieferwagen der Bäckerei, Katzen kreuzten lautlos die Straße. Einzelne Autos mit graugesichtigen Fahrern hinterließen ihre Abgaswolken. Man hörte sogar das Rauschen der Staustufe vom Fluss, das später von den Tagesgeräuschen überdeckt wurde. Zu wissen, dass sich die restliche Dunkelheit unweigerlich auflösen würde, gab Mella ein Gefühl von leiser Zuversicht. Sie wickelte sich stets in Cordulas alte dunkelblaue Strickjacke mit dem Zopfmuster, die sie aus Irland mitgebracht hatte, und die immer noch ein bisschen nach Schafwolle roch. Es gab Momente, in denen alles gut war, in denen Mella vergaß zu glauben, dass das Leben sie entsetzlich unfair behandelt hatte und dass jene anonyme Instanz, Gott, das Schicksal oder einfach die ganzen verfluchten Umstände, ihr als unversöhnliche Feinde gegenüberstanden. Sie ging den Bahndamm entlang, wo sie Maries Bruder und ein paar andere Jungs geküsst hatte und wo sie und Marie als Kinder die Fahrräder über die Gleise gehoben hatten, weil es von hier aus eine Abkürzung zur ihrem Lieblingsplatz im Wald gab. Dann folgte sie dem Fluss zu dem Stein mit ihren und Maries Initialen und stieg hinauf zur Unterführung, wo sie geraucht und die missbilligenden Blicke der Passanten mit einem Grinsen quittiert hatten. Wenn der Verkehr allmählich dichter wurde, kehrte sie nach Hause zurück, hängte Cordulas Jacke an die Garderobe und legte sich noch einmal ins Bett. Manchmal schlief sie dann sogar noch ein oder zwei Stunden.

Die Monate, die Marie und sie vor einem Jahr noch ironisch, aber in Wahrheit voller Hoffnung als »den Sommer ihres Lebens« herbeigesehnt hatten, lagen jetzt hinter ihr. Sie waren schrecklich lang gewesen, nachdem Mella mit einem Mal nichts mehr zu tun hatte. Heiße, zähe Tage, die sie ab Mitte August am liebsten im Haus eingeschlossen verbrachte. Vieles von dem, was sie in den vorigen Sommern getan hatte, war nicht denkbar: Weder Waldbad noch Eisdiele, kaum ging sie noch mit Marie an den Fluss hinunter und auch nicht in den Club, wo im Sommer die daheimgebliebenen jobbenden Oberstufenschüler und Studenten zusammentrafen. Sie hatte bemerkt, dass sie sich für die anderen verwandelt hatte. Sie war jetzt in erster Linie die, »deren Mutter sich umgebracht hat«. Marie war in diesen Wochen eine Botin, die zwischen den Welten hin und her wandelte, die Einzige, die sie noch ab und zu erreichte. Mella weinte fast jede Nacht, aber ohne etwas zu spüren. Es geschah, war ein rein physischer Vorgang wie die anderen Ausscheidungs- und Reinigungsprozesse, denen sie einfach nachgeben musste. Sie war wie stillgelegt, fern und leise im Hintergrund die vage Idee einer Zukunft, in der alles anders sein würde. Dauernd war ihr kalt, egal wie warm es war.

Der Kapitän vermeldete, dass sie soeben die maximale Flughöhe erreicht hätten. Die Orte, die man zwischen den Wolken noch erkennen konnte, wirkten, als hätten Riesen kleine Kieselhaufen zusammengefegt. Dass sie solch ein kaltes Herz hatte, wie die Schneekönigin. Marie hatte sich so viel Mühe gegeben, war jeden Tag vorbeigekommen, aber warum eigentlich?

Mella hatte stets Tatsachen mit erfundenen Details ausgeschmückt. Wenn sie Marie ihre Geschichten erzählt hatte, hatte die sie mit großen Augen bewundert. Wie konnte man sich nur so schnell beeindrucken lassen? Marie war ziemlich klug, aber von Menschen verstand sie nicht viel, so oft sie auch über andere tratschten und sie analysierten. Irgendwann hatte Mella eine Erklärung für Maries partielle Dummheit entdeckt: Sie wollte unbedingt lieben und bewundern. Mella hingegen machte sich nichts aus Illusionen. Als sie es aufgegeben hatte, auf Cordulas Heimkehr und Gesundwerden zu hoffen, war sie endlich nicht mehr frühmorgens mit dem glühenden Stein in der Brust aufgewacht. Oft hatte sie sich minutenlang kaum bewegen können. Mit diesem Herzschmerz war es vorbei, seitdem sie Cordula zu hassen begonnen hatte. Jetzt kam Cordulas Tod dem Hass in die Quere. Es wäre leichter gewesen, nach England zu gehen und Cordula zu hassen, wenn sie am Leben geblieben wäre.

Mella kippte den Sitz soweit wie möglich nach hinten, fasste den Plastikbecher zu fest an, den die Stewardess mit zwei Fingerbreit Cola gefüllt hatte, und goss sich den Rest der klebrigen Flüssigkeit auf ihre Jacke. Ihr Blick suchte die Stewardess, die jetzt ein paar Reihen weiter vorne Erdnüsse und plastikverschweißte

Geschenkpäckchen für die Kinder austeilte. Das Lächeln kam immer eine Spur zu früh und blieb ihr im Gesicht haften, auch wenn sie sich schon abgewandt hatte. Eine plötzliche Abneigung schoss in Mella hoch wie eine Stichflamme. Die Kleine hatte wahrscheinlich Mama, Papa und einen Bruder, der bei der Bank arbeitete, war in einem Reihenhaus aufgewachsen und hatte mit sechzehn den ersten Freund gehabt. Wenn sie im Bravoheft über Jugendliche gelesen hatte, die sich die Arme ritzten, rauchten und tranken, schauderte es sie wohlig: Ja, so eine war die. Jetzt blinzelte sie nervös in ihre Richtung. Klar war das giftig. Nein, Mella konnte nicht wissen, ob sie recht hatte. War doch nur ein Spaß, wen kümmerte es? Sie tat dem Rehäuglein mit der schicken Hochsteckfrisur doch eh nichts.

Marie, Marie, siehst du, jetzt musst du doch wieder lachen. So wirst du Rehäuglein aber nicht retten. Meine Giftpfeile sind nichts als Worte, nichts als Gedanken. Was können die schon ausrichten? Du wirst mir fehlen, blöde Kuh.

Marie hatte hübsch ausgesehen am Flughafen, wie ihr andauernd diese breite kastanienbraune Strähne in die Stirn fiel, die sie mit immer derselben Bewegung hinters Ohr schob, während sie aufgeregt auf Mella einschwatzte. Vorige Woche hatten sie miteinander die Haarsträhnen gefärbt, aschblond für Mella und kastanienbraun für Marie. Das Aschblond hatte wirklich etwas Aschiges, einen komischen Graustich, und stand ihr nicht. Früher hätte Alex es gesagt, wenn ihm etwas nicht gefiel. Seit Cordulas Tod redete er mit ihr, als würde er den Wörtern sämtliche Ecken und Kanten ablutschen, selbst wenn es um solche Nebensächlichkeiten ging. Manchmal bemerkte sie, dass er etwas sagen wollte und es sich im letzten Moment anders überlegte. Sie hatte es auf die direkte Art versucht (»Ich weiß genau, dass du jetzt etwas hinunterschluckst!«), mit Angriff (»Bist du auf einmal zu feig, um zu

171

sagen, was du denkst?«) und mit Klagen (»Wieso behandelst du mich wie eine Schwachsinnige?«), aber nichts fruchtete. Dabei hatte er doch mit ihr immer über Tausend Dinge gesprochen, für die sie noch zu jung war. Es hatte sie mit unbändigem Stolz erfüllt, seitdem es ihr klar geworden war: *Wir sind anders.*

War das etwa nichts als ein grandioses Missverständnis? Er hatte sie keineswegs in verrauchte Jazzkeller, zu Festivals an abgelegenen Orten und Off-Theater mitgeschleppt, weil sie so eine tolle Tochter war, sondern deshalb, weil es sonst niemanden gab, der auf sie aufgepasst hätte. Über Kunst und Musik und Nietzsche und Spinoza hatte er mit ihr geredet, weil er keinerlei Lust verspürte, sich mit Kinderkram abzugeben. So war das. Mella schnaubte bei diesem Gedanken unwillkürlich, was ausgerechnet Rehäuglein, das zufällig an ihrer Sitzreihe vorbeiging, auf den Plan rief: Es beugte sich zu ihr herunter und fragte mit aufrichtig besorgt klingender Stimme, ob sie sich nicht wohlfühle.

Rehäuglein musste die Wörter sicher nicht ablutschen, bevor sie sie ausspuckte. Anderes als Wohlgeformtes produzierte ihr Gehirn wahrscheinlich gar nicht. Dummerweise kamen Mella jetzt die Tränen und hastig presste sie »Nein, danke, alles in bester Ordnung« hervor.

»Wirklich? Sind Sie sicher?«

Das war der Moment, in dem ihr Mella am liebsten ihren kunstvoll hochgezwirbelten Haarknoten zerrauft hätte, sie rief aber in Wirklichkeit nur laut und bestimmt: »Nein, danke, alles in Ordnung! Sag ich doch!«, sodass Rehäuglein zurückfuhr und beinah an die Lehne des gegenüberliegenden Sitzes geknallt wäre.

Marie, wenn du hier wärst. Dann wäre ich nicht. Dann würde ich nicht.

Wie Marie und Alex dagestanden waren, als Mella sich hinter der Security noch einmal umgedreht hatte, keine zehn Zentimeter

Abstand zwischen ihnen. War Marie nicht rasch einen Schritt zur Seite getreten, weil Mella sie noch sehen konnte? Sie musste sofort damit aufhören, sonst war sie schon wahnsinnig, noch bevor sie einen Fuß auf englischen Boden setzte.

Die moosgrünen Wildlederstiefel vom Flohmarkt in München, auf die Mella großmütig verzichtet hatte, standen Marie ausgezeichnet. In den letzten Monaten hatte sie ihre Apfelbäckchen verloren, der Kummer, den sie mit Mella zu teilen versuchte, stand ihr gut. Mella tastete nach dem Kettchen, das ihr Marie umgehängt hatte: dünnes Silber mit einem kleinen Anhänger in Form eines Blättchens, auf dessen Rückseite zwei eingravierte M. Es lag in der Kuhle unter dem Kehlkopf auf und kitzelte jedes Mal, wenn sie den Kopf bewegte. Acht Jahre kannten sie einander, da fehlte nicht viel auf das halbe Leben. Kurz bevor Mella endgültig durch die Sicherheitskontrolle musste, hatte Marie ihr noch schnell ihren Schal um den Hals geschlungen. Mella zog sich den Stoff übers Gesicht. Er roch ein bisschen nach Zigaretten und vor allem nach Marie. Den Geruch eines nahen Menschen sollte man vielleicht nicht mitnehmen, wenn man wegging, das machte es einem unnötig schwer.

Alex hatte ihr eine Wasserflasche und ein Schweizer Taschenmesser geschenkt, als ob sie in die Wildnis aufbrechen würde. In den unmöglich teuren Turnschuhen, die ihr Alex gestern gekauft hatte, lief man wie auf einem Teppich. Etwas Persönliches von sich hatte er ihr aber nicht mitgegeben. Machten Väter so etwas nicht? Oft wusste Mella gar nicht, was das Übliche war. Alle schielten auf andere, egal zu welcher Gruppe sie gehörten. Aber das war keine Entschuldigung, nicht für Mella.

Zu dumm, dass sie vergessen hatte, Alex um etwas von sich zu bitten. Jetzt hatte sie Maries Geruch dabei, aber seinen nicht, und das war nicht richtig. Die Schultern ihres Vaters, sein Rücken, an den sie sich als kleines Mädchen mit Vorliebe gehängt hatte, wobei er sie immer »du Affenkind« genannt hatte, der Griff seiner Hand, der hervortretende Knöchel an der linken, was vom Üben käme, wie er behauptete. Seine spitzen Knie, die sie geerbt hatte, sein Bauch, der gar keiner war. Er vergaß immer wieder aufs Essen, so wie Mella, obwohl er gut kochte. Konnte man den Geruch eines Menschen vergessen wie Telefonnummern und Daten? Sie hatte jetzt schon kaum noch eine Ahnung, was da mit Wessex, Sussex und Essex gewesen war. Wenn sie vergessen würde, wie Alex sich anfühlte, dann würde sie nirgends mehr hingehören. Nicht heulen, befahl sie sich und schimpfte sich eine blöde Kuh.

Marie und Alex, nachts in der Küche nach dem Konzert. Wie Marie betont langsam ihre endlosen Beine über den Sessel neben Alex legte, sie, die Jungs so betont kumpelhaft behandelte, dass an der Schule sogar schon gemunkelt wurde, Marie könnte lesbisch sein. *Denk nicht daran. Sie kriegt ihn nie. Er ist nicht verrückt. Sie ist meine beste Freundin. Sie ist ein kleines dummes Ding. Er ist einsam. Sie ist zu dumm dazu. Sie ist nicht wie ich, sie hat alle möglichen Skrupel. Er würde doch nie. Das täte er mir nicht an.*

Alex veränderte sich. War er undeutlich geworden, irgendwie verblasst? Etwas stimmte nicht mehr und Mella konnte ihm nicht helfen. Das Ganze hatte ihn abgeschliffen, seine Kraft aufgezehrt. Das Schlimmste jedoch war, dass sie ihn nicht mehr so kannte wie früher. Bei den meisten Dingen hätte sie eindeutig sagen können, wie Alex sie finden würde, was er von etwas oder jemandem hielt und was er in dieser oder jener Lage tun würde. Jetzt versuchte er plötzlich das zu sein, was man sich wohl unter einem guten Vater vorstellte. Auf einmal war Schwachsinn wie regelmäßige Mahlzeiten wichtig, und oft fühlte sie seine Blicke auf sich, entweder ängstlich taxierend oder im falschen Moment zu nah. Hätte sie zu Hause bleiben sollen, um Marie wieder in den Griff zu kriegen? Aber sie konnte nicht, nicht jetzt.

Alex war attraktiv, das wusste Mella, weil sie schon als kleines Mädchen mitbekommen hatte, wie Frauen auf ihn reagierten, die Lehrerinnen, die Mütter ihrer Mitschüler. Sie lächelten mehr, die Finger spielten unversehens im Haar herum, das ganze bekannte Repertoire. Alex gab vor, nichts davon zu bemerken, wenn Mella Witze darüber machte.

Maries große Augen, ihre langsamen, fließenden Bewegungen, ihre Geduld beim Zuhören, wenn er übte! Stundenlang konnte sie irgendwo in der Nähe hocken und sich geradezu unsichtbar machen. Selbst wenn er ewig Läufe und Phrasen übte, blieb sie sitzen, die Arme um die Knie geschlungen, und lauschte, als wäre er mindestens Paco de Lucía und als wäre jede Minute eine Offenbarung. Manchmal hatte sie den Mund dabei offen, selbstvergessen wie ein Kind, aber sie war ja kein verdammtes Kind mehr und deshalb sah sie nicht hingegeben, sondern vollkommen verblödet aus, wie ein idiotisches Klischee. *Marie, wie kannst du glauben, ich hätte das nicht bemerkt?*

15
Prisma

In den ersten Monaten verschwimmen die Tage, in der Erinnerung ein einziges Hin- und Herpendeln zwischen der Universität, in der sie sich ständig verläuft, und ihrem Untermietzimmer, wo der Parkettboden und die Leitungsrohre knarren, als würden die Bewohner vergangener Jahrzehnte als Gespenster ein und aus gehen. Im Spätherbst erwischt sie eine Grippe, und Marie darf der Welt für eine Woche abhandenkommen. Jetzt ist Dezember und der Wind fährt mit eisigen Klingen durch die Gassen, das kennt sie aus ihrer Heimatstadt nicht. Ihre Mutter schickt ihr eine selbstgestrickte Mütze. Manchmal fällt Marie erst ein, dass sie Hunger haben könnte, wenn ihr in der Straßenbahn übel wird. Wenn sie in der Vorlesung nicht mehr mitkommt, schlüpft sie mit den Fingern unter die Ärmel und streicht über die wulstigen Narben an ihren Unterarmen. Dann lässt sie ein paar Zeilen frei und beugt sich wieder über ihren College-Block.

Was sie lernt, gefällt ihr: *die Sprache als Prisma, durch das wir die Wirklichkeit sehen. Die willkürliche Beziehung zwischen dem Zeichen und dem Bezeichneten. Die kleinste bedeutungstragende Einheit, Morpheme, Phoneme. Syntagma, Paradigma, von der Seele zur Psyche. Black Box versus Unbewusstes.* Marie erahnt die eigenartige Schönheit von Denksystemen, die sie nach und nach begreifen wird wie ein kompliziertes Teppichmuster. Begriffe treiben neue Achsen in die Wirklichkeit und manche Erkenntnis löst Fesseln, von denen sie vorher nicht einmal wusste, dass es sie gab. Mit stiller Lust betrachtet Marie das Bröckeln der Annahmen und denkt an Mella, die immer eine grimmige Freude daran hat, wenn sich etwas auflöst, was man für unverrückbar hielt.

Von ihr kommen Briefe, manchmal täglich, manchmal zwei Wochen keiner. *Du fehlst mir*, schreibt sie, *du fehlst mir, du störrisches Stachelschwein. Du fehlst mir, mein beiger Bär.* Das falle ihr nur ein, weil sie in einem Pub arbeite, das »The Bear and The Porcupine« heiße, sonst habe es nichts zu bedeuten. »Stell dir vor, seit ein paar Tagen träume ich auf Englisch.«

»Du fehlst mir unsagbar«, antwortet Marie. Geschrieben hat es sich leicht, im ersten Moment will sie es streichen. Alle paar Tage stapelt Marie eng mit Zeilen bedeckte Seiten und schickt sie ab. Den vergangenen Sommer sparen sie aus. Kein einziges klitzekleines »Weißt du noch« verirrt sich in ihre da- und dorthin mäandernden Sätze. Mella schildert die Menschen, mit denen sie zu tun hat, entwirft Skizzen und scharfsinnige Karikaturen. Aber keine von ihnen verliert ein Wort über Cordula oder Alex; als hätten sie längst ein Leben ohne die beiden.

Sprache ist etwas Magisches, Wissenschaft auch: Sie bannt die Geister, und Marie verliebt sich in die bestechende Klarheit der Abstraktionen, die Angst, Verwirrung oder Sehnsucht fernhalten, selbst wenn sie davon sprechen.

Im Einführungsseminar diskutieren sie über das gebrochene Verhältnis der Sprache zur Wirklichkeit, bei Toast und Automatenkaffee setzt sich das Gespräch fort. Marie findet es gar nicht beängstigend, dass das Wirkliche immer mehr oder ganz anders sein könnte als das Benennbare. Ein dunkler Lockenkopf, der um seine schönen Augen weiß, darauf wettet Marie, wendet ein, dass doch die Sprache selbst ein Phänomen der Wirklichkeit sei. Er sitzt in der Vorlesung eine Reihe schräg hinter ihr, und wenn sie über die Narben auf ihren Armen streicht, ist es sein Blick, den sie im Rücken fühlt. Es ist amüsant ihm zuzuhören, er ist klug und freundlich, seine Aufmerksamkeit ist eine warme Brise für Marie.

Sie ist viel für sich. Nachdenken, sagt sie standardmäßig, wenn jemand fragt, was sie denn mache, so allein. Der Winter ihres ersten Studienjahrs ist bitterkalt, und sie kann sich nicht mehr in einen Park oder ans Ufer der Kanäle setzen, um an Alex zu denken. Sie macht lange Spaziergänge und lernt so allmählich die Stadt kennen. Manchmal läuft sie einfach die Straßenbahnschienen entlang. Einmal erwähnt sie ihre einsamen Märsche in einer Runde nach dem Einführungsproseminar gegenüber einem Mädchen, mit dem sie sich öfter unterhält. Auch der Lockenkopf sitzt dabei, und sofort bedauert Marie ihre Unvorsichtigkeit. Sie will weder für seltsam noch für besonders interessant gehalten werden.

Bei schlechtem Wetter setzt sie sich in die Straßenbahn und fährt von einer Endstation zu anderen. Sie läuft an Läden vorbei, wo sich die seltsamsten Dinge finden: Nähseiden in allen Farben, zehn verschiedene Arten von Gemüseschälern, Lederjacken, Schuhe und Comichefte aus den 50er Jahren. Das Klingeln und Rattern der Straßenbahnen begleitet sie, und Jahrzehnte später wird sie noch an diese Wanderungen durch die eiskalte Stadt denken, wenn ihr das Geräusch irgendwo begegnet. In ihrem Lieblingsbezirk gibt es Clublokale für Exil-Iraner, Kakteenliebhaber und Linke aller Schattierungen. Allmählich kennt sie sich aus und blamiert sich nicht mehr beispielsweise mit der fatalen Verwechslung von Trotzkisten und Maoisten. Es gibt Durchgänge zwischen den Gassen, Abkürzungen, die nur die Einheimischen kennen. In den Vorstadtlokalen gibt es Männer, die aussehen, als gehörten sie zum Inventar, und die mit schildkrötenhafter Langsamkeit den Kopf heben, wenn sie hereinkommt, um Zigaretten zu kaufen. Rauchen teilt die Zeit so angenehm in Zigarettenlängen ein, schreibt sie Mella, mit Zigarette sieht man beim Warten nicht so hilflos aus. Denn im Grunde tut Marie nichts anderes als warten, egal wie munter ihre Briefe klingen, egal wie interessant die Vorlesungen sind und egal wie hartnäckig der Lockenkopf bleibt. Es gibt Innenhöfe, in denen sich die Trostlosigkeit der ganzen Stadt zu sammeln scheint. An Teppichstangen hängende Kinder winken ihr mit dicken Fäustlingen. Es gibt Läden mit Räucherstäbchen, indischen Kleidern und Alternativzeitungen auf grauem Umweltschutzpapier. Die Sachen erinnern sie an Alex' und Mellas Haus, auch der Geruch. Alex hat beim Heimkommen immer mit gespielter Verzweiflung die Fenster aufgerissen. In ihrem Untermietzimmer darf Marie keine Räucherstäbchen anzünden und nicht rauchen. Immer wieder erobern eine zerbrochene Scheibe, eine besprühte Hausmauer, eine ungeputzte Schaufensterscheibe und eine kaputte Telefonzelle ordentlich aufgeräumtes Terrain. Es gibt Maronibrater, Würstelverkäufer und Straßenkehrer, darunter solche, die extra zum Entfernen der illegal plakatierten Veranstaltungen abgestellt sind, eine nie endende Sisyphusarbeit, da es jeden Abend in irgendeinem Hörsaal Diskussionstreffen zu antiimperialistischer Politik gibt, zu den Irrtümern Lenins oder Trotzkis oder zu den Gefahren der Atomkraft. Erhobene Fäuste auf Flugblättern, Aufrufe aller Art, die mit »Kauft keine …«, »Kämpft mit …« oder »Einig gegen …« beginnen. Weihnachten naht. Die Menschen ziehen immer mehr die Schultern hoch und haben noch weniger Geduld mit ihren Kindern und Hunden als sonst. In Uni-Nähe nimmt die Plakatdichte zu. Die, die die Welt retten wollen, misstrauen einander zutiefst. Marie wird ein paar Mal von Sektenmitgliedern angesprochen. Wirkt sie so verloren? Sie wird sich einen entschlosseneren Blick zulegen und vielleicht ein schwarz-weißes Palästinensertuch, denn auch eine richtige Weltanschauung fehlt ihr. Die Gespräche mit Mella und Alex am Küchentisch kommen Marie oft in den Sinn. Dabei hat sie gelernt, am Gegebenen zu zweifeln, nicht so zu tun, als wüsste sie Bescheid. Südafrika, der Iran und Nicaragua sind gleich nebenan, dazwischen lächelnde Gurus an Bauzäunen. Für Selbsterfahrungsgruppen und Sekten hat Mella nur ein Grinsen übrig gehabt. Als Marie mit den beiden an einem Samstagmorgen im Frühling im Garten frühstückte, ein paar Wochen vor Cordulas Tod, zeigte Alex in den blauen Himmel hinauf und meinte: »Schau, wie wunderschön leer es da oben ist! Warum hat man es nicht so lassen können? Wie viel hätte uns das doch erspart.«

Einmal landet sie mit Bekannten zufällig in dem Lokal, in dem sie mit Mella und Alex vor einem Konzert war. Alex strich hinter Mellas Rücken kurz über Maries Schulter, als sie zu dritt Arm in Arm nach Hause gingen. Dann ihr Gespräch in der Küche seiner Freunde, wo sie übernachteten, während Mella schlief. Natürlich ging es wieder um Cordula. Aber seine Blicke und das berauschende Körpergefühl, wenn man übernächtigt und hellwach zugleich ist. Sie war glücklich wie eine Akrobatin, die jeden Moment das andere Ende des Seils erreichen würde, nur noch ein, zwei entschlossene Schritte fehlten.

Gleich am nächsten Tag sagte er, dass das nicht hätte passieren dürfen. Was für ein Aufhebens wegen eines einzigen Kusses! Es war besser, wenn sie mitspielte, dann bekäme er keine Angst vor ihr. Bald entspannte er sich wieder, verließ nicht mehr gleich den Raum, wenn sie allein waren, und lächelte sie wieder an. Marie würde warten. Vielleicht musste Mella erst einmal in England sein. Als Alex und sie Mella Ende September zum Flughafen brachten, versprach er Marie, sich zu melden, wenn er in der Hauptstadt spielen würde. In drei Tagen findet das Konzert in einem renommierten Jazzlokal statt, sie hat es auf Plakaten angekündigt gesehen, doch er hat noch nichts hören lassen. Vielleicht hat er ihre Nummer verloren. Aber die Adresse hat er, sie hat ihm Postkarten geschickt, die in betont munterem Ton gehalten sind. Was sie nicht alles erlebe und lerne, schreibt sie ihm, passe ohnehin auf keine Postkarte. Auf einer Karte ist das Riesenrad, auf der anderen eine dieser Klimtfrauen, die genau wussten, wie sie schauen mussten, damit keiner mehr den Blick abwenden konnte. Ein Schuss Ironie muss dabei sein, das mag Alex. Er soll Marie schließlich nicht bemitleiden, sondern lieben. Seine Ironie, auch sich selbst gegenüber, bewirkt, dass er immer eine kleine Distanz zum Hier und Jetzt hält, was den Ehrgeiz mancher Frauen gehörig anstachelt. Dann beginnen die Frauen sich anzustrengen und damit haben sie schon verloren. Ja, Marie kennt ihn gut. Und jetzt? Schweifen ihre Gedanken doch öfter zum Lockenkopf, als sie sollten? Der andere, der aus dem Lebensmittelladen, ist blond, ruhiger, keiner, der sich von irgendetwas gerade Angesagtem irritieren lässt. Er studiert etwas Technisches, auf seiner Tasche ist der Aufdruck der Fakultät. Sein Mund ist schön. Es ist beruhigend, dass es eine Welt da draußen gibt, die sie betreten und verlassen kann wie eine Bühne. Aber sie gehört nicht dazu, sagt sie sich. Sie kann nirgendwohin wirklich gehören, wo nicht Mella und Alex sind.

Am Tag des Konzerts ist sie mit ein paar Mädchen aus einer gemeinsamen Vorlesung verabredet. Rosa, die sie eingeladen hat, kommt vom Land und wirkt unbekümmert. Rosa ist hübsch, ungeschminkt. »Links, was sonst?«, sagt sie. Sie urteilt scharf über Dozenten, Wohnungspreise, Männer und die Weltpolitik, aber mit ihrem breiten Lachen strahlt sie nichts Besserwisserisches aus. Bei ihr zu Hause gäbe es nichts als Arbeit, Stinknormalität und achtzig Stück Vieh. Sie hat dieses Achselzucken wie Mella, aber bei ihr hat es nichts Verächtliches. Sie liebt ihre Eltern, ihre Schwestern, aber: »Komplett andere Baustelle!« – Blasmusik, verlobt mit achtzehn und so weiter. Für eine, die Sprachen und Psychologie studiert, hat sie erstaunlich wenig Lust, über sich selbst zu sprechen. Noch ungewöhnlicher ist, dass sie Marie nicht ausfragt, und so lässt diese sich von Rosa gelegentlich gern zu Theateraufführungen, Unifesten und Flohmarkttouren mitnehmen.

Marie hat die angefangenen Briefe für Mella immer dabei, und zwischen den Vorlesungen sitzt sie im Unibuffet und schreibt bei einer Zigarette weiter, was genügt, um die meisten von ihr fernzuhalten. Mellas Briefe sind seltener geworden und oberflächlicher. Marie ist von ihr gewöhnt, dass sie alles wissen will, und auch wenn sie manchmal unwillig darauf reagiert, sind Mellas beharrliches Interesse und ihre Fragen doch wohltuend. Ob Mella in England von ihr erzählt? Oder verschweigt sie sie ebenso, wie sie in ihren Briefen weder Cordula noch Alex erwähnt?

Alex muss schon in der Stadt sein, er nimmt es mit den Proben vor Ort genau. Marie ist sich nicht sicher, dass ihr ihre Vermieterin, eine schwerhörige Witwe, die die meiste Zeit zu Hause ist, alle Anrufe ausrichtet. Neben dem Wandtelefon hängt ein großer Schreibblock, auf dem sie in ihrer altmodischen Schrift Nachrichten für Marie hinterlässt. Wenn sie die Tür aufsperrt, hat sie ihn gleich im Blick. Die letzten beiden Tage hat sie sich kaum aus dem Haus gewagt, um ja nicht Alex' Anruf zu verpassen. Das Warten macht sie wirr im Kopf. Sie liegt stundenlang auf dem Bett und starrt die Tapetenmuster an, nachdem sie alles getan hat, was für die Uni zu erledigen war, danach hat sie das Zimmer so gründlich geputzt, wie es vermutlich seit Jahren nicht mehr geschehen ist. Zu guter Letzt schreibt sie noch Weihnachtskarten an sämtliche Verwandte und Familienbekannte. Draußen ist annehmbares Wetter, also verlässt sie nach Mittag doch die Wohnung, gequält von der Vorstellung, dass genau in dem Moment, in dem sie die Haustür ins Schloss fallen lässt, Alex anrufen wird. Auf der Straße blinzelt sie in die Sonne, die durch die milchige Wolkendecke dringt. Ihre Glieder sind steif, und wenn sie die Augen schließt, hat sie die

182

verdammte Tapete vor Augen, silbrige Pfingstrosen auf einem Rautengitter. Außer zu grüßen hat sie ganze zweieinhalb Tage mit niemandem ein Wort geredet. Im Lebensmittelladen hält Marie aus dem Augenwinkel nach dem Blonden Ausschau. Sie macht aber so schnell sie kann und rennt den ganzen Weg mit der vollen Tasche und die Treppen in den dritten Stock hinauf, ohne anzuhalten.

Die Flohmarktrunde mit Rosa und zwei anderen Mädels schaukelt Marie angenehm durch den Nachmittag, obwohl heute das Konzert ist. Wenn er jetzt anruft und sie doch noch einlädt? Dann ist sie eben nicht erreichbar. Ein-, zweimal widersteht Marie dem Drang, doch nach Hause zu eilen. Rosa redet mit vollem Mund. Sie lachen viel, trinken Glühwein, der Marie schnell in den Kopf steigt. Sie vergisst das Konzert keine Sekunde lang, aber der Alkohol dämpft ihre Unruhe. Ihre erste Karte hat Alex beantwortet, die zweite nicht. Mella freue sich bestimmt unglaublich, sie an Weihnachten wiederzusehen, schrieb er. Mella! Und ihn freue es, dass sie anscheinend schon so gut in der Stadt angekommen sei, anderes Leben, neue Erfahrungen, blabla. Seit Cordulas Tod drischt er Phrasen. Zu ihrer Runde gehören eine Kanadierin, die ein Jahr hier verbringt und alles höchst exotisch findet, und eine weitere junge Frau aus dem Seminar, das sie gemeinsam besuchen. Jetzt sind sie beim Thema Männer angelangt. Rosa erzählt, dass sie sich drei Wochen nach Studienbeginn von ihrem langjährigen Freund getrennt habe. Es habe keinen Sinn mehr gehabt, ihre Welten würden zu sehr auseinanderdriften. Man müsse gerade in Liebesdingen einen klaren Blick behalten. Die Kanadierin steuert eine lange, verwickelte Geschichte auf Englisch bei, die durch witzige Anekdoten darüber gewinnt, wie sie sich für diesen Mann ins Zeug geworfen habe.

»Und was ist mit dir?«

Während Marie noch fieberhaft überlegt, was sie sagen könnte, winkt Rosa ab: »Vergesst es. Aus ihr werdet ihr nichts herausbekommen. Entweder hat sie nichts erlebt oder sie schleppt ein Geheimnis mit sich herum.«

»Jetzt komm schon, erzähl!«

Sie sagt: »Mit einer von beiden Annahmen hat Rosa recht. Aber mehr verrate ich euch nicht.« Es kostet ein wenig Mühe zu lächeln. Aber die anderen lachen gutmütig, die Glühweinbecher werden nachgefüllt.

Marie weiß, sie muss zu dem Konzert. So wie jetzt kann sie nicht mehr weitermachen: Die Blicke von Männern sammeln, in Gläser füllen und ins Regal stellen. Das Leben mehr auf Papier zubringen als sonst irgendwo.

Draußen in der Kälte ist sie schlagartig nüchtern. Natürlich ist sie zu früh dran und macht nach einem Blick in das noch leere Lokal schnell kehrt. Niedrige Sofas, Nischen und Ecken. Sie wird ihm nicht auffallen. Noch eine Runde drehen, aber bloß nicht verlaufen. In den Lichtkegeln der Straßenlaternen tanzen dünne Schneeflocken wie nervöse Insekten. In einer Stunde wird Alex auf der Bühne sitzen mit diesem nach innen fallenden Blick, den er beim Spielen immer hat. Wenn die Leute klatschen, blinzelt er ins Licht oder schaut auf den Boden. Am Ende eines Stücks ist es so, als müsste er sich ein paar Sekunden lang zurückkämpfen aus dem Land, in dem er sich gerade noch aufgehalten hat. Die Musik sei eine Botschaft, eine Flaschenpost aus Tönen, transparent, dennoch unübersetzbar. Worte, selbst die gesuchtesten, seien ein Poltern dagegen. Wenn sie versuchen, Musik zu beschreiben, dann lügen sie, sie könnten nicht anders: So ungefähr sieht er es. Aus einem leisen Aufbegehren gegen seine zwingenden Vergleiche heraus hat sie ihn einmal gefragt, ob das umgekehrt auch gälte: Lügen die Melodien, wenn sie auf Geschriebenes reagieren?

Das sei etwas ganz anderes, meinte er, Musik sei selten abstrakt, jedenfalls nicht für ihn. Sprache könne es sehr wohl sein. »Siehst du nicht genau jetzt, wie man sich mit Worten gleich missversteht?« Sie hat ihm geglaubt, natürlich. Als ob man sich mit Melodien nicht genauso missverstehen könnte, weil es ohne Worte keinerlei Möglichkeit gibt, das Missverständnis aufzuklären. Der Gedanke ist klar und schneidend wie die Luft, die sie einatmet. Es sticht im Brustkorb, sie läuft zu schnell. Alex' Schweigen hat eine Lawine in ihr losgetreten, die ihre Sehnsucht begräbt, und Marie beschließt, sie sterben zu lassen. Eine andere entscheidet in ihr, eine, die sie noch nicht kennt, eine aus einer Zukunft ohne Alex und Mella. Sie hat noch kaum Konturen, aber für ein paar Sekunden ist sie möglich. Kein Alex mehr, keine Mella, kein Werner, keine Rosa. Keine Black Box, keine Psychometrie, kein einziges winziges, beschissenes Morphem. Keine Eltern. Die Besuche alle paar Wochen werden mühsam. Die Mutter versucht mit der gespielten Vertraulichkeit einer besten Freundin ihr Informationen über ihre Freundschaften und ihr Liebesleben zu entlocken. Während dieser Gespräche meint sie dann plötzlich in einem abrupten Rollenwechsel von der Vertrauten zur Erzieherin, Marie vor den Gefahren einer ungewollten Schwangerschaft warnen zu müssen und vor Männern im Allgemeinen. Der Vater ist noch stummer geworden. Als Marie einmal versucht, ihm zu erklären, womit sie sich in ihrem Studium beschäftigt, winkt er rasch ab, nicht unwillig, eher eingeschüchtert: Das verstehe er ohnehin nicht.

Wenn ihre neuen Bekannten nach ihrer Familie fragen, wird ihr klar, dass sie ihre Eltern ex negativo am besten beschreiben kann: Sie sind nicht unnett, nicht unangenehm, nicht überfürsorglich, im Allgemeinen nicht besonders intolerant. Dazu meinte der Lockenkopf mit einem Augenzwinkern: Ob das nicht schrecklich sei, dieses Konturlose, Durchschnittliche?

Nein, denn für das Besondere und Außergewöhnliche gab es Mella und Alex. Solange Marie sich von ihnen verstanden fühlte, hat es ihr nicht gefehlt, dass ihre Eltern es nicht konnten. Alle vier Wochen kommt sie mit einem Koffer frisch gewaschener und gebügelter Wäsche und einer Extratasche voller Lebensmittel von zu Hause zurück. Wie würden es ihre Eltern verkraften, wenn ihr etwas zustieße? Vater würde weiter das Laub der großen Kastanie in ihrem Vorgarten gewissenhaft vom Gehsteig kehren, und ihre Mutter würde alle zwei Wochen einen Marmorkuchen backen.

Vor dem im Souterrain eines Altbaus gelegenen Lokal stehen die Leute schon Schlange. Die meisten Besucher sind zehn, fünfzehn Jahre älter als Marie. Beim Hineingehen riecht es in dem kaum geheizten Raum nach Bier und kaltem Rauch, aber schon bald schwitzt Marie.

Alex spielt besser denn je, wie ihr scheint. Maries Gedanke, dass sie doch nicht hätte herkommen sollen, fädelt sich in die komplizierten Rhythmen ein, die den Raum aufladen. Je mehr sich die Worte mit der Musik verbinden, desto mehr verlieren sie ihre Bedeutung, werden ein nur für sie hörbarer Teil des gesamten Klanggebildes, das eine rasante Fahrt mit ab und zu verlangsamten Stellen ist, Tempiwechsel, die in ruhigen Ausblicken münden, dann weiterfließen. Manchmal erinnert die Musik an die kraftvolle Bewegung eines großen Tiers, dann an den trägen Schritt eines traurigen Menschen, der neue Kraft aus Rhythmus und Klang schöpft. Die Leute klatschen mit glänzenden Augen. Ja, er ist wirklich noch besser geworden.

Die alte Sehnsucht springt so heftig an, dass Maries Puls stolpert. Wo ist die neue Marie, die sich ein anderes Leben vorstellen konnte? Weit weg, irgendwo draußen, zugeschneit, abgelegt.

Das Fenster an der Stirnseite des Lokals ist von einer dicken

Schneeschicht bedeckt, und wenn die Musik leise wird, hört man den Wind pfeifen, als gehöre er dazu. Maries Blick saugt sich an Alex' Gesicht fest. Vielleicht sind die Schatten darin tiefer, die Wangen schmaler geworden. Sie ist sicher, dass er sie auf ihrem Eckplatz, halb an eine Säule gelehnt, gar nicht bemerken kann, aber als sie sich in der Pause um ein Bier anstellt, tippt er sie von hinten an und zieht sie an den Wartenden vorbei. Es geht so schnell, dass sie nicht einmal richtig erschrickt. In dem winzigen Personalraum bekommt sie ein Glas in die Hand gedrückt und schon sitzt sie Alex gegenüber. Er hat noch diesen Blick vom Spielen, aber sie kann sehen, wie er nach und nach verschwindet, als würde man ein Bild langsam überblenden.

Gut, danke, und dir, ja, nein, kein Problem, aber sicher, seit wann und wo hast du, ach so, ja schön. Was sie sagen, ist nur Hintergrundgeräusch dafür, einander anzusehen. Jetzt könnte Marie einerseits munter drauflosschwatzen, sozusagen in Fortsetzung ihrer Postkarten, könnte denselben falschen Sound in höchste Höhen treiben: Mal sehen, was er dann macht, ob er wirklich so einer ist, der froh ist, dass er nichts sagen muss. Nur zu, wenn sie ihm unbedingt zeigen will, dass er im Irrtum ist mit seinem Verdacht, sie hätte sich da in etwas hineingesteigert mit ihnen beiden. Andererseits könnte sie einfach ehrlich sein, aber das ist nur eine Worthülse, ein dürrer Kokon, der zerbröselt, wenn man drauftritt. Natürlich war es naiv und jugendlicher Eigensinn: Es gibt so viele Wörter, die etwas Großes in etwas Mickriges und Abgeschmacktes verwandeln. Ja, schweigen ist dumm, trotzig, hilflos. Soll er es doch interpretieren, wie er will.

Während Marie noch hin und her überlegt, überrascht Alex sie:
Hör zu, es ist nicht –
Weiter kommt er nicht, da verdreht sie schon die Augen.
Marie, hör mir doch zu!

Wenn sie die kleinen Unterbrechungen abzieht, in denen er sich an ein wenig Smalltalk versucht, nach ihrem Studium, der Wohnung und derlei fragt, an seinem Bier zieht, sich durch die Haare fährt, einen Bandkollegen verscheucht, bleibt im Kern Folgendes übrig:

Es gäbe wirklich nichts, was ihm nicht an ihr gefalle oder was ihr fehle, und er sei unglaublich froh, dass sie Mellas beste Freundin sei, und dass er sie kenne. Er würde schon verstehen, wenn sie jetzt alles zum Kotzen fände, was er von sich gebe. Und er wisse wirklich nicht, ob das, was er jetzt sage, nicht das Falsche sei. Aber immer dann, wenn er wirklich nicht mehr weiterwisse, versuche er es einfach mit der Wahrheit. Und was Marie betreffe, sei das ganz einfach, und er hoffe – ach was, der Punkt sei einfach der: Er sei selbst erschrocken. Wenn Marie wenigstens zehn Jahre älter wäre. Und nicht die Freundin seiner Tochter. Dann. Aber ja.

»Aber das bin ich nicht«, sagt Marie. Ihre Stimme klingt jetzt noch jünger. Wie neun, nicht wie neunzehn. »Mir fehlt *doch* etwas«, sagt sie.

Er schüttelt den Kopf. »Doch. *Zehn Jahre.*«

»Marie«, sagt er sanft, und sie rückt so weit von ihm ab, wie es in der Enge des Raums möglich ist. »Wir können die Umstände, unter denen wir uns begegnen, nicht einfach ignorieren. Sie sind ein Teil von dem, was uns ausmacht.«

Sie steht auf. Es wäre kindisch, seine Umarmung abzuwehren. Das würde nur beweisen, dass er recht hat. Wenn sie unvernünftig ist, verliert sie. Wenn sie vernünftig ist, auch. Er drückt sie kurz an sich, klopft ihr auf den Rücken, als hätte sie sich verschluckt. Jetzt bloß nichts über Cordula oder Mella. Überhaupt keine Wörter, aber auch nicht seine Musik. Er würde sie in Stücke spielen, und wenn er hundertmal sagen würde, dass er das nicht wolle. Nichts wie raus hier.

16
Gespenster

»Ich höre es genau, wenn ihr mit euren Müttern telefoniert«, warf Mella in die Runde, »es ist wirklich komisch, wie anders eure Stimmen dann klingen.«

Sie saßen zu siebt um den zu kleinen Küchentisch in ihrer Wohngemeinschaft, wickelten mit angewinkelten Ellbogen Nudeln auf, tranken den Rotwein, den Maries Freund Werner aus dem Lokal seiner Mutter mitgebracht hatte, und waren gerade mitten in einer Diskussion darüber, wer die Rechnung für das wieder einmal gesperrte Telefon im Flur übernehmen sollte. Niemand regte sich besonders darüber auf. Irgendwer kratzte dann nach ein paar Tagen das Geld zusammen.

»Und woran merkst du das?«, hatte jemand gefragt. Marie war mit den Gedanken bei einer Prüfung über einen unfassbar langweiligen Stoff, deutsche Familiennamen, für die sie zu wenig gelernt hatte.

»Allein die Art, wie du ›Hallo‹ sagst. Als würde sich sogar deine Stimme ducken, und sei ehrlich, du würdest beim nächsten Ausatmen am liebsten gleich wieder auflegen.«

»Stimmt gar nicht, ich freue mich, wenn meine Eltern anrufen.«

»Das glaubst du doch selbst nicht! – Ja, und du hörst dich an, als wärst du ein ganz Braver! Mamas Liebling.«

»Also, weißt du, du kannst mich –«

»Mindestens um zehn Jahre jünger! – Du schnorrst deine Eltern doch jedes einzelne Mal an, wenn sie sich melden, ist dir das nicht peinlich?«

Das übliche Geplänkel. Mella lachte, langte quer über den Tisch, schenkte sich Wein nach. Sie trank ziemlich schnell.

Die Wohnung lag im Mezzanin eines Altbaus, hatte zugige, vergilbte Räume und war mit den stinkenden Ölöfen nur schwer warm zu kriegen. Aber sie lag günstig in Uninähe, weshalb immer viel Besuch da war.

Rosa stieß Marie in die Seite. »Jetzt hör auf, über die dummen Ortsnamen zu grübeln. Dann gehst du eben beim nächsten Mal hin, ist doch egal.«

Doch eine schlechte Note würde Maries Durchschnitt verderben, und das konnte sie sich wegen des Stipendiums nicht leisten. Mella hatte mitbekommen, worüber Rosa und Marie geredet hatten, und wandte sich ihnen zu. Ihre Augen funkelten vom Wein, im Mundwinkel hatte sie etwas Tomatensauce, und sie zeigte mit der Gabel auf Marie: »Das traust du dich doch nicht. Sie kennt dich«, sagte sie mit einem Seitenblick auf Rosa, »wenn auch nicht so, wie ich dich kenne.«

Sie trank das Glas fast ex und schwenkte es in Richtung Werner, der der Flasche am nächsten saß. Manchmal wurde Mella so: angriffslustig, herablassend. Jetzt holte sie Luft. Das war erst der Auftakt gewesen, als wollte sie erkunden, ob ihr jemand widersprechen würde.

»Du versuchst alternativ, unabhängig und gleichzeitig ganz brav zu sein. Das wird nicht funktionieren. Findest du es nicht furchtbar langweilig, immer alles richtig zu machen? Also, ich könnte das nicht. Wie du das nur hinkriegst!«

Man hörte das Besteck auf den Tellern kratzen. Das Kopfweh vom lustlosen Auswendiglernen, mit dem Marie den ganzen Nachmittag verbracht hatte, umklammerte fest die Stirn. Schließlich brachte sie ein lahmes »Ich tue halt, was ich kann« heraus und wünschte im selben Moment, sie hätte es bei einem bösen Blick

belassen. Das hätte wenigstens nicht nach Rechtfertigung ausgesehen.

»Ist noch etwas von der Sauce übrig?«, fragte Michael, Rosas
Freund, in die Stille hinein, obwohl sein Teller noch halbvoll war.
Es war das Signal für alle am Tisch, die ungute Situation in unver-
bindlichem Geplauder zu zerstreuen. Marie stand auf, um den
Topf zu holen. Ihre Knie zitterten. Nun lebten sie schon fast zwei
Jahre zusammen mit zwei anderen Studentinnen. Cordula und
sogar Alex schienen allmählich zu verblassen. Die Gegenwart war
angefüllt mit dem Universitätsleben, Jobs, Festen, Liebschaften
und politischen Aktivitäten. Obwohl es zu ihren Credos gehörte,
dass das Private politisch sei, ein Leitsatz, den sie von der Studen-
tengeneration vor ihnen übernommen hatten, war das Politische
dazu angetan, das Private auf Abstand zu halten. Mella demons-
trierte grundsätzlich Langeweile bei sogenannten Frauengesprä-
chen. Vielleicht war das der Grund, warum Marie ihre einzige
engere Freundin blieb, obwohl sie viele Bekannte hatte. Marie
belegte als Zweitfach Psychologie, und es war nicht schwierig,
gegen die beliebten Selbsterfahrungsgruppen zu polemisieren, in
denen, wie sie fanden, lächerlicherweise Kissen angeschrien, an-
geheult und umarmt wurden.

Privates und Politisches – in der typischen Diktion jener Jahre,
die auch Mella und Marie beherrschten, schieden sich darüber die
Geister. Zuerst war sie wie eine Fremdsprache, die man sich mit
dem Beginn des Unilebens rasch aneignete, wenn man dazugehö-
ren wollte. Mella in ihrer Wortgewandtheit war noch fixer als
Marie.

Jetzt hatte sie immer noch nicht genug: »Übrigens, Marie, *du*
hörst dich ganz besonders genervt an, wenn du mit deiner Mama
redest, weißt du das? Ein bisschen süßlich, damit man es nicht so
merkt. Und dann erzählst du, was du gerade getan oder erlebt hast,

zum Totlachen. Wenn deine Mutter wieder mal losredet, dann hältst du den Hörer ganz w–«

»Jetzt trink dein Glas leer, falls du dich beruhigen musst. Und halt endlich den Mund!« Das war jetzt Werner. Nach einer Schrecksekunde hatte sich Mella wieder gefangen. »Ich hoffe doch, dass Marie für sich selbst sprechen kann, oder, Marie? War doch nur ein Spaß.« Sie sah sich nach Zustimmung heischend um, aber es reagierte niemand.

»Hör einfach auf«, sagte Marie leise. Ihre umwerfende, selbstsichere beste Freundin Mella war eine betrunkene, missmutige Kröte. Das tat noch mehr weh als ihr dummes Gerede.

Mella war rot, vielleicht nicht nur vom Wein.

»Nichts für ungut. Ihr habt eben Mütter und ich habe Gespenster. Vielleicht rufen sie mich mal an, dann dürft ihr zuhören.«

Die anderen lachten, und der Abend lief in den üblichen Bahnen weiter.

Am nächsten Tag zog sie Marie am Ärmel in ihr Zimmer und wies auf ein gutes Dutzend oder mehr verschiedenfarbige, in Stoff gebundene Schreibbücher, die auf dem Boden verstreut lagen.

»Hör mal, es tut mir wirklich leid wegen gestern. Ich war ziemlich außer mir.«

Marie verbiss sich ein »Schon gut«. Ihr Freund hatte sich später noch heftig über Mellas Verhalten erbost, sodass sie selbst gar nicht mehr recht wusste, was sie empfand. Als sie jetzt das verstörte Gesicht der Freundin sah, wollte sie doch wissen, was geschehen war, und ihre eigenen Gefühle versickerten irgendwohin. Sie kannte das: Wo etwas wehtun müsste, blieb dann eine eigenartige taube Stelle zurück.

Mella konnte kaum geschlafen haben, so wie sie aussah. Letzte Woche war sie bei Alex zu Hause gewesen, was selten vorkam. Lieber traf sie sich mit ihm an einem Ort, an dem er spielte. Schon öfter hatte sie Marie dazu überreden wollen mitzukommen. Beim letzten Mal war ihr nur eingefallen, Pläne mit Werner vorzuschützen. Marie musste ihn in ihre Notlage einweihen.

»Wenn sie deine beste Freundin ist, wieso musst du dann lügen?«

Werner war ein guter Zuhörer, was manchmal lästig war. Dann machte ihr sein skeptischer Blick zu schaffen. Wenn Marie neuen Bekannten von ihren Jahren mit Mella und Alex erzählte, spürte sie, dass die alten Wahrheiten nicht mehr galten, auch nicht die Überzeugung, dass sie bei niemandem einfach sie selbst sein konnte, einzig und allein bei diesen beiden. Es war schwer, eine Geschichte aufzugeben, an die man fest geglaubt hatte. Als würde man von einem Tag auf den anderen obdachlos. Seit Werner da war, hatte Marie auch mit ihren einsamen Spaziergängen aufgehört.

»Was sind das für Bücher?«, fragte sie und ahnte es schon.

»Das sind Cordulas Tagebücher.«

»Woher hast du die? Hat Alex sie dir gegeben?«

Mella schüttelte den Kopf.

»Weiß Alex, dass du sie mitgenommen hast?«

Keine Antwort.

»Du hast sie doch nicht –«

»*Gestohlen*? Ob ich die Tagebücher meiner Mutter gestohlen habe, willst du mich fragen? Ja, habe ich.«

Die Bücher waren in Stoffe eingebunden, die Cordula von ihren Asienreisen mitgebracht hatte. Der Buchschnitt war teilweise fleckig, die Umschläge manchmal ausgefranst. Die meisten hatten Lesebändchen. Mella nahm einen türkisfarbenen Band zur Hand, schlug ihn auf und gleich wieder zu. *Mai–September 1975*, stand auf der ersten Seite. Die Anfangsbuchstaben der Monats-namen waren zu verschlungenen Majuskeln mit Ornamenten und kleinen Tierfiguren ausgestaltet. »Sie hat die Daten genau eingetragen, in allen Büchern, sogar in den letzten. In manchen Dingen war sie unglaublich ordentlich.«

»Weiß er es nun oder nicht?«

»Ist das wichtig?«, fauchte Mella.

»Ich meine ja nur, falls er darin lesen will –«

»Dafür hat er doch inzwischen Zeit genug gehabt. Fast drei Jahre!«

Drei Jahre. Wie Marie damals vor der Tür gestanden war mit ihrem Kuchenpaket und wie Alex gesagt hatte: »Sie hat sich umgebracht.« Nein: »Cordula hat sich umgebracht.« Oder vielmehr: »Mellas Mutter hat sich umgebracht«? Konnte Marie den genauen Wortlaut vergessen haben? »Mellas Mutter«, das wäre die distanzierteste Variante gewesen. Vor allem Mella und nur in zweiter Linie er war mit dieser Frau verbunden, die sie seit Jahren im Würgegriff hatte, mit dieser Irren, die jetzt drei Jahre nach ihrem Tod Mella und womöglich auch sie, vielleicht auch Alex, noch einmal in ihre Welt zu ziehen droht.

Seltsamerweise erinnert sich Marie genau daran, was sie an jenem Tag anhatte, als Cordula starb, auch dass Alex ein orange gestreiftes, schlecht gebügeltes Hemd trug, das sie nicht kannte, dass es warm war und dass ein Stück Heidelbeerbaisertorte unter den mitgebrachten Stücken in der Schachtel am Gepäckträger ihres Fahrrads war, Mellas Lieblingstorte, die Marie dann zuhause in den Müll warf.

Jetzt standen sie beide vor den Büchern, als ob sie sich nicht trauten, sich in ihrer Anwesenheit hinzusetzen. Vielleicht zündeten in Mella ebenso die Erinnerungen wie in Marie, lautlose kleine Explosionen aus Bildern und jeder Menge schlechter Gefühle. Sie hatte die Arme vor dem Körper verschränkt.

»Alex war nicht da, auf einer Probe, ich wollte mitfahren, habe aber verschlafen. Er ist gekommen, um mich aufzuwecken, aber ich sage, Papa, ist okay, ich habe keine Lust, lass mich, ich habe die halbe Nacht gelernt, ich weiß, dass er mich gerne mitgenommen hätte, und er sagt noch: ›Vielleicht kommt Ed heute schon, der würde sich riesig freuen, wenn du da wärst‹. Also gut, ich war allein, und ich sitze da mit meinem Kaffee und schaue so vor mich hin, es war bestimmt schon Mittag, geregnet hat es, und ich habe den Tropfen zugesehen, wie sie die Fensterscheiben herunterrinnen, gedacht habe ich nichts Bestimmtes und schon gar nicht an Mama. Die Küchentür war offen und ich habe in den Gang zur Wohnzimmertür geschaut, die war zu, er macht seitdem immer die Tür zu. Früher waren die Türen im ganzen Haus offen, erinnerst du dich?«

Mella sprach leise, als wäre noch jemand im Raum. Marie nickt.

»Klar. Und was da alles herumgestanden und gehangen ist, wenn man ins Stiegenhaus geschaut hat. Diese klitzekleinen Götterfiguren aus Messing, die bei den Blumentöpfen. Du hast doch von jedem dieser Dinger den Namen gewusst.«

»Die meisten. Hat mir Mama beigebracht.«

Schon zum zweiten Mal sagte sie *Mama*. Das tat sie sonst nie. Nach Cordulas Tod mied Mella sogar ihren Vornamen, wie um jeder unnötigen Berührung aus dem Weg zu gehen.

»Ach, dieser ganze Krempel, den sie von ihren Reisen mitgebracht haben, die Tücher und Masken, die Spiegel. Eine Weile war es ziemlich vollgestopft. Mama regte sich so auf, wenn sie nach Hause kam, und Alex hat auch nur ein kleines Bild abgehängt. Sie hat jede winzige Veränderung gemerkt, also ließen wir es lieber, wie es war, sonst war das Wochenende schon in den ersten zehn Minuten gelaufen.« Mella bot Marie eine Zigarette an. »Aber das weißt du ja ohnehin alles.« Eine Weile rauchten sie schweigend.

»Alex hat dann fast alles in den Keller geräumt oder verschenkt.«

»Erinnerst du dich an das Stück, das wir damals mit diesen indischen Masken erfunden haben? Das haben wir doch aufgeschrieben, vielleicht ist es ja noch irgendwo«, warf Mella ein.

»Die eine mit den langen Haaren aus diesen gelben Seidenschnüren, erinnerst du dich an die? Wenn du die aufgesetzt hast, hatte ich richtig Angst vor dir.«

»Das war die Prinzessin, die nicht erlöst werden wollte.«

»Setz dich doch«, meinte Mella etwas förmlich, deutete mit der Zigarette in der Hand aufs Bett. Mit ein paar Sätzen war die alte Verbundenheit spürbar wie schon lange nicht mehr. Wieder waren sie eine Weile still. Marie sah zu, wie Mella auf ihrem Schreibtisch einen ordentlichen Stapel aus Cordulas Büchern baute, die großen unten und die kleineren oben, jedes einzelne Buch abwischte, den verbleibenden Staub vom Umschlag blies, die Lesebändchen zwischen die Seiten schob. Sie zählte mit.

»Zweiundzwanzig.«

»Was?«

»Es sind zweiundzwanzig Tagebücher.«

»Ach so«, meinte Mella und lachte. »Ich dachte gerade, was hat denn unser Alter damit zu tun?« Sie nieste. »Staubig, die Dinger.«

»Der Koffer muss schwer gewesen sein.«

Das Licht fiel durch die halb geschlossenen Jalousien, die sich im Wind ein wenig bewegten, sodass zitternde Streifen über den Boden tanzten. Marie legte den Arm um Mella. Sie war knochiger und zugleich muskulöser geworden, seitdem sie in einer Studentenmannschaft Volleyball spielte und viel trainierte.

»Ja, ich habe ihn kaum vom Zugabteil rausgebracht, weil auch noch mein ganzes anderes Zeug drin war. Und dann ist er mir auf dem Bahnsteig noch aufgegangen. Weißt du was? Ich habe keine Ahnung, warum ich überhaupt in den verdammten Keller gegangen bin. Ich habe nur diese Regenfäden am Fenster im Kopf, die ich mir eine Ewigkeit angesehen habe, weil ich nicht durch den Gang zur geschlossenen Wohnzimmertür hinüberschauen wollte. Ich kriegte dauernd Herzklopfen davon und auf einmal wurde mir bewusst, dass ich zum ersten Mal seit damals allein im Haus war. Ich bin da gestanden, von wo Alex sie damals von der Küche aus hängen gesehen haben muss. Stell dir vor, ich habe ihn nie nach diesem Moment gefragt, nicht ein einziges Mal, ich egoistische Kuh!«

17
Nein

»Du liest die Bücher doch mit mir gemeinsam, oder?«

Das waren Mellas Worte, mehr Feststellung als Frage, während sie auf den Stapel wies. Die Frage kam erst Tage später, nachdem sie Marie die Bücher gezeigt hatte. Das machte es Marie leichter. Ihr Nein war so schnell und so sicher, dass sie selbst darüber erschrocken war. Nein, sie hatte das alles hinter sich gelassen: Mella und sie, Alex und Cordula, Alex und sie: Wenn sie jetzt an ihn denke, sei es wie eine alte Gewohnheit, von der sie nicht ganz lassen könne.

»Warum hast du das Zeug nicht dort gelassen, wo es war?«, wollte Marie fragen, aber ihr klebte die Zunge am Gaumen. Es waren doch nur vor langer Zeit vollgekritzelte Hefte, und sie wollte nichts damit zu tun haben.

Nein, das konnte sie nicht sagen. Aber so war ihr zumute, kalt bis auf die Knochen. So kalt zu sein war das Privileg der Toten. Aber es half nichts, sie war es doch.

Mella erfasste Maries Zögern schneller als Marie selbst, das sah sie an Mellas Blick, die noch etwas sagen wollte, aber da kam schon Maries Nein, in Großbuchstaben und mit Rufzeichen.

Sie muss es geahnt haben. Sonst hätte sie mich gleich gefragt. Doch, sie hat es gewusst. Sonst – Maries Gedanken drehten sich im Kreis. Aber es war nötig, um Mellas Blick zu bannen.

Unten im Hof schlugen spielende Kinder mit Besenstielen gegen die Mülltonnen und schrien schrill, es klang wie das Kriegsgetrommel eines archaischen Stammes, das verstummte, als ein

198

Nachbar ein Fenster aufriss und kurz und zackig hinunterbrüllte. In Maries Kopf surrten Halbsätze und Halbwahrheiten. Hätte sie Mella dazu gebracht, sie zu bitten, würde die ihr das später übelnehmen. Mella brauchte es zu sehr, niemanden zu brauchen.

»Würde deine Mutter denn wollen, dass du das liest?«, fragte Marie.

»Darauf kommt es nicht an. Da ich die Bücher nun einmal habe, kann ich sie nicht ignorieren.«

Marie suchte Mellas Blick, der auf den Stapel geheftet blieb. Jäh erhob sie sich und riss das Fenster weiter auf. Man hörte das Aufschlagen eines Balls und aufgeregtes Hundegekläff. Von den Klopfstangen und aus der Weide flog mit einem knatternden Geräusch eine Schar fetter Tauben auf, als die Kinder mit den Besenstielen sich wieder brüllend sammelten.

»Du kannst mir davon erzählen. Wann immer du willst.« Jetzt nicht alles zurücknehmen, sagte sich Marie, pass bloß auf. Sie trat zu Mella und legte ihr vorsichtig den Arm um die Schultern.

Mella drehte sich aus der Umarmung, rückte in die Ecke des Fensters, so weit weg wie möglich, es hatte etwas Pathetisches. Mella beherrschte die großen Gesten. Als Marie zu einer Erklärung ansetzen wollte, sagte Mella nur: »Bitte nicht, nein. Und geh jetzt.«

Mehr Zorn wäre leichter gewesen. Zorn war fast immer das Leichtere.

Vorläufig blieb alles beim Alten: die Frühstücke in der Wohngemeinschaft, die manchmal bis in den Nachmittag dauerten, die Alltagsreibereien um Putzpläne und Einkäufe, immer irgendetwas auf dem Herd und irgendjemand da, mit dem man die Zeit füllen konnte, Streitereien über Politik, bei denen nicht selten jemand einen roten Kopf bekam und laut wurde. Ein Franzose, der für ein paar Monate bei ihnen wohnte, backte und kochte ständig, und so ist die Erinnerung an diese Wochen vor dem Sommer ihres dritten Studienjahrs mit dem Duft nach Zwiebelsuppe, Quiche Lorraine und Apfeltarte verbunden, was selbst die erbitterten Diskussionen zwischen den Mitgliedern unterschiedlicher linker Studenten-fraktionen erträglicher machte, die in ihrer Küche stattfanden. Im Herbst würde der polnische Papst zu Besuch in ihre Stadt kom-men, und es wurden Protestveranstaltungen organisiert, über deren Ausrichtung man sich uneins war: mehr wissenschaftlich fundierte antiklerikale Kritik im akademischen Vortragsstil oder lieber sinnenfrohes Feiern, um den Moralaposteln zu zeigen, wo der Hammer hing. Auch wenn bei ihren Diskussionen hin und wieder eine Gabel flog, konnte das alles nicht richtig ernst gemeint sein, wenn man dabei wie ältere Damen und Herren in der Kondi-torei vor Schüsselchen und Kuchentellern mit Schlagobersbergen darauf saß.

Es war Prüfungszeit, die langen Lerntage und -nächte wurden mit ausgiebigem Feiern ausgeglichen.

Marie musste sich noch um einen Ferienjob umsehen, das Lokal, in dem sie bisher gejobbt hatte, hatte unerwartet geschlos-sen. Also blätterte sie sich durch ihre Manuskripte, lernte beacht-liche Stoffmengen, ohne dass sie irgendetwas davon besonders interessierte, und ging zu etlichen Vorstellungsgesprächen. Schließlich nahm sie einen Job als Interviewerin für ein Meinungs-forschungsinstitut an, das junge Leute mit Fragebögen in der Pro-vinz von Tür zu Tür schickte, Kost und Logis inklusive. Allerdings torpedierte die Arbeit ihre Sommerpläne. Von den geplanten vier Wochen mit Zelt und Rucksack in Spanien mit ihrem Freund Wer-ner blieb eine einzige mit Zelt und Fahrrad in Böhmen übrig. Marie war es egal, obwohl es gut lief mit Werner. Es lief auch, wenn sie sich nicht dauernd in Gedanken mit ihm beschäftigte. Da waren das Lernen, das WG-Leben und da war Mella. Obwohl sie nach ein paar schweigsamen Tagen nicht mehr gekränkt zu sein schien, blieb das Schuldgefühl wie ein lästiger Besuch und richtete sich in Maries Gedanken ein. Ihr Nein hatte vielleicht mehr mit Alex als mit Cordula und der Freundin zu tun, was sie Mella gegenüber nicht eingestehen konnte. Aber so würde Mella noch weniger verstehen, warum Marie sie mit den Tagebüchern ihrer toten Mutter alleinließ, sie würde sie für feige und illoyal halten. In Maries Gedankenkarussell kreisten fiktive Gespräche, die sie nicht zu führen wagte.

Mella war stark, sie würde die Bücher überstehen, dachte sie, aber das beruhigte sie nur halb. Einstweilen taten sie weiter wie bisher, waren freundlich zueinander und lieferten eine perfekte Imitation ihrer fortgesetzten Freundschaft.

18
Die Bücher I

Nachdem Marie gegangen war, saß Mella auf dem Boden, die Arme um die Knie geschlungen, und betrachtete die Muster im Parkett. Als Kind hatte sich Mella stundenlang damit beschäftigen können, mit fantastischen Wesen bevölkerte Landschaften in den Holz- oder Steinmaserungen zu entdecken. Wenn wieder etwas mit Cordula war, wenn sie die Stimmen ihrer Eltern in diesem gewissen Tonfall hörte (den ihres Vaters erst sanft, dann beschwörend, ein zunehmend verzweifelter Singsang), musste sie nur ihre Augen auf den Boden richten, schon war sie weit weg. Da war ein Bär, nein, ein Nilpferd im Gestrüpp. Dort weiter rechts duckten sich die Verfolger, eine Schar zusammengedrängter kleiner Gestalten, nur Zwerge. Was sollten die gegen das Bärennilpferd mit dem Zottelfell schon ausrichten?

So war es also: Marie war fort. Marie, die alles aufgesaugt hatte, was von Mella gekommen war, Marie, die mit ihrem bewundernden Blick all das, was Mellas Leben ausmachte, ihre ganze schwankende Inselexistenz mitsamt ihrer verrückten Mutter zu etwas Besonderem gemacht hatte. Marie war gegangen.

Mella hatte kalte Hände und Füße, trotz der Sonne, die das Zimmer aufheizte. Letzte Nacht war sie aufgeschreckt. Der Stapel Tagebücher zwischen Bett und Schreibtisch war so nah, dass sie ihn liegend mit der ausgestreckten Hand erreichen konnte. Schließlich hatte sie ihn in Plastiksäcke gepackt und diese auf den Gang vor ihre Zimmertür gestellt. Das half, und sie schlief bis weit in den Morgen hinein.

Warum hatte sie sich verleiten lassen, Marie um Hilfe zu bitten? *Marie, wie kannst du nur? Wie kannst du mich so allein lassen?* Gedanken waren immer so verflucht schnell. Das Lasso war noch nicht erfunden, mit dem man sie einfangen konnte, bevor sie einem entwischten. *Nicht rühren*, sagte sich Mella. *Keine Marie, niemand. Bloß keine Bewegung. Sonst passiert irgendwas, ich habe keine Ahnung, was.*

Gerade hatte sie ein Déjà-vu-Erlebnis: das auf- und zuklappende Fenster, der Kegel aus Sonnenlicht, in dem ihre Füße bleich und fremd aussahen, als gehörten sie nicht zu ihr. Marie, nur ein paar Meter entfernt und zugleich sehr weit weg. Als hätte sich diese Situation schon einmal exakt so abgespielt. Wenn Mella die Augen schloss, konnte sie sich einbilden, Marie atmen zu hören.

Mella erinnerte sich an etwas, was auch Maries Nähe nie hatte aufheben können: Sie war allein. Es war die Rückkehr in eine vertraute Gegend.

Sie nahm das oberste der Bücher vom Stapel. Noch könnte sie alles zum nächsten Altpapiercontainer bringen oder verbrennen. Sie stellte sich einen Moment das Feuer vor, irgendwo auf einer Waldlichtung, vielleicht zu Hause bei dem kleinen Teich im stillgelegten Sägewerk, wohin Marie und sie früher oft mit den Rädern gefahren waren. Vielleicht würde ihr Alex nie verzeihen. Vielleicht aber wäre er froh. Doch die ungelesenen Sätze ihrer Mutter würden sie mehr verfolgen als die gelesenen, da war sie sich sicher.

Am meisten hatte Cordula in Mellas ersten fünf Lebensjahren geschrieben. Der erste Klinikaufenthalt war etwa ein Jahr später gewesen. Aus dieser Zeit gab es keine Aufzeichnungen. Fünf Bücher stammten aus späteren Jahren. Das erste mit dem pinkfarbenen Seidenumschlag und dem applizierten Schmetterling sah nach Teenager aus. Der Buchrücken war mit einem weinroten Samtband verstärkt, das sich vom Untergrund löste. Der erste

Eintrag datierte mit März 1968. Cordula war damals achtzehn geworden und im dritten Monat schwanger. Mella schlug das Heft irgendwo auf und las:

Ich kann es mir nicht vorstellen, und blätterte rasch weiter. *Mein Leben gehört mir nicht mehr.*

Etwas weiter unten:

Es nimmt sich also einfach Platz in meinem Leben, und ich kann nichts mehr dagegen tun. Wollte ich ja auch nicht, oder? Vielleicht bin ich nur zu feig.

Die Adresse, die mir Susanne gegeben hat, trage ich seit vier Wochen zusammengefaltet in der Hosentasche herum. Heute habe ich den Zettel in ganz winzige Fetzen gerissen und im Klo hinuntergespült.

Habe zweimal die Nummer gewählt und gleich aufgelegt. In fünf Tagen bin ich über der Frist. Ich habe dem Winzling gesagt, dass er sich keine Sorgen mehr zu machen braucht. Idiotisch. Aber ich wollte es ihm trotzdem sagen. Oder ihr. Manche spüren, ob es ein Mädchen oder ein Junge wird. Ich spüre nichts.

Was ist es gerade? Ein Fisch, ein Vogel? Ein schlafendes Tier, das nicht einmal weiß, was das ist: Schlaf.

Ich habe mir Bilder angesehen. Es sieht fast aus wie ein Frosch.

Ich habe geträumt, dass es schon da war, und ich habe es in einem Abteil auf der Gepäcksablage vergessen. Ich war so verzweifelt und rannte hinter dem anfahrenden Zug her. Als ich gerade aufspringen wollte, erwachte ich und war total erleichtert, dass es noch da ist.

Es ist unausweichlich. Das passiert jeden Tag Tausende Male und trotzdem –

Ich sitze stundenlang mit um den Bauch geschlungenen Armen da. Ich habe das Gefühl, ich muss ihm gut zureden. Ich traue meinem Bauch nicht, ich brauche den Verstand mit dazu.

Alex fühlt sich schuldig. Soll er auch.

Er freut sich, ich mich auch. Aber wir freuen uns fast nie gleichzeitig. Wenn der eine glücklich ist, schüttelt es den anderen vor Angst.

Manchmal denke ich, es kann auf irgendeine Art meine Gedanken hören, und sie könnten es vergiften, wenn ich nicht aufpasse. Das wäre schrecklich, aber niemand könnte mir irgendeine Schuld nachweisen. Nur ich wüsste, was es umgebracht hat.

Ehrlich, ich liebe es ja schon. Nie mehr ohne es zu sein, ist ein wunderschöner und schrecklicher Gedanke zugleich.

Nur für ein paar Momente möchte ich in die Zukunft schauen können. Oder ein Jahr.

Es soll bitte ganz anders werden als ich: Es soll nicht so viel Angst haben und nicht solche Gedanken haben wie ich. Heute schwankt alles. Aber solange es niemand bemerkt, geht es ja.

Woher wollen die Ärzte schon wissen, was es mitbekommt. Was wissen die schon.

Mir war nie schlecht. Deshalb hat es sich so unbemerkt festsetzen können. Vielleicht ist es ja hinterhältig.

Es war merkwürdig, sich über Seiten hinweg als »es« bezeichnet zu finden, und über sich selbst aus einer Zeit zu lesen, in der man zwar schon existierte, aber niemand Bestimmter war, jedenfalls nicht für die Welt. Und Cordula war noch keine verzweifelte Diva, die sich hinter einer Sonnenbrille versteckte und mit Stimmen im Kopf kämpfte, sondern eine andere, eine, die Mella kaum kennengelernt hatte. Sie las und las. Sie verstand, was diese Fremde schrieb. Sie verstand ihre Gefühlsschwankungen, die binnen zehn Zeilen die ganze Bandbreite von »mein Leben ist zu Ende« bis »mein Leben beginnt erst« durchlaufen konnten. Aber sie konnte sie kaum mit der Cordula in Verbindung bringen, die ihr vertraut war. Nur wenn sie bei ihrem ungeborenen Kind feindliche Absichten vermutete, erkannte Mella den Verfolgungswahn ihrer Mutter wieder.

Wer war diese Susanne? Irgendeine Freundin oder Studienkollegin? Auf jeden Fall niemand, den Cordula je erwähnt hatte. Susanne musste jetzt etwa Mitte vierzig sein. Bibliothekarin, Lehrerin? Ein Geistesmensch, alleinerziehende Mutter eines Sohnes, nett, liberal, mittelhübsch, mittelglücklich?

Hallo, ich bin Mella, würde sie vielleicht zu ihr sagen. *Du hast meiner Mutter damals den Zettel mit der Adresse der Abtreibungsklinik gegeben, wo sie dann nicht hingegangen ist,* würde sie sagen. *Ich bin quasi das Ergebnis dieses Nichthingehens.*

Sie würde Susanne keine Vorhaltungen machen. Vielleicht könnte ihr diese Frau etwas über Cordula erzählen. Mella suchte die Seiten nach dem Namen ab, verwarf die Idee wieder. Erst einmal die Bücher zu Ende lesen, sagte sie sich. Aber nach ein paar Zeilen schweiften ihre Gedanken wieder zurück. Ob Susanne wusste, was Cordula wohl beim Fortgehen am liebsten getrunken hatte, zu welchen Liedern sie gern getanzt, was sie an den Wochenenden gemacht hatte? Wie hatte sie ausgesehen, wenn sie die breiten Treppen zu den Vorlesungssälen hinaufging, eingewickelt in irgendein Tuch? Sie sei klug gewesen, ruhig und manchmal ängstlich, verschreckt wie eine gejagte Katze. Waren das Alex' Worte gewesen oder die seines Freundes, der auf dem Begräbnis gespielt und über sie geredet hatte? Mella hatte die Vergleiche blöd gefunden: eine Katze, eine empfindliche Blüte, poröse Haut, durchscheinendes Papier. Fehlten nur noch Reh und Engel.

Darüber, wann es mit den Stimmen und den Sehstörungen angefangen hatte, erzählte Cordula unterschiedliche Varianten. Mella erinnerte sich, wie ihre Mutter mit laut klappernden Zähnen in der Badewanne gesessen war, ihre Knie ragten wie weiße, kahle Inseln aus dem Wasser. Sie starrte Mella an, die schlaftrunken in der Tür stand, aufgeweckt von der Stimme des auf ihre Mutter einredenden Vaters, der Mella erst später bemerkte, sie ins Bett steckte und wieder ins Badezimmer eilte. Es hatte so viele ähnliche Situationen gegeben, dass Mella gar nicht sicher war, ob ihre Erinnerung nicht nur eine Verdichtung all dieser Szenen darstellte. Doch sie sah genau ihre Schultüte in der Garderobe vor sich, gefüllt mit Süßigkeiten, Farbstiften und anderen Schulsachen, von Cordula aufwändig bemalt und beklebt: Als Mella aus ihrem Zimmer geschlichen kam, erschrak sie einen Moment, weil sie das unbekannte Ding in der Ecke nicht gleich erkannte.

An ihrem ersten Schultag hatte Mella die schönste und größte Schultüte von allen Kindern. Begleitet wurde sie von ihrer Tante Anna. Vor lauter Angst um die Mutter konnte sie sich auf nichts konzentrieren, was die Lehrerin sagte, und vergaß völlig, ihrem Vater die Liste der Sachen zu geben, die sie besorgen sollten.

Hattest du Angst um sie? Marie war die Erste, die sie danach fragte, da waren sie noch Kinder.

Mella hatte immer Angst, ohne eine Sekunde Unterbrechung, solange, bis einfach keine Angst mehr übrig war. Das gab es, dass ein Gefühl restlos aufgebraucht war. Vielleicht muss es erst nachwachsen, hatte sie zu Marie gesagt, vielleicht war es auch einfach vorbei damit. Die gigantische Achterbahn im Thorpe-Park in der Nähe von London kam ihr in den Sinn, wo sie in ihrem Englandjahr mit Freunden gewesen war. Wie sich der Magen hob, wie es in der Kopfhaut kribbelte, wie sich die Hände um die Griffe klammerten, dass die Gelenke noch Stunden später schmerzten. Ja, der Körper hatte Angst gehabt, nicht sie.

Hattest du jemals Angst vor ihr? Wer hat das gefragt? Irgendeiner der Psychiater, die ihr im Laufe der Jahre untergekommen waren? Marie?

Ohne Maries Fragen fielen ihr keine Antworten ein. Die Fragen hatten die Leere im Zaum gehalten. Nein, sagte Mella stets, das war gelogen, aber sie war es gewohnt zu lügen, wenn es um ihre Mutter ging. Das Lügen wirkte nicht nur nach außen und hielt einem die Leute vom Hals, die unbedingt darauf aus waren zu helfen. Zumeist lief es darauf hinaus, dass Marie sie zum Reden über ihre Gefühle bringen wollten, was sie hasste. Es hatte zudem die wunderbare Eigenschaft, auch nach innen zu wirken: Wenn Mella behauptete, dass sie niemals Angst vor ihrer Mutter gehabt hätte, glaubte sie selbst daran. Und wenn sie es glaubte, wurde es wahr, einigermaßen wahr, irgendwie wahr, aber doch wahr. Lügen war Magie, Lügen half. So war es, als Mella ein Kind gewesen war, und sie würde den Teufel tun, es jetzt zu verleugnen.

Mama, du warst ganz normal. Ihr wurde bewusst, dass sie gerade eine Frau Mama nannte, die fast noch ein Mädchen war, drei Jahre jünger als sie jetzt. *Wenn du mich einmal hören könntest, nur ein einziges Mal.*

Wenn die Zeit keine solch unerbittliche Größe wäre. Doch was hätte Mella schon ausrichten können? Um Cordulas Gespenster zu bannen, hätte es mehr bedurft als guten Zuredens. In ihren Träumen aufzutreten oder ihr wirklich zu begegnen, als Mitreisende in einem Zugabteil, als Tischnachbarin in der Mensa, das wäre es gewesen! Und die Zauberworte zu wissen, die alles geändert hätten. Der Tagtraum war einfach zu schön, obwohl Mella sich selber eine dumme Kuh schalt.

Mella war schon als Kind Spezialistin für die subtilen Anzeichen von Cordulas Stimmungsumbrüchen gewesen, sie war besser darin als Alex.

»Ach, das wieder«, sagte sie dann altklug und gab Prognosen darüber ab, ob sich Cordula diesmal von blinkenden Verkehrsampeln oder Wolken verfolgt fühlen würde, oder ob sie nur darauf bestand, dass sie Kopfbedeckungen trugen, wenn sie außer Haus gingen, damit sie nicht von feindlichen Strahlen erfasst würden.

Alex hatte seine Musik, in die er sich jederzeit zurückziehen konnte. Mit acht oder neun hatte ihm Mella einmal die Saiten einer Gitarre mit einer Schere durchgeschnitten. Das war nach einem von Cordulas Schüben gewesen, mit verbarrikadierten Türen und dieser abwechselnd flehenden und wütenden Stimme, die ihnen den Schlaf raubte, sodass Mella in der Schule manchmal mitten im Unterricht auf der Bank einschlief. Das Ganze war von zwei Spatzen ausgelöst worden, die an einem Frühsommertag durch die offene Terrassentür ins Wohnzimmer geflogen und verschreckt herumgeflattert waren. Cordula sah darin ein Zeichen, sich zu verirren, ohne den Ausweg zu finden. Sie verbarrikadierte sich mit Mella in ihrem Zimmer und weigerte sich zu essen oder zu trinken. Anna erzählte ihr nach Cordulas Tod diesen Teil der Geschichte, an den sich Mella nur noch unscharf erinnerte. Aber sie wusste noch, wie peinlich das Einschlafen in der Schule gewesen war, und sah ihre nette Lehrerin Frau Oberbauer vor sich, die sich besorgt über sie beugte. Mella wusste aber noch genau, dass bald danach eine Gruppe Kinder vor den Turnsaal-garderoben im Kreis um sie herumstand und einer sie grinsend aufforderte, doch einmal zu erzählen, wie das so sei mit einer durchgeknallten Mutter. Sie erinnerte sich an den Jungen mit dem strohblonden Rattenkopf, der noch eins draufsetzte und erklärte, dass Irrsinn doch erblich sei und sie früher oder später auch durch-drehen würde, und sie erinnerte sich an das Gefühl in der Faust, als sie voll in sein Gesicht schlug und ihm das Jochbein anknackste und die Nase brach, obwohl er einen halben Kopf größer war als sie. Danach saß sie bei der Weitsprunganlage und zeichnete mit dem Lineal Muster in den Sand, bis irgendein Lehrer sie fand. Die Hand tat ihr weh vom Schlag und sie hatte Herzklopfen, aber sie fühlte sich trotzdem viel besser. Sie hatte begriffen, dass man selbst auf sich aufpassen musste.

Alex übte damals mindestens sieben Stunden pro Tag Gitarre. Wenn sie hungrig war oder klagte, dass ihr langweilig sei, unter-brach er, aber sie merkte, dass sie ihn störte, selbst nach Stunden, in denen sie keinen Mucks von sich gegeben hatte. Als Anna dar-auf bestand, er müsse mehr Zeit mit Mella verbringen, konterte er, er sei mitten in Aufnahmen, Konzerte wären zu bestreiten, schließlich müsse er Geld verdienen. Als er die durchgeschnitte-nen Saiten an seiner Gitarre entdeckte, sagte er kein Wort. Aber er nahm sich von nun an mehr Zeit für Mella.

Dabei liebte Mella Musik. Am liebsten hörte sie Alex spielen, aber sie mochte auch Platten, besonders Einspielungen von Bach. Später begriff sie, dass in dieser Musik alles geschah, dass sie ein vielstimmiges Abbild jeder menschlichen Gefühlsregung war, sich rückhaltlos verströmender Jubel ebenso wie tiefstes Verzagen, aber ohne sich je zu verlieren. Immer war da eine Ordnung zu spüren, die Zuversicht, dennoch aufgehoben zu sein. So ähnlich hatte es ihr Cordula einmal erklärt, als sie zusammen die Cello-Suiten hörten: »Wer weint, hat noch Hoffnung, verstehst du?«

Mella war höchstens zwölf gewesen, verstanden hatte sie es nicht, aber genickt, weil es schön war, wenn sie und Cordula zusammen Musik hörten. Sie saßen dann aneinandergelehnt auf dem dicken türkischen Teppich im Wohnzimmer, ab und zu spielte Cordula auf Mellas Rücken Klavier.

Manchmal, wenn Cordula wieder fahrig wurde, brachten sie Bach, Scarlatti oder Händel zur Ruhe. Später hörte sie keine Musik mehr, jedenfalls nicht zu Hause.

Ich spiele Klavier, stundenlang. Dann muss ich nicht daran denken, wie es sein wird, wenn ich es ihnen sage.

Dass sie bei diesen Aufzeichnungen schon im fünften Monat gewesen war, hatte Mella nachgerechnet. Noch immer hatte sie ihren Eltern nicht von der Schwangerschaft erzählt.

Alex hat es gut!

Falls Cordula damit meinte, dass ihm keiner Vorwürfe machen würde, hatte sie recht. Alex war keine zwanzig, als sich niemand mehr um ihn kümmerte. Nach dem Unfalltod seiner Eltern war er bei einem Onkel aufgewachsen, einem unverheirateten Geschäftsmann, der viel auf Reisen war und sich nur mäßig für ihn interessierte. Darüber beschwert hat sich Alex nie.

»Freisein ist ja nicht das Schlimmste, was einem passieren kann.«

So etwas kam, wenn man ihn zu seinen Jugendjahren befragte. Geschichten aus seiner Kindheit waren ihm kaum zu entlocken.

Seine Schulzeit hatte Alex in einem Internat verbracht, in dem es dank einiger Schlampigkeit eher großzügig zugegangen war. Gleich nach dem Abschluss hatte er seine Sachen gepackt. Mit dem, was er geerbt hatte, waren die nächsten Jahre gesichert, und er neigte nicht zur Verschwendung. Ein paar Wochen später lernten er und Cordula sich kennen. Ein gutes Jahr darauf wurde er schon Vater. Mella wusste nicht einmal, wann er es seinem Onkel erzählt hatte. Der war bald nach ihrer Geburt gestorben und hatte Alex ein weiteres kleines Vermögen hinterlassen, von dem sie das Haus kauften und Cordulas Klinikaufenthalte bezahlten.

Vergessen war oft viel freundlicher als Erinnern, das so gefräßig sein konnte. Mella musste beim Lesen immer wieder Pausen machen. Aus der Küche war nichts mehr zu vernehmen, Marie war wohl zu Werner gegangen und holte sich dort Zuspruch. Bachs Cellosuiten, die Prélude der ersten. Wenn sie sich konzentrierte, konnte sie die Klänge deutlich hören, die einem euphorisch tanzenden Zickzackmuster glichen. Wann hatte sie Bach verloren? Was hatte Cordula sonst noch alles mitgenommen?

Mella hatte schon vor der Schule Musikunterricht bekommen. Sie sah ihre Kinderhände auf dem alten Klavier, das sich bei Wetterumschwung leicht verstimmte, und die Intarsien über der Tastatur, die zwei einander anfauchende Drachen zeigten. Der Hocker mit dem Samtkissen roch nach Staub. Wenn man fest genug mit dem Fingernagel darüberstrich, wirbelte er in kleinen Wölkchen auf, die sie zum Niesen brachten. Das Klavier gehörte einer jungen Musikerin aus Polen. Auch Cordula brachte Mella hin und wieder etwas bei, aber sie war nicht recht ausdauernd und sagte meist nach einer Viertelstunde: »Jetzt machst du alleine weiter«. Dabei übte Mella die Stücke, die ihr ihre Mutter gezeigt hatte, ganz besonders. Wenn sie sie ihr dann stolz vorspielen wollte, lächelte Cordula zerstreut und schien sie schon vergessen zu haben. Die Klavierlehrerin roch nach Parfümöl, das sie sich hinter die Ohren und auf die Handgelenke tupfte. Auch bestimmte Stücke rochen danach. Mella bekam etwas davon in den Nacken und hinter die Ohren, Sandelholz oder Maiglöckchen waren ihr am liebsten.

Mella zog ein anderes Buch hervor, das von Mai 1970 bis Oktober 1971 datierte. Zwischen den Einträgen vergingen oft Wochen. Manche Einträge umfassten zwanzig eng beschriebene Seiten, andere wiederum nur wenige Zeilen. Cordulas Schrift wurde kleiner und spitzer, die Wörter saßen dicht nebeneinander. Sie verwendete eine Füllfeder mit dünner Spitze.

Wenn ich etwas sage, dann folgt sie mir mit den Augen und lässt sich nicht auch nur für eine Sekunde ablenken.

Ein paar Seiten weiter:
Sie ist so gierig nach der Welt. Sie saugt sie mit den Augen auf, sie wendet den Kopf nach jedem Geräusch, sie greift nach allem. Manchmal denke ich, sie frisst mich auf, und ich bleibe als leere Hülle zurück. Das ist nur der fehlende Schlaf, sagen sie. Wenn ich genug schlafe, dann wird sie wieder meine Süße, die ich doch so liebe.

Ich habe ihre verdammten Sandformen und den blöden Kübel, den sie so gerne mag, aus ihrer Reichweite gestellt. Um sie zu strafen, das gebe ich zu.

Dieser Zwerg ist viel stärker als ich.

Die Schuldgefühle, daran liegt es: Die hat sie nicht, im Gegensatz zu mir. Auch nicht wenn sie brüllt, bis ich mich wie Brei fühle.

Die Einträge der Folgemonate waren sporadisch und düster. Es ging um Geld, das sie nicht hatten, um Tage, die aufgesaugt wurden vom Allernötigsten. Cordulas Mutter schickte hin und wieder etwas. War es normal, minutiös zu beschreiben, wie die kaum zweijährige Tochter Puppen und Stofftiere in einen Kinderwagen packte, umgruppierte, wieder ausräumte und all das mit Kommentaren begleitete? War es normal, wütend zu werden, wenn andere Mütter ungefragt Erziehungstipps gaben, wenn die eigene Mutter mit Anrufen nervte? Mella kannte nicht viele Mütter, aber der Ton zwischen ironischer Verzweiflung, Stolz und zeitweiliger Erschöpfung schien ihr ganz gewöhnlich zu sein.

Was ich alles tun könnte, wenn sie nicht da wäre. Besser es mir gar nicht ausmalen. Fühle mich schlecht. Sie kann nichts dafür, sage ich mir immer. Manchmal nützt es nichts.

»Genau das könnte ich mir jetzt auch sagen«, dachte Mella. »*Sie kann ja nichts dafür, sage ich mir immer. Manchmal nützt es nichts.* Sie kotzt mich an.« *Besser es mir gar nicht ausmalen.*

Es gab keine Großeltern, bei denen Cordula und Alex das Kind hätten abgeben können, und Cordula war von zuhause weggegangen, einen Schwall von Beschimpfungen im Rücken. Doch sie waren zu zweit gewesen. Es gab eine Kindergruppe an der Uni. Sie hatten viele Freunde. Mella sei ein braves Kind gewesen, nie habe sie gestört, hatte Alex erzählt. Sie hätten sie überallhin mitnehmen können. In Mellas Erinnerungen an ihre frühen Jahre gab es Klappsesselreihen in großen Sälen, in denen man ganz leise sein musste, wenn man zum Spielen auf den Boden rutschte, und immer neue Tische und Teppiche, auf denen sie ihre Legosteine lautlos auszubreiten gelernt hatte. Da waren scharrende Füße gewesen und Puppen in einem Plastiksack. In Wohnungen war Mella lieber, da kam vielleicht eine Katze vorbei und man durfte es sagen, wenn man Hunger hatte oder aufs Klo musste. Cordulas Stimme schwebte irgendwo oben. Mella mochte es, wenn sie sie lachen hörte. Keller voller Erwachsener und Musik, Rauchschwaden unter Scheinwerfern. Wenn Alex spielte, kam er ihr wie ein König vor, dem die Leute huldigten. Die Prinzessin war natürlich sie. Es gab Wartezimmer und Wohnzimmer, viele fremde Sofas, Schlafen im Auto, Schlafen bei Proben, es gab Züge und fremde Städte. Getragen werden. Bis heute kann sie praktisch überall schlafen. Damals gab es noch keine Stimmen in Cordulas Kopf. Alex machte alles wieder gut, und das würde immer so bleiben, keine Frage.

Mella wischte die Tränen mit dem Handrücken weg. Sie angelte nach einem Schal, der neben dem Bett lag. Ihr Blick fiel auf die auf dem Boden verstreuten Bücher, die nach Keller rochen. Alex nach früher zu fragen war mühsam. Seine Antworten bestanden aus Schweigen, Lächeln, Achselzucken, einem undurchdringlichen Satz. So etwas wie: »Du warst eben einfach da und das war schön.«

Mittlerweile dämmerte es, und sie war noch im Pyjama. Im Kühlschrank fanden sich ein offenes Glas Gurken, ein Karton mit Eiern und eine Flasche Bier. Mella machte sich ein Omelett mit Kondensmilch. Sie zwang sich, das Bier in kleinen Schlucken zu trinken, damit ihr der Alkohol nicht zu schnell zu Kopf stieg. In den nächsten Tagen wäre die Wohnung leer, falls Marie wie geplant mit Werner zum Schifahren ging. Mella wollte mit den Tagebüchern fertigwerden, bevor die anderen wiederkamen. Noch sechzehn Hefte, das würde zu schaffen sein.

Außer Marie hätte Mella jetzt niemanden ertragen. Aber Marie gab es nicht mehr, nicht *ihre* Marie. Wie sie übertreibe, würde Marie empört wiedersprechen – Mella kannte das schon: Manche schnörkellos ausgesprochenen Wahrheiten riefen heftigsten Widerspruch hervor. In der Garderobe hing Maries Daunenanorak. Den würde sie zum Schifahren brauchen, das hieß, sie würde noch einmal vorbeikommen. Mella räumte den Tisch ab, wusch das Geschirr. Sie wollte keine Spuren hinterlassen, die auf ihre Anwesenheit aufmerksam machten. Sie suchte eine Weile nach dem Zimmerschlüssel, fand ihn bei ihren Schreibsachen. Sie sperrte sonst nie ab, das würde auffallen. Aber Mella wollte mit niemandem reden. Sie nahm das Buch, in dem sie gerade las, wieder zur Hand.

Es liegt nicht an der Kleinen, auch an Alex nicht. Nur an mir. Immer glaube ich, das, was ich nicht habe, das wäre es. Ich lebe ein »Wenn«-Leben.

Jetzt gehöre ich also auch zu diesen Weibern mit fleckigen Schlabberhosen und miesem Gedächtnis, weil sie von Minute zu Minute leben und ständig ein Auge auf das Kind haben müssen und sich auf nichts konzentrieren können.

Ich schreibe fast nur, wenn es mir schlecht geht, wenn alles zu viel wird. Dumm, das macht ein ganz falsches Bild.

Ein falsches Bild für wen?, fragte sich Mella. Hatte sie sich wegen Alex zusammengerissen? Wegen ihr? Über ihn schrieb sie in dieser Zeit nicht viel. Er fand nur beiläufig Erwähnung, als jemand, der Mella abholte, dieses und jenes tat, aber immer zu wenig Zeit hatte. Und immer wieder gab es die Stellen, an denen Cordula von ihrer kleinen Tochter schwärmte.

Dabei ist sie so schön! Ihre Zehen, die kleinen Falten am Fußgelenk, die täglich weniger werden, weil sie gerade so wächst. Sie verliert das Babygesicht, ihr Blick verändert sich. Sie liebt mich, kann ja nicht anders. Aber sie traut mir nicht ganz. Recht hat sie.

Ausführlich beschrieb Cordula ein Fest mit Freunden, auf dem Mella herumgereicht worden war wie eine kleine Trophäe und sich pudelwohl dabei gefühlt hatte.

Du mochtest es schon immer, wenn viele Menschen rundherum waren, du bist ganz anderes als ich, hatte ihr Cordula einmal gesagt, und es hatte wie ein Vorwurf geklungen.

Am Anfang hat es mir tatsächlich körperlich wehgetan, wenn Alex und ich uns trennen mussten. Das ist vorbei, obwohl es lange angehalten hat. Natürlich habe ich geglaubt, das würde für immer so bleiben. Ich hätte es niemandem erzählen sollen. Das verdirbt es schon: Du merkst dir im Grunde nicht, wie es war, sondern was du darüber erzählt hast. Bis alles vom Schlamm dieser Geschichten begraben ist. Den kriegt man nicht mehr herunter.

Jetzt gehört Alex zu mir wie ein Schatten und ich zu ihm. Vor Kurzem war ich völlig sicher, dass ich nichts anderes will. Alles, was man hat, wird irgendwann ein Schatten. Ist ja keine zwei Jahre her.

Ist schon verrückt, wie gut man weitermachen kann, obwohl es vorbei ist.

Mella liebt ihn so sehr. Ein einziges Strahlen, das gar nicht mehr aufhört, wenn er zur Tür hereinkommt. Vielleicht hat sie es aus mir herausgesaugt.
Als Mella diese Stelle las, angelte sie nach einem Bleistift und strich sie an. Vielleicht fing es da allmählich an.

Wenn einer wirklich da ist, dann vergisst man die Vorstellungen, die man von ihm hat. Das ist so schade! Wenn der Traum von jemandem verschwindet, wie könnte er je so werden?

Ich sollte nicht so oft meckern, wenn er übt. Ich höre mich, wie ich dann rede, wie eine öde, spießige Hausfrau. Gestern hab ich mich gehasst, als ich gesagt habe, er soll die Bananen nicht wieder vergessen und die Waschmaschine einschalten und fünfzig andere Sachen. Aber ich bin es, die Mella nicht aus den Augen lassen kann. Ich verblöde noch dabei, wenn ich sie dauernd anstarre, ihr hinterherräume, ihr Sachen aus dem Weg schiebe, damit sie sich nicht wehtut, sie die Treppen rauf- und runterschleppe. Dass ich über so einen Scheiß schreibe, das sagt doch alles.

Sein vollkommen konzentriertes Gesicht, wenn er spielt. Das Zucken der Mundwinkel, der rechte zuerst, die Stirnfalten, die sich bei langen Läufen glätten. Ich kenne alles, habe alles davon so geliebt. Ich erinnere mich daran, das ist so beschissen: sich erinnern und es nicht mehr fühlen.

Dann sagt irgendwer irgendwas, und die Kleine muss aufs Klo oder hat Hunger oder das scheiß Stofftier fällt ihr runter. Sie kann ja nichts dafür. Aber dann ist alles wieder weg.

Diese Stelle las Mella öfter, suchte die Seiten davor und danach nach Hinweisen ab, was Cordula meinte mit dem, was »alles weg ist«, aber sie fand nichts Haltbares.

Ein paar Wochen später erwähnte Cordula einen Unfall, bei dem sich Mella eine kleine Platzwunde am Kinn zugezogen hatte, die genäht werden musste.

Wenn ihr etwas zustieße, ich würde sterben. Auch dann, wenn ich nicht schuld wäre. Als sie mir die Assistentin herausgebracht hat, noch ganz verweint und mit so einem schiefen Lächeln wegen des Verbands, hab ich es gewusst.

Die nächsten zweieinhalb Tage ging Mella weder ans Telefon noch an die Tür, wenn es klingelte. Einmal kam Marie vorbei, um ihren Anorak zu holen, Mella hörte von ihrem Zimmer aus, wie ihr im Flur der Kleiderbügel hinunterfiel. Marie rief nach ihr, und als niemand antwortete, drückte sie vorsichtig die Klinke ihres Zimmers, aber Mella hatte abgeschlossen und war möglichst regungslos auf dem Bett sitzen geblieben. Sie wollte keine Antworten geben oder sich Rechtfertigungen ausdenken müssen. So war sie erleichtert, als die Wohnungstür ins Schloss fiel. Im Badezimmerspiegel sah sie genauso müde und blass aus, wie sie es sich vorgestellt hatte. »Das wird schon wieder«, sagte sie laut zu sich selbst, und ihre Stimme klang rau, weil sie schon zwei Tage kein Wort gesprochen hatte. Vom Sitzen tat ihr das Kreuz weh. Da es jetzt wirklich kaum mehr etwas zu essen gab, würde sie doch hinausmüssen. Rasch zog sie sich an und schlüpfte in ein Paar Sandalen, die nicht ihr gehörten. Jetzt hatte sie noch etwas weniger als die Hälfte von Cordulas Aufzeichnungen vor sich. Dann würde sie über ihre Mutter wissen, was es zu wissen gab, jedenfalls auf diesem Weg.

19
Die Bücher II

Alex studierte seine Hände, die auf der Tischplatte lagen, als gäbe es darauf etwas Wichtiges zu entziffern. Sie saßen in einem Café in Bahnhofsnähe, es roch nach Rauch, Suppe und feuchten Kleidern. Er hatte Mella vom Zug abgeholt. Nachhause wollte sie nicht. Hier war es unwahrscheinlich, dass sie jemand Bekanntem begegneten, trotzdem sah sie sich jedes Mal um, wenn die Glocke über der Tür schepperte. Eine Gruppe von Männern in blauer Arbeitskleidung verfolgte eine türkische Spielshow, vor ihnen Teegläser mit Goldrändern. Der Kellner stieß an die Fernbedienung und schaltete dabei versehentlich auf einen anderen Kanal um. Es erhob sich lautstarker Protest, gemischt mit Gelächter, genau in dem Moment, als Alex endlich den Blick hob.

Mella hatte ihn gefragt, ob Cordula schon früher davon gesprochen habe, sich umzubringen. Er hob die Hände in einer resignierten Geste, wischte sie an den Hosenbeinen ab.

»Ich habe nicht mitgezählt. Oft genug, um sie nicht mehr unbedingt ernst zu nehmen.«

Wo seine Hände gelegen hatten, waren feine Schweißspuren auf der Resopalplatte. Es war nicht fair, ihm Fragen zu stellen, die getarnte Angriffe waren. Aber sie konnte nicht anders. Als Mella mit den Tagebüchern durch war, hatte sie an den folgenden Tagen neun oder zehn Stunden geschlafen. Dann war es mit der Müdigkeit besser geworden, aber das Lesen von Cordulas Tagebuchaufzeichnungen hatte etwas mit Mellas Erinnerungen angestellt, hatte sie angenagt, angegriffen. Wenn so vieles falsch oder zumindest fragwürdig war, was sie über ihre Mutter gedacht, wenn sie sich so vieles nur zurechtgelegt hatte, wo lag dann die Wahrheit?

Tote verlangen nichts und brauchen nichts: Das war Mellas Ansicht, auch jetzt noch. Aber es war, als wäre Cordula anwesend und forderte ihr Recht ein. Mella hatte ihrem Vater noch nicht einmal gesagt, dass sie die Tagebücher genommen hatte, und er hatte es offensichtlich noch nicht bemerkt. Seine Antworten bestanden aus den üblichen kurzen Sätzen, der Blick bewegte sich im Zickzackkurs an Mella vorbei. Nach jedem einzelnen kleinen Schluck Bier fuhr er sich sorgfältig mit dem Handrücken über die Lippen. Ein- oder zweimal unternahm er den Versuch, mit einer Frage nach Studium und Wohngemeinschaft das Thema zu wechseln. Am Nebentisch unterhielten sich zwei junge Typen bei Tee und Nüssen in einer singenden und zugleich stakkatohaften Sprache mit deutschen Einsprengseln, es schien um etwas Technisches zu gehen. Sie spuckten Schalen über den Tisch, einige landeten in ihrer Nähe. Einer der beiden lächelte entschuldigend in ihre Richtung. Mella überlegte sich einen Moment, wieder in den Zug zu steigen, ohne die Tagebücher auch nur zu erwähnen. Sie hatte Alex am Telefon erzählt, dass sie einen Zwischenstopp einlegen wollte und dann unterwegs zu Freunden in einer anderen Stadt wäre. Das war eine glatte Lüge. Zwar gab es sowohl die Freunde als auch das erwähnte Geburtstagsfest, nur hatte es vor einem halben Jahr stattgefunden. Ihr bemüht heiterer Ton schien Alex ein wenig zu irritieren.

Doch, sie würde es ihm sagen. Jetzt.

»Ich habe letzte Woche Mamas Tagebücher gelesen.«

Ihr Ton war beiläufig, als hätte sie gesagt: »Ich habe letzte Woche Mamas Kuchenrezept ausprobiert.«

Alex gab so lange keine Antwort, dass Mella einen verrückten Moment lang zweifelte, ob sie überhaupt etwas gesagt oder es sich

221

nur eingebildet hatte. Zumindest richtete er jetzt seinen Blick auf Mella, ohne gleich wieder wegzurutschen. Sie spürte die Lehne des unbequemen Holzstuhls an ihren Schulterblättern. Als Alex nach ihrer Hand fasste, stieß er an sein Bierglas, das Mella vor dem Umkippen auffing. Er umfasste ihr Gelenk, ließ nicht wieder los. Mella rückte ihren Stuhl so, dass sie neben ihm saß. Sie stellten die Füße auf den lauwarmen Heizkörper unter dem Fenster und sahen nach draußen.

»Warum hast du nichts davon erzählt?«

»Ich weiß nicht«, sagte Mella ebenfalls zum Fenster. Sie spürte die vom Spielen verhornten Fingerkuppen, die Krümmung der Innenfläche, die Wärme und Trockenheit von Alex' Hand. Mit einem Mal erinnerte sie sich an das Gefühl von damals, mit zehn oder zwölf: sie beide, notfalls gegen die ganze Welt.

Draußen stakste eine Magersüchtige mit zwei breitmäuligen Hunden vorbei, dahinter lief ein ernstes Kind mit einer überdimensionalen Schultasche, ein Kerl im Blaumann, der auf einer Schubkarre eine Kiste Bier balancierte, jede Menge Leute, deren Gedanken vielleicht ebenso irgendwo in der Vergangenheit herumirrten. Ein Bus spie eine Gruppe Rentner auf den Gehsteig. Sie trugen alle die gleichen roten Rucksäcke, starteten mit glänzenden Gesichtern Richtung Bahnhof los und strahlten dümmliche Zuversicht aus.

Alex fragte auch jetzt nicht viel, er war einer, der sich mit Antworten wie »Ich weiß nicht« oder »Ich konnte nicht« oder »Ich musste das einfach tun« zufriedengab. Während der Schulzeit galt das unter ihren Freunden, deren Eltern sich nicht so leicht mit irgendeiner Floskel abspeisen ließen, als einer der großen Vorzüge ihres Vaters. Irgendwann war Mella klargeworden, dass seine ruhige Unaufdringlichkeit aber vor allem Selbstschutz war. Er bestellte zwei Ingwertee mit Honig und Zitrone.

»Wie viele Tagebücher hast du denn mitgenommen?«

Also doch. Wenn auch ein seltsamer Einstieg.

»Alle. Zweiundzwanzig.«

»Und du hast alle gelesen?«

Sie nickte. »Wer war Susanne?«, fragte sie.

»Sie hat Susanne erwähnt?«

»Erinnerst du dich nicht an sie?«

Er schüttelte den Kopf. Mella glaubte ihm nicht.

»Susanne hat ihr doch damals den Zettel gegeben. Den mit der Nummer, du weißt schon, wo sie mich hätte abtreiben lassen können.«

Es sagte sich leicht. Worte waren eine fantastische Sache.

Alex führte langsam das dampfende Teeglas an die Lippen. Seine Brille beschlug sich.

Plötzlich wusste es Mella, und die Erkenntnis traf sie völlig unvorbereitet, sie, die sich mit ihren knapp dreiundzwanzig Jahren viel auf ihre Lebenserfahrung einbildete und darauf, im Unterschied zu all denen, die aus intakten Vater-Mutter-Bruder-Schwester-Hund-Katze-Goldfisch-Familien kamen, kaum mehr erschütterbar zu sein: Alex hatte Cordulas Tagebücher gar nicht gelesen.

»Du kennst ihre Aufzeichnungen nicht. Gut. Und wann, hast du beschlossen, würdest du mir erzählen, dass es sie überhaupt gibt? Wenn ich mit dem Studium fertig bin? Mit dreißig? Mit vierzig? Oder vielleicht in deinem Testament?«

Bei den letzten Sätzen war sie laut geworden. Ein junges Paar sah zu ihnen herüber. Mella drehte sich mit bösem Blick frontal in ihre Richtung. Ein wenig Cordula durfte sein. Die beiden tuschelten. Sollten sie doch.

Er wollte sie zum Bahnsteig bringen, insistierte aber nicht, als sie ablehnte. Sie rang sich das Lächeln und die Umarmung zum

Abschied ab, als seien sie einfach ein Vater und die erwachsene Tochter auf Durchreise, die sich auf einen Plausch getroffen hatten. Herumschreien, auf den Tisch hauen, das Glas in die Vitrine schleudern, ihm alles vorwerfen, was ihr nur einfiel, ob gerecht oder nicht, das ging nicht, damit hätte sie Cordula zu sehr freie Hand gelassen. Cordula wäre noch stärker geworden, und das konnte Mella nicht gebrauchen.

20
Lass ihnen alles

Der Schmerz wäre auszuhalten gewesen, aber die Hand klopfte heftig wie ein zweites Herz, das Mella in den Ohren dröhnte. Sie sah, wie Marie die Lippen bewegte, verstand aber nicht, was sie sagte. »Halb so wild«, wollte Mella antworten, stattdessen drang ein Krächzen aus ihrem Mund. Nachdem sie den klaffenden Schnitt bemerkt hatte, wickelte sie sich ihren Schal fest um die Hand. Offenbar war sie damit unter die Kufe des Schlittens geraten. Für ein paar Sekunden war sie bewusstlos im Schnee gelegen. Ihrem Mitfahrer war es gelungen, sich abzurollen, bevor ihr Schlitten aus der Kurve getragen und über eine Hügelkuppe katapultiert wurde. Dann kam der Schlag, der das Licht zerriss, als wäre der Mond nur eine lächerliche Papierlaterne. Sie richtete sich auf, tastete nach ihrem Handschuh. Der schneehelle Weg mäanderte in großzügigen Kurven ins Tal hinunter. Da und dort glänzten Lichtungen. Sich einfach in dieses cremige blaue Licht legen. Mit dem Rest ihrer Kraft schob sie den Gedanken weg. Erst als sie unten angekommen waren, biss sich der Schmerz fest. Sie wollte noch aufstehen, damit Leo ihren Schlitten, den sie im Gasthaus geliehen hatten, zu den anderen stellen konnte. Aber ihr Blickfeld verengte sich zu einer Röhre.

Als nächstes merkte sie, dass sie hochgehoben wurde. Werner trug sie zum Auto. Das Durcheinanderreden der anderen kam ihr wie das Summen von großen Insekten vor. Sie drehte das Gesicht weg vom Licht und den Stimmen und lehnte sich an Werners Brust. Er roch nach Moos und Schnee.

Marie schien später völlig fixiert auf dieses Bild: Werner, der die umkippende Mella auffängt und zum Auto trägt. Sie schilderte ihr die Szene minutiös, erinnerte sich, wie Mellas langes Haar auf dem Boden schleifte, als sie ins Auto hineingelegt wurde. Dabei hatte sich Mella zehn Tage vor ihrem Wochenendausflug in die Berge die Haare kurz schneiden lassen, sie hätte es ihr anhand eines Fotos beweisen können. Jenes Wochenende in den Bergen hatten sie mit Freunden auf der Hütte einer Bekannten verbracht, um Rosas Geburtstag zu feiern. Sie hatten Mella mit Mühe überredet mitzufahren. Die Einsamkeit, die sie in den mit den Tagebüchern verbrachten Stunden empfunden hatte, wucherte in ihren Alltag hinein, überfiel sie jäh auch unter Menschen, in einer Vorlesung, in der Cafeteria. Sie ertappte sich dabei, mit Cordula zu reden, sie zu fragen: »Was willst du von mir, Mama?«

Werner hatte schöne Hände, die immer in Bewegung waren. Zum Glück besaß er auch eine schmale Oberlippe und etwas abstehende Ohren, die er unter einem dunklen Lockenkopf versteckte. Sonst wäre er mit Sicherheit einer der Typen gewesen, in deren Gegenwart sich die Mädchen plötzlich anders bewegten und große Augen bekamen. All das registrierte Mella ohne weitere Emotion. Er war Maries erster fester Freund. Wenn sie den WG-Abwasch erledigten, wechselten sie halblaute Sätze wie ein vertrautes Ehepaar, als hätten sie einen geheimen Code für irgendetwas, das Mella nicht kannte. Sie waren nett zu ihr, vielleicht sogar ein bisschen zu nett. Seit der Sache mit den Tagebüchern begegnete ihr Marie mit schonungsvoller Vorsicht. Das schlechte Gewissen war immer schon Maries Schwachstelle gewesen. Sie hatte eben keine Lust gehabt, mit ihrer alten Freundin die Tagebücher von deren durchgeknallter Mutter durchzuackern, scheute all die Fragen, die einem im Hals stecken blieben wie Gräten. Das war enttäuschend, vielleicht auch hässlich. Mehr aber stieß Mella die Geducktheit ihrer Freundin ab, ihr Bemühen, sie in eine Wolke kleiner, banaler Nettigkeiten zu hüllen.

Werners Mutter war Kroatin und betrieb ein kleines Lokal am Rand der Innenstadt, das von Gastarbeitern und auch von Studenten frequentiert wurde, seitdem ein naturwissenschaftliches Institut in der Nähe eingezogen war. Mellas Wohngemeinschaft war schon ein paarmal dort gewesen und hatte sich für wenig Geld mit Sarma, Ra njici und Pljeskavica vollgestopft. Werner sah seiner Mutter ähnlich, einer etwas grellen Blondine in den Vierzigern. Sie war freundlich zu den Freunden ihres Sohnes, aber wenn ihr Blick auf die Zeitschriften mit roten Sternen oder Hammer und Sichel auf dem Titelblatt fiel, die jemand auf dem Tisch abgelegt hatte, presste sie die Lippen zu einem Strich zusammen.

Dort oben im Wald nach ihrem Unfall hatte für Mella gar nichts begonnen, erst an jenem Abend Monate später: Werner saß mit zwei Studienkolleginnen über ein paar vollbekritzelte Blätter gebeugt in der Küche. Es ging um ein Flugblatt, Mella hatte sich nicht dafür interessiert. Während sie wartete, dass ihr Teewasser kochte, bemerkte sie aus den Augenwinkeln, dass er offenbar doch einer von den Kerlen war, für den sich Mädchen in Pose warfen: Romana, eine rundliche Philosophiestudentin mit Sommersprossen, kicherte immer wieder, und Pauline drehte unablässig Strähnen ihres langen Haars auf die Finger. Mella hätte lieber ihre Ruhe gehabt. Sie dachte daran, für ein paar Wochen nach London zu fahren, verwarf es aber. In London war Mella cool gewesen, witzig, eine Fremde, die sich in der Stadt bewegte wie ein Fisch im Wasser. Ihre dortigen Freunde würden sich vermutlich kein bisschen für die traurige Person interessieren, die sie geworden war, seitdem sie in einer grausamen Dauerschleife mit immer gleichen Szenen aus ihrer Kindheit festhing. *What's gone is gone, why echo it?* Begriff sie nicht einmal mehr das?

Die Teetasse mit dem grünen Papagei, die Mella vom Regal holte, war von Ben, ihrem Londoner Freund. Er hatte ihr den Dichter Robert Creeley gezeigt, der diese Zeile geschrieben hatte. Es stammte aus dem Gedicht »Consolatio«, Tröstung. Ohne Vergessen gab es keinen Trost. Mella liebte Creeleys Gedichte und liebte Ben ein bisschen, was mehr war, als sie an Gefühlen bisher für einen Jungen hatte aufbringen können. Nein, London war keine Option.

Romanas Gekicher unterbrach Mellas Gedanken. Aus dem Teekessel stieg ein vager Duft nach Kindheit: Kardamom, getrocknete Apfelschalen. Im Winter hatte Cordula endlose Ströme Tee gekocht. Kurz erwog Mella, wenigstens ein paar Tage auf die Hütte zu fahren, wo sie den Unfall gehabt hatte. Aber sie hatte Angst vor Kühen und vor dem Wald. In London hatte sie nie Angst gehabt, obwohl sie nachts oft zu Fuß unterwegs gewesen war. Dabei weiß jedes Kind, dass eine Großstadt gefährlicher ist als eine Almhütte, dachte Mella, was habe ich bloß?

Werner riss sie aus ihren Grübeleien: »Möchtest du einen Schluck, oder bleibst du bei diesem Gesöff, das so penetrant nach Lebkuchen riecht?« Er winkte mit einer Flasche, die in einer Basthülle steckte.

Mella schaute über die Schulter. »Eine Spende von der Frau Mama?«

»Setz dich, wir sind schon fertig.«

Pauline rückte eine Spur unwillig zur Seite, um Mella Platz auf der Bank zu machen. Werner richtete seine hellen Augen auf Mella, senkte den Blick, goss ihr ein. War da eine winzige Verlegenheit zwischen ihnen? Mella nahm abwechselnd einen Schluck aus dem Weinglas und der Teetasse, was Romana schon wieder zum Kichern brachte. Da sie zu viert waren, tranken sie die Flasche ziemlich schnell leer. Mella saß neben Werner auf der Eckbank. Komisch, dass sie sich an seinen Geruch erinnerte, komisch, dass er immer noch nach Schnee und Moos roch.

Seit den Tagebüchern hatte Mella diese unsichtbare Hülle um sich, durch die wenig drang. Manchmal, wenn sie die anderen bei ihren scherzenden Wortwechseln hörte, kam sie sich vor wie unter Wasser, stumm, verlangsamt, in einer anderen Sphäre.

Die Nacht zuvor hatte Mella von ihrem Vater geträumt. Er war mit dem Rücken zu ihr gestanden und hatte sich auf ihr Rufen zwar zu ihr umgewandt, aber anstelle seines Mundes befand sich zwischen Kinn und Nase zu ihrem Schrecken nur eine glatte, narbenlose Hautfläche, über die sie dennoch mit der Kuppe des Zeigefingers strich, weil sie es selbst im Traum nicht glauben konnte. »Ich träume bloß«, wurde ihr dann gleichzeitig mit einem jäh einfallenden grellen Lichtkegel bewusst, und in dieser Sekunde wachte sie auf.

Gegen Mitternacht tranken sie die zweite Flasche leer. Pauline und Romana hatten sich schon vor Stunden verabschiedet, um zu lernen, es waren die letzten Tage vor Semesterschluss. Marie war zu ihren Eltern gefahren, und Werner blieb währenddessen zum Lernen meistens in ihrem Zimmer. Er wohnte zurzeit bei seiner Mutter und andauernd war jemand aus seiner über ganz Westeuropa verteilten Verwandtschaft zu Besuch. Werner machte das Quietschen und Plappern seiner kleinen Nichten und Neffen und die fruchtlosen Erziehungsversuche seines Onkels nach, und Mella konnte es sich nicht verkneifen, Seitenhiebe gegen Romanas Augenaufschlag auszuteilen. Warum erzähle ich ihm das?, fragte sie sich noch, während sie schon dabei war, ihm ihren Traum zu schildern.

Er sagte nichts dazu, was ihr recht war, hob die Hand, und Mella dachte, er würde ihr über die Lippen streichen, so wie sie im Traum über das mundlose Gesicht ihres Vaters gestrichen hatte, aber er tippte ihren Arm an, und fragte, wie es der Verletzung ginge. Die Narbe zog sich rot und wulstig über ihren linken Handrücken. Er nahm sie am Gelenk und setzte seine Brille auf, als ginge es darum, die Einstichstellen der Naht fachmännisch zu begutachten, und ließ sie nicht wieder los.

Jetzt Marie erwähnen, komm schon! Nein, ein bisschen noch. Es tat gut. Werner suchte Mellas Blick, aber Mella hielt ihn fest auf ihren Arm gerichtet, ohne sie zurückzuziehen.

»Wann kommt Marie zurück?«

Es war so offensichtlich, dass sie sich schämte. Werner nahm seine Hand sofort weg, sie begriff, dass er gerade von seiner eigenen Verlegenheit überflutet wurde.

»Ich habe zu viel erwischt«, murmelte sie, schob sich hoch. Bei der Verabschiedung prallte er mit seinem Kinn an ihr Jochbein. Wie konnte sich eine ungeschickte Umarmung mit Armen wie aus Draht und Holz nur so gut anfühlen und seltsamerweise auch richtig? Mella wusste genau, dass das nicht dasselbe war.

Danach standen sie noch geraume Zeit im Türrahmen zwischen Küche und Gang und redeten weiter, als wären sie nun mit der Erwähnung von Marie und dem Gute-Nacht-Sagen über jeden Verdacht erhaben. Werner erzählte von seinem Vater, der Imker gewesen war, nach einem anaphylaktischen Schock arbeitslos geworden und seitdem nicht mehr auf die Füße gekommen war. Schließlich setzten sie sich auf den Boden, irgendwann legte Mella ihre Beine über die seinen. Ihr gefiel es, dass Werner sie nicht beeindrucken wollte. Da war etwas anderes unter seiner sanften Glätte, etwas, das ihn vorsichtig machte und sehr aufmerksam. Da waren Haut und Haar und ein Kribbeln, das von den

Fingerspitzen und vom Bauch zugleich ausging. Und da war ein Stocken, das es noch schlimmer machte.

Die Fragen drängelten sich in Mellas Kopf, während sie noch lange wach lag. Sie horchte nach der Wohnungstür, doch Werner blieb über Nacht wohl in Maries Zimmer. Mella hoffte halb, dass das, was sie zu ihm hinzog, einfach von selbst wieder verschwände, wie es diese beschwipsten Neigungen meistens taten. War es das wert? War sie im Begriff, etwas Großes zu empfinden oder nur etwas Mieses zu tun?

Als sie Werner am nächsten Morgen mit Marie telefonieren hörte, klang seine Stimme munter und wie immer. Mella schnappte sich den Mantel vom Haken und lief ziellos durch die Straßen. Solange man gehen konnte, war man nicht verloren. Die Bewegung aus der Hüfte, die Arme pendelnd, die Schultern locker, und irgendwann stellte sich verlässlich die wunderbare Illusion ein, von allem und jedem weggehen und von nichts aufgehalten werden zu können. Zumindest ihr Körper glaubte das, und was der glaubte, besaß Gewicht, mochte der schwerelose Verstand noch so dagegenhalten. In London war sie in den ersten Wochen, als sie noch kaum jemanden kannte, oft irgendwo aus der U-Bahn gestiegen und losgegangen. Die Parks waren ihr empfohlen worden, aber im Grünen fühlte sie sich verloren. Am liebsten war sie am Regents Canal oder im schmuddeligen Straßengewirr des äußeren East Ends mit seinen Sozialbauten unterwegs gewesen, die von der Ferne aussahen wie unordentlich aufgestellte verstaubte Kartonschachteln mit besendürren Pinselbäumen dazwischen. Rasch hatte sie gelernt, zielstrebig zu wirken, als wüsste sie genau, wohin. Dann war dieser verrückte Brief von Marie gekommen, in dem sie ihr erzählte, ohne etwas von den London-Wanderungen zu wissen, dass sie in Wien genau dasselbe tat, stundenlang durch die Gegend zu marschieren. Mella schrieb lange Briefe zurück, hatte aber immer das Gefühl, diese braven Schriftzeichen würden niemals zum Ausdruck bringen, was sie dachte, allein schon weil sie viel zu ordentlich in Reih und Glied zu stehen hatten, ein Prinzip, das in ihrem Kopf einfach nicht vorkam.

Das Unigebäude, an dem sie jetzt vorbeikam, strahlte auch ohne Studenten eine ehrwürdige Behäbigkeit aus, dunkel von den Abgasen, mit vom Straßenstaub erblindeten Fenstern, aber ein immer noch eindrucksvoller Hort des Geistes mit all dem nötigen Getue, breiten Treppen und wuchtigen Balustraden. Die Büsten der Dichter und Denker hatten tote Augen, und der gesamte Seitenflügel, wo Mensa und Studentenvertretung untergebracht waren, war mit Plakaten vollgeklebt, die einander zu überschreien versuchten. Wen kümmerten schon die Vorsokratiker?

In Mellas Innerem steckte ein Angelhaken und bohrte sich bei jedem Schritt tiefer. Weglaufen würde diesmal nicht helfen. Mit einem Mal war Mella wütend, auf Marie, auf Werner, auf sich selbst.

Als sie heimkam, stand Werner in der Küche, trug tatsächlich eine karierte Schürze und war gerade am Abtrocknen.

»Wieso warst du denn nicht beim Essen? Ich habe für alle gekocht.«

»Wieso bist du denn noch hier?«

Er ließ sich durch ihre Patzigkeit nicht aus der Ruhe bringen. »Geht's jetzt darum, wer hier die Fragen stellt?«

Sie musste lachen.

»Wir müssen reden«, sagte sie zu ihm.

»Nein«, sagte er.

»Was?«

»Nichts zerreden, bitte.«

Später würde man dann Bescheid wissen, mit analytischem Scharfblick feststellen, dass Mellas Ausbruch aus ihrem gewohnten Misstrauen es letztlich wieder bestätigen musste. Und noch dazu der Freund ihrer besten Freundin, die sie gerade hatte hängen lassen: War doch alles klar.

Gar nichts war klar. Lass ihnen das Rechthaben und die Moral. Lass ihnen alles. Lass sie doch reden. Aber vergiss nicht die Stelle außen am Handgelenk, das Summen der Bienen in seinen Träumen, das ihn manchmal auch tagsüber heimsuchte, den kroatischen Großvater, der Tiere aus Olivenholz machte und ihm, als er sechs war, gezeigt hatte, wo die Toten gelegen waren, mit der Erklärung: »Jetzt kommst du in die Schule, du bist alt genug, um das zu wissen.«

Weiterküssen, obwohl es schon wehtat. Sein Blick, der etwas Abschätzendes hatte, als sie nackt vor ihm stand, und er gab es zu, als sie ihn verdächtigte, sie mit Marie zu vergleichen. Das Waten durch die Laubhaufen im Schlosspark, in den sie nachts eingestiegen waren. Der Aufprall in den Beinen beim Sprung über die Mauer, abgefangen von seinen Armen. Sein Herzschlag und Eulenrufe. Seine schönen Irrtümer: »Du brauchst niemanden.« (Das war ihr der liebste). Und: »Du hast keine Angst, oder?« Schnee und Moos und Schweiß und feuchtes Laub. Und als ihr klar wurde, dass es vorbei war. Sie musste es unbedingt schneller bemerken als er.

»Von mir wird sie nichts erfahren.«

Er sah nicht so aus, als ob ihn das beruhigte.

»Du bereust es!«

Sein Kopfschütteln. Die paar Sekunden seines Zögerns.

Jetzt war Marie das Gespenst, gegenwärtig wie zuvor Cordula. Mella hatte sich gefragt, ob er es war, für den es sich lohnte, ahnte er das? Sie sah ihn von der Seite an. Ein wenig Kummer, eine Prise

Trotz: *Mein Gott, was soll's, wir sind jung.* Sie wollte es schon nicht mehr genauer wissen und war sich selbst unheimlich, wie schnell das ging. Diese dumme Sache mit Felix damals mit fünfzehn. Das würde Marie gegen sie verwenden, falls sie je von Werner und ihr erführe. Mella erinnerte sich mehr an das Drama, das Marie gemacht hatte, als an die Geschichte selbst. Aber jetzt waren sie dreiundzwanzig, und es gab keine mildernden Umstände mehr.

21
Anagramm

»Kyoto ist ein Anagramm von Tokyo, ist dir das schon aufgefallen?« Sie reden nicht viel auf der gut zwei Stunden dauernden Zugfahrt in den Westen. Die Sitze riechen nach Plastik und Putzmittel mit irgendeinem Fruchtaroma. Schon Minuten nach der Abfahrt ist der Zug so schnell, dass die Gebäude entlang der Gleise als lang gezogene Farbflecken erscheinen, nur weiter weg Liegendes ist deutlich zu erkennen. Die Luft ist wie elektrostatisch aufgeladen. Erst nach geraumer Zeit durchbrechen da und dort terrassierte Felder die Stadtlandschaft. Für eine Weile führen die Schienen an einer mehrspurigen Autobahn entlang. Vom Flugzeug aus hat Marie gesehen, wie die Auf- und Abfahrten den Großraum Tokyo mit Kleeblattmustern sprenkeln.

»Erinnerst du dich noch daran, als wir pausenlos Anagramme gemacht haben?«, fragt Marie. »Das war vor deinem Englandjahr, du hast dort weitergemacht. In jedem deiner Briefe war mindestens eines davon. Es war fantastisch, was du aus diesen Sätzen herausgeholt hast.«

Ein paar Monate lang hatte Mella täglich Zeit damit verbracht, aus Zeilen, die ihr gefielen, Gedichte zu basteln. Sie probierte mit den Buchstaben herum, bis neue Zeilen daraus wurden. Dabei durfte kein Buchstabe übrig bleiben. Mella hatte einmal über dieses barocke Sprachspiel gelesen und war fasziniert davon.

»Du warst richtig gut darin. Warte mal, eines war doch: ›Diese Felder aus Schweigen, unbetretbar‹, ›Feuer wird Haut: Des Lebens ABC ersteigen‹.«

»Das weißt du noch?«

Mella hält inne, sieht aus dem Fenster. Sie passieren ein Industriegelände mit kupferfarbenen Röhrensystemen und mächtigen Strommasten dahinter, die sich bis zum Horizont erstrecken. »Die Anagramme waren eins von den Dingen, die mir halfen, nicht an Cordula zu denken. Damals fand ich es magisch.«

Mella lacht, eine Spur verlegen.

»Und etwas, das du konntest. Du konntest alles, was mit Sprache zu tun hatte.«

»Ich hätte lieber etwas anderes gekonnt. Malen, Geige spielen, was weiß ich. Musik ist ein viel sichereres Versteck als Worte. Schau dir Alex an. Worte sind eben von Natur aus Schwätzer. Wenn du redest, verrätst du dich immer.«

»Daran liegt es nicht«, entgegnet Marie. »Es ist das Wie. Der Tonfall, das Dazwischen. Wenn du genau hinhörst, spürst du das Ungesagte.«

Sie denkt an die Frauen, die sie interviewt hat, Schwestern, Mütter, Partnerinnen von Gewalttätern. Die Schwierigkeit des Deutens blieb, selbst wenn das Verschwiegene beinah zu greifen war. Welche Wahrheit lag in den Seufzern, im nervösen Klicken der Feuerzeuge, im Lachen an Stellen, wo man es nicht erwarten würde? Was war mit dem Zucken der Augenlider, dem unablässigen Streichen über die Tischfläche, den zahllosen kleinen Gesten und Handlungen? Ein paarmal war Marie knapp davor, alles hinzuwerfen, so vage kam ihr alles vor, was sie über die Motive und Gefühle ihrer Gesprächspartnerinnen zu verstehen glaubte. Immer nach einer solchen Phase stürzt sie sich verstärkt auf valide Daten, vergleicht, verifiziert, nur um dann wieder zu erkennen, dass die Fixierung auf Details wiederum den Blick aufs Ganze trübt. Wann kann man sicher sein, dass einem nicht gerade das Wesentliche entgeht?

»Je mehr ich zugehört habe, desto weniger habe ich geglaubt zu verstehen.«

Mella hört zu, ohne den Blick von der Landschaft abzuwenden.

»Das ist doch gut. Dann bist du offen für eine neue Sichtweise.«

»Klingt gut, aber so läuft es nicht. Zunächst einmal fühlt es sich schlecht an. Du bist verwirrt. Du hast das Gefühl, du gibst diesen Komplizinnen nur eine Bühne, auf der sie sich ihre Geschichten zurechtbiegen können. Du hast Angst, dass sie dich manipulieren. Und das versuchen sie auch. Womöglich hilfst du ihnen nur dabei, sich selbst besser zu ertragen. Dann wieder fragst du dich, ob nicht du es bist, die sie benutzt.«

Marie weiß, dass Mella begreift, wovon sie spricht. Mella weiß, wie es ist, mit Unausgesprochenem zu leben. Vielleicht hat sie eine andere Lösung gefunden. Vielleicht hat sie es aufgegeben, danach zu suchen.

Ein uniformiertes Mädchen serviert mit den üblichen Verbeugungen Tee. Die anderen Passagiere unterhalten sich gedämpft, viele schlafen, einige lesen. Überall in den öffentlichen Verkehrsmitteln wird die große Müdigkeit sichtbar. In der japanischen Sprache gebe es viele Wörter für Schlaf, hat ihnen Yokui erklärt.

Die Bücher sind hier von der anderen Seite her aufzuschlagen. Kinder starren auf ihre Computerspiele, deren Pieptöne sich in das zikadenhafte Summen der Klimaanlage mischen, darunter das dumpfe Vibrieren des Zugs. Das Fensterglas ist entspiegelt und überzieht alles mit einem bläulichen Hauch. Linkerhand zeigt sich das Meer, eine stahlgraue, amorphe Fläche. Der Bahnhof von Kyoto begeistert sie beide: pure Weite, durch die gewölbte Glas- und Gitterstruktur des Daches erschaffen und begrenzt zugleich. Yokui hat den Bahnhof des berühmten Architekten Hiroshi Hara erwähnt, der bei seiner Eröffnung vor zehn Jahren sehr kontrovers diskutiert worden sei.

»Lass uns doch noch hierbleiben«, meint Mella, »es soll hier einen schönen Terrassengarten geben.« Zu beiden Seiten der Central Area führen Rolltreppen und Stiegen zu den oberen Etagen. Das Zentrum wird als »Teich« bezeichnet, die beiden Gebäude zu seinen Seiten als »Berge«. Der Garten liegt am Ende einer Reihe von breiten Stufen. Das Rascheln der Bambusblätter klingt wie Geflüster, die dickeren Stangen in der Mitte schlagen mit einem leisen Klicken aneinander. Die beiden Frauen wandern die Terrassenfläche entlang, von der aus man einen weiten Rundblick hat. An mehreren Stellen die markant geschwungenen Dächer von Tempelanlagen. Irgendwelche üppig in Rosa und Gelb blühende Gebüsche, die sie durch die Glasflächen draußen vor der Haupthalle gesehen haben, wehen einen an Gummibären erinnernden Duft bis hier herauf.

Ohne Übergang sagt Marie: »Also, Mella, warum damals diese Geschichte mit Werner? Erklär es mir!«

Wie überraschend leicht es ist, wenn man endlich ausspricht, was man gefürchtet hat. Es ist zweiundzwanzig Jahre her, und Werner ist längst aus ihrer beider Leben verschwunden. Dennoch nickt Mella, als hätte sie ohnehin die ganze Zeit auf diese Frage gewartet. Sie schlingt die Arme um die Knie, schaut in die Stadt hinunter.

»Ich hatte damals das Gefühl, ein Recht darauf zu haben«, sagt sie nach einer Weile. Die Sache mit Werner hat etwas wieder ins Lot gebracht, so habe ich es empfunden.«

»Etwas zwischen uns?«

»Ich erwarte nicht, dass du es verstehst.« Mella redet leise, aber ohne zu stocken. Nur ihr mehrfaches Räuspern verrät ihre Anspannung. »Es muss sich schrecklich für dich anhören.«

»Ich weiß es noch nicht. Sprich einfach weiter.«

»Ich hätte Nein sagen können. Ich erinnere mich genau an zwei

238

oder drei Situationen, in denen ich anders hätte reagieren können. Aber ich habe es nicht getan. Es – es hat mir gutgetan. Auch das Gefühl, dass es verboten war.« Mellas Blick verliert sich irgendwo. Keinerlei Variante von »Ich konnte eben nicht anders«.

»Was meinst du damit, du dachtest, du hättest ein Recht darauf gehabt?«, fragt Marie.

Mella wickelt ihr Tuch ums Handgelenk, löst es wieder, wickelt von Neuem auf.

»Die Bücher, erinnerst du dich noch? Cordulas Tagebücher? Ich wollte, dass du sie mit mir liest.«

Marie setzt sich gerade hin, legt die Hände auf die Oberschenkel. »Eines Tages bist du mit diesem Koffer voller Tagebücher von zu Hause zurückgekommen. Du sagtest, Alex wüsste nichts davon.«

»Das stimmt«, wirft Mella ein.

»Und ich wollte endlich nichts mehr mit all dem zu tun haben, weder mit Alex noch mit Cordula. Sie war tot, aber sie verschwand einfach nicht. Ich musste endlich weg von euch, ich hätte keine Luft mehr gekriegt. Ich wollte einfach diese Scheißbücher nicht lesen!«

Marie ist lauter geworden. Jetzt schnurren die Jahre zusammen wie ein gedehntes Gummiband, das man plötzlich losgelassen hat.

Mella wartet ab.

»Ich weiß, es waren die Tagebücher deiner Mutter. Mir ist klar, wie wichtig –«

Mella hebt die Hand, schüttelt den Kopf: »Lass das.« Sie klingt sanft, aber angestrengt, als sie hinzufügt: »Ich weiß, dass du es heute anders siehst.«

Nach einem Zögern fährt sie fort: »Aber damals hast du mich damit alleingelassen. Vielleicht glaubst du mir nicht, aber ich habe dich verstanden. Ich habe dich sogar glühend darum beneidet, dass du tun konntest, was mir unmöglich war: dich abwenden. Ich konnte das nicht. Die Bücher waren eine letzte Chance, einen

Schlüssel dafür zu finden, was mit meiner Mutter passiert ist. Zugleich hatte ich eine Wahnsinnsangst vor ihnen.«

Sie springt auf, fächelt sich mit der Hand Luft zu. »Ich hole uns etwas zu trinken.«

Dann beugt sie sich zu Marie hinunter, legt ihr die Hand auf den Unterarm: »Du bleibst doch hier? Wir reden weiter?«

Allmählich wird es dunkel. In Tokyo wird es unter den Dauersalven des künstlichen Lichts nie richtig Nacht. Hier ist es besser. Der milchig glänzende Himmel wird gegen den Horizont hin fast schwarz.

Nach ein paar Schritten wendet sich Mella noch einmal zu Marie um und sagt: »Hör zu, das sollte aber keine Entschuldigung für die Sache mit Werner sein.«

Allmählich wird die Temperatur erträglicher. Irgendwo heult eine Sirene auf, eine zweite fällt ein.

Marie sieht zu, wie sich Mellas schmale Gestalt in der hellen Tunika entfernt. Wieder bemerkt Marie Mellas Gewohnheit, beim Gehen das linke Bein eine Winzigkeit nach innen zu drehen. Wenn sie müde oder angespannt ist, hält sie den Kopf stark gesenkt, eine fast kindliche Geste, die Marie wiedererkennt und die sie ein wenig rührt. Sie steht auf, streckt sich. Was bedeutet die alte Vertrautheit? Entlang mehrerer großer Verkehrsadern flammt orangefarbene Straßenbeleuchtung auf. Marie hört den Singsang der fremden Sprache, an den sie sich schon gewöhnt hat. Angenehm, dass die herüberwehenden Gesprächsfetzen sie nicht ablenken können. Drei Mädchen lassen eine Flasche kreisen. Ein älteres Paar plaudert auf seinen bellenden Pinscher ein.

Als Marie damals die Geschichte zwischen Werner und Mella entdeckte, hatte es nicht den einen entscheidenden Verdachtsmoment gegeben, nur eine Reihe an sich unbedeutender Wahrnehmungen, die sich eines Nachts plötzlich zu einem Gesamtbild und einer Gewissheit verdichteten. Ausschlaggebend war gewesen, wie betont Mella und Werner einander ignorierten, wenn Marie dabei war. Werners Schweigen, wenn sie Mella beiläufig erwähnte, sein Interesse an London, an Musik, an Büchern, die Mella mochte. Zweimal vermied er es auffällig, beim Frühstück zwischen ihnen zu sitzen. Er war ungeschickt und blinzelte viel, wenn er nervös wurde. Wenn es wenigstens um Liebe gegangen wäre, hielt Marie ihm später vor. Davor hätte sie Respekt gehabt. Liebe war in ihren Augen etwas, das kleinliche Rücksichten und Besitzansprüche hinwegfegte, Liebe war ein Naturereignis. Wie anfällig sie dafür ist, sich mit einer Unzahl anderer Gefühle und Motive zu immer neuen Mischungen zu verbinden, konnte Marie damals noch nicht wissen.

Sie schlief damals schlecht, weil sie endlose Stunden für die Statistikprüfungen in ihrem Zweitfach Psychologie lernte und sich Sorgen machte, nicht zu bestehen. In jener Nacht sah sie Werner eine Weile beim Schlafen zu. Er lag auf dem Bauch, einen Arm und ein Bein in ihre Richtung ausgestreckt. Durch einen Spalt im Vorhang schnitt ein schmaler Lichtstreifen von der Straßenlaterne eine Diagonale in die Bettdecke. Werners leicht geöffneter Mund und der Lockenkopf gaben ihm etwas von einem erwachsen gewordenen Barockengel. Seine Stirn und die Lider zuckten hin und wieder. Marie kam in den Sinn, dass sie ihn nun niemals mehr so sehen würde wie noch vor wenigen Stunden. Keine Erklärung und keine Entschuldigung würden das rückgängig machen können. Sie mochte seine Arme, seine Schultern, das Muttermal links von der Wirbelsäule. Sie mochte seine Haut, seinen Geruch. Sie würde sich ihn nicht merken können, das wusste sie, denn Werners Geruch hatte die Erinnerung an den von Alex aufgelöst, und so würde es wieder sein. Mit einem gewissen kalten Interesse stellte Marie fest, dass sich dieser neue Schmerz anders anfühlte als der um

Alex: Er war jäh gekommen wie ein tiefer Stich. Sie starrte in die Dunkelheit und überlegte, wie Werner reagieren würde. Sie wollte keine melodramatische Szene. Er würde versuchen zu erklären, würde reden und reden.

In den Studentenkreisen der frühen achtziger Jahre pflegte man einen naiven psychologischen Optimismus, demzufolge jeder Mensch mit gewissen Kenntnissen sich selbst hinreichend erklären konnte, was zudem den Vorteil bot, für jede miese Geschichte eine schwierige Kindheit verantwortlich machen zu können. Marie hatte die Decke bis unters Kinn gezogen. Als sie sich so leise wie möglich im Bett aufsetzte, drehte er sich im Schlaf, murmelte etwas und schlang seinen Arm um ihre Oberschenkel. Sie ließ es zu, rührte sich nicht. Mit einem Mal stand ihr die Szene, wie Werner die verletzte Mella aus dem Auto zum Arzt hinaufgetragen hatte, vor Augen: sein Gesicht, ernst, mit einer unendlichen Behutsamkeit. Etwas in ihr hatte bei dem Anblick sofort rebelliert.

Als es hell wurde, hatte sie sich schon überlegt, ob Mella oder sie ausziehen würde. Über derlei praktische Dinge nachzudenken, half ihr. Mella würde an ihrer Stelle so denken, und sie überstand alles. Von ihr konnte man lernen, ausgerechnet. Marie starrte auf den Wecker und hatte Angst vor dem Vergehen jeder einzelnen Minute. Alex war in gewisser Weise immer Fiktion geblieben, eine Sehnsuchtsgestalt. Werner hingegen war real. Er hatte ihr das Gefühl genommen, durchschnittlich zu sein. Wie sehr sie sich in allen Dingen mit Mella verglichen hatte, immer mit ihr, nie mit jemand anderem, und wie sehr sie es für gegeben genommen hatte, dabei den Kürzeren zu ziehen! Jetzt war die alte Überzeugung wiedergekehrt: Gegen Mella hatte sie keine Chance und würde nie eine haben. Sie wartete, bis Werner erwachte. Er war nicht so überrascht von ihrer Frage, wie sie vermutet hatte. Er blieb ruhig und leugnete nichts.

242

Mella kommt mit zwei Papiertüten aus der Central Area zurück. Sie legt Papierservietten auf den Platz zwischen ihnen auf der Bank aus und platziert Sandwiches, Sushi, Obstsalat und ein paar Getränkedosen darauf. In einem großen Becher mit Deckel sind Eiswürfel. Sie drückt Marie eine Dose in die Hand: »Mangosaft mit Mineralwasser. Zigaretten habe ich auch. Eigentlich rauche ich nicht mehr. Aber das heute ist eine Ausnahme.« Sie sieht Marie an. »Du bist so still. Woran denkst du?«

»An die Nacht, in der ich das mit dir und Werner begriffen habe. Daran, wie du mich ein paar Wochen zuvor aus deinem Zimmer geworfen hast. Wegen der Bücher, du weißt schon. Gib mir eine Zigarette!«

Sie zündet sie an, gibt sie Mella, zündet sich dann eine eigene an. Auch das eine intime Geste, die früher zwischen ihnen selbstverständlich war.

Mella nimmt ein paar hastige Züge, hustet, schüttet einen Schluck Saft nach. »Muss schlimm gewesen sein«, sagt sie.

»Ja, das war es. Und das mit den Büchern –«

»– kann ich dir ja dann vielleicht erzählen? Vielleicht geht es so.«

»Du meinst, wir hören einander einfach zu?«

Mella nickt.

»Erzähl!«

Zweimal in den folgenden dreieinhalb Stunden steht Mella auf, um Kaffee und Wasser zu holen. Im Bad spritzt sich Marie kaltes Wasser ins Gesicht. Sie rauchen drei Viertel der Packung auf. Als sie endlich aufstehen, sind sie ebenso zittrig von Koffein und Nikotin wie vom Zuhören. Es ist nach Mitternacht, und da ihr Hotel direkt gegenüber dem Bahnhof liegt, gehen sie zu Fuß.

22
Gehen

Mella hatte nur das getan, was sie besonders gut konnte: als Erste gehen, Schlussmachen, die eigene Haut retten. Es war ihr unmöglich zu erkennen, wieviel Werner wirklich an ihr lag, und ob seine Gekränktheit nicht vor allem daher rührte, dass sie schneller gewesen war. Aber sie würde sich hüten, es in Erfahrung zu bringen. Wenn man viel redete, wurde es kompliziert. Dabei ging es nicht nur darum, was man dem anderen sagte. Auch was man sich selbst erzählte, konnte einen ins Trudeln bringen.

Mit Werner hatte sie es kurz machen können, hier im Park auf einer Bank, hinter der ein glupschäugiger Steinfisch metallisch riechendes Wasser spie. Werner trug das gestreifte Tuch, das sie ihm bei einem anderen nächtlichen Spaziergang geschenkt hatte, obwohl sie unsicher war, ob Marie es nicht schon an ihr gesehen hatte. Am liebsten hatte Mella ihn beobachtet, wenn er es gar nicht bemerkte, wenn er unbedeutende und alltägliche Dinge so tat, als gäbe es nichts Wichtigeres, ob er sein Rad abschloss oder sich eine Zigarette drehte. Mella fiel das altmodische Wort Hingabe dazu ein. Es ihm zu sagen, hätte es verdorben, fand sie. Seinen Geruch hatte Mella noch in der Nase und sie fühlte noch die Rundung seines Hinterkopfs, wenn sie ihm die Hand in den Nacken gelegt hatte.

Zu allem Überfluss hatte Marie auch noch erfahren, dass nicht Werner, sondern Mella ihr Verhältnis beendet hatte. Auf jede von Maries bohrenden Fragen hatte er nach kurzem Widerstreben wahrheitsgemäß Auskunft gegeben. Dass sich Schwäche so wunderbar als Ehrlichkeit verkaufen ließ, hatte Mella immer schon geärgert.

Sie ging durch den Stadtpark, um einen klaren Kopf zu bekommen. Es waren nur noch wenige Leute unterwegs, die allesamt den Ausgängen zustrebten. Vor den Lusthäuschen standen ein paar Obdachlose, die sie vom Sehen kannte. Einer prostete Mella mit einer Bierflasche zu, sie winkte freundlich zurück. Am liebsten wäre Mella ein Abschied ohne viele Worte gewesen: eine Umarmung, eine Geste, die nur ihnen beiden gehörte, etwas Klares, Schnörkelloses. Sie kickte eine Dose an, die auf dem Weg lag, und erregte damit die Aufmerksamkeit der Gruppe hinter ihr. Rasch lief sie weiter. Die Geschichte zwischen ihr und Werner lag zwar außerhalb des Alltags, aber schließlich war er überall, lag wie klebriger Staub auf den Zungen, den Sätzen, sogar auf den Gedanken. Und überall lauerte dieses gelangweilte Zusammensein von Menschen, die im Grunde nicht viel mehr beieinander hielt als ein diffuses Bündnis gegen die Welt.

Wenn er begriffen hätte, warum sie es beenden mussten! Jetzt, da sie noch neugierig aufeinander waren. Jetzt, da ihnen noch tausend Fragen einfielen und die Antworten des anderen noch überraschend waren. Wäre er einer der wenigen gewesen, die so etwas begriffen, wäre es tatsächlich schwierig gewesen, ihn zu verlassen. Mella hatte sich in ihrem Erklärungsversuch verheddert und es war ein quälendes Aneinandervorbeireden daraus geworden. Sie hatte es sich anders gewünscht, aber derlei Filmszenen kamen im echten Leben nicht vor. Da wurde gequatscht, was das Zeug hielt, und die Dialoge waren meist lang und langweilig.

Mit Werner war das keine Sekunde so gewesen. Und seine Haut war – Mella klappte den Kragen hoch. Ihn zu vermissen fühlte sich an wie bohrende Schwäche, wie Hunger. Ihn anrufen, alles rückgängig und sich selbst lächerlich machen? Vergiss es, sagte sie sich, denk nie wieder daran. Ihre Schultern verkrampften sich in der abendlichen Kühle. Eine Windböe riss einen Schwall Samenkapseln von einem Baum, und sie hatte zu tun, sich das Zeug aus dem Haar zu streifen. Um Marie würde es ihr leidtun.

Jetzt musste sie nach Hause zu ihr. Wahrscheinlich würde ein Regen von Fragen auf sie niederprasseln. Der Gedanke an Marie hatte bei der ganzen Sache kaum eine Rolle gespielt, gestand sich Mella ein, nicht so, wie man es von einer besten Freundin erwarten könnte. Vom Westausgang des Parks konnte man auf eine Uhr nahe einer U-Bahn-Station sehen. Einfacher wäre es, auf jeden Fall Reue zu zeigen. Marie hatte die besseren Karten: Sie war das Opfer. Hinter Mellas linker Schläfe baute sich ein Schmerz auf, der sich hinter dem Auge direkt in ihr Kopfinneres schlängelte. Die Straßenbeleuchtung und die blinkenden Ampeln waren kaum zu ertragen.

Wie hatte es geschehen können, dass Mella verlor, obwohl sie sich doch immer vorsah? Werner, Marie und diesen Kampf sowieso. Wenn Marie irgendein Gewinsel wollte, würde sie ihr das jedenfalls nicht bieten. Der Wind fegte durch die Straße, aber Mella knöpfte den Mantel nicht zu. Es war gut, vor Kälte die eigenen Ohren nicht mehr zu spüren und den Kiefer kaum mehr bewegen zu können. Mella wünschte, sie könnte als Ganzes in eine Erstarrung fallen, einschlafen und erst Jahre später erwachen, aber derlei wundersame Verwandlungen hatten ihren Ort höchstens im Märchen und nirgendwo sonst.

23
Lass mich in Ruhe

Wenn sie geheult und gezetert hätte, dann hätte Mella einfach ruhig bleiben können, alle paar Minuten einen Halbsatz von sich geben und einen überlegenen Auftritt hinlegen. Aber damit war es nun vorbei, da spielte Marie nicht mehr mit. Am Ende heulte sie doch, wovon Mella aber nur die ersten zehn Sekunden mitbekam.

Wenn jeder nur noch darauf lauert, dass der andere eine Angriffsfläche bietet, ist die Sache sowieso gelaufen, hatte Rosa erklärt, sie studierte Psychologie und neigte dazu, ungefragt Ratschläge zu erteilen, aber Marie brachte sie mit einer energischen Handbewegung zum Schweigen. So etwas kannte Rosa von Marie nicht und sie schwieg einen Moment perplex. Jedes Mal, wenn der Minutenzeiger weiterruckelte, machte die Küchenuhr ein winziges Echogeräusch, als würde sie versuchen, sich gegen das Verfließen der Zeit zu stemmen. Das Blaulicht eines vorbeifahrenden Einsatzwagens zuckte über die Wand.

Dass man sich freuen konnte, wenn einem doch alles wehtat! Maries Brust fühlte sich an, als hätte jemand mit etwas Spitzem darin herumgestochert. Dennoch durchfuhr sie ein Triumph, endlich das zu können, was Mella konnte. Hatte sie doch immer geglaubt, dass Mella in allem die Stärkere war.

In der Schule war Marie besser gewesen, aber das zählte nicht. Später schämte sich Marie auch noch für ihren geheimen Glauben an Mellas Überlegenheit, und ihre Versuche, das zu verbergen, wurden immer verdrehter.

»Ich habe keine Lust mehr, alles zu zerlegen«, sagte Marie. »Am Ende kommt bestimmt wieder heraus, dass Mella nichts Schlimmes gemacht hat und gar nicht anders konnte. Warum habe ich das nicht früher kapiert?« Marie schüttelt den Kopf, goss sich Wein nach.

»Das konntest du doch nicht wissen«, bemerkte Rosa sanft und meinte diesmal das Falsche, die Geschichte mit Mella und Werner, doch Marie korrigierte sie nicht.

Sie gebe sich anderen zu sehr preis und sei viel zu offen, hatte ihr Mella immer wieder gesagt. Sie könne eben nicht anders, so immer ihr Einwand.

Siehst du, und wie ich es kann! Marie sprach den Gedanken nicht laut aus, Rosa sollte nicht denken, dass sie knapp vor dem Durchdrehen sei. Obwohl es schon Nachmittag war, war Marie im Pyjama. Im Deckel des Nutellaglases häuften sich Zigarettenstummel. Rosa schob das Weinglas zur Seite, machte Tee und blieb bei ihr sitzen, streichelte ihr über die Schultern, wenn sie weinte, und gab zum Glück keine Weisheiten mehr von sich.

Rosa würde in ihr Zimmer ziehen und Mella bei Bekannten unterkommen. Marie hatte es mit einem kalten »Perfekt!« kommentiert, als Mella es ihr mitteilte. Sie war in der Tür stehen geblieben, nicht lange genug, dass es eindeutig gewesen wäre, dazu war sie zu stark oder zu feige: typisch Mella eben. Sie hatte wohl erwartet, dass Marie noch etwas sagen würde, um sie aufzuhalten. Marie wusste nur zu genau, wie dieses Nachgeben funktionierte: ein beschwichtigendes Wort, ein Satz, der dem anderen eine Brücke baute: So war Marie eben. Nein, so war sie nicht. Nie mehr.

Während Marie Anekdote an Anekdote reihte und ein Indiz ums andere gegen Mella aufzählte, betrank sie sich allmählich. Schließlich schob Rosa die Seminararbeit zur Seite, die sie korrigieren wollte, und hielt mit. Der Wein stammte aus dem Lokal von Werners Mutter, aber das schien Marie egal zu sein.

Ab jetzt würde es für die Jahre mit Mella zwei völlig verschiedene Geschichten geben. Werner kam darin nur am Rande vor. Über ihn wolle sie nicht reden, sagte Marie, das sei sowas von erledigt. Das Weinen kam und ging. Irgendwann reagierte Marie kaum mehr auf Rosas Zureden, und Rosa wurde bewusst, dass Mella mit am Tisch saß, sie war es, an die Marie sich richtete.

Warum hat sie mir nicht erzählt, dass? Wenn ich gewusst hätte. Ich konnte mir doch nicht vorstellen. Bei ihr war es immer so. Damals am Fluss, als wir mit diesen Jungs im Auto. Beim Schlittenfahren, da hätte ich es mir schon denken können. Und Alex. Als ihre Mutter noch. Und dann, als sie endlich. Wir waren doch anders. Diese scheiß Bücher. Was hab ich damit zu tun? Am Fluss. In Wien. In Bologna. In Griechenland. Da hat sie doch auch. Was Zehnjährige so denken: Wir werden für immer beste Freundinnen sein. Man hat doch keine Ahnung.

Unter dem Küchenfenster befand sich eine Autobushaltestelle, und gerade als Rosa Marie endlich zum Schlafengehen überredet hatte, traf der erste Morgenbus ein, in den ein Trupp Arbeiterinnen aus der Schokoladenfabrik am Rande ihres Viertels stieg.

»Um diese Zeit sind Mella und ich auch immer losgefahren, einmal im Sommer, einmal im Februar, vier öde Wochen lang.«

Rosa versuchte, Marie ins Bett zu bugsieren, bevor die sich wieder an einer Erinnerung festbiss. Sie kannte all die Geschichten aus der Fabrik, die Mella und Marie gerne in Runden zum Besten gaben: Der Horror des zwischen sechs Uhr morgens und neun Uhr stetig beschleunigenden Fließbands, Rückenschmerzen vom stundenlangen Geradeschieben der Waffelreihen, die aus der Schneidemaschine kamen, das Würgegefühl, wenn einem zu Schichtbeginn der warme Schokoladengeruch entgegenschwappte.

Maries Mutter hatte befunden, sie sollten doch froh sein, dass sie nicht in einer Fischfabrik arbeiten müssten. Mella hatte ihren Kommentar lustig gefunden. Sie und Maries Mutter hatten einander immer gemocht, obwohl die eine dieser Normalmütter war, die einem morgens mit Schal und Jausenbrot auflauerten. Auch hatte Mella sie immer in Schutz genommen, wenn Marie sich über sie beschwerte. Schwäche konnten sie nicht ausstehen: Das war es wohl, was sie gemeinsam hatten.

Allmählich wurde Marie wieder wacher, ließ es aber zu, dass Rosa sie aus der Küche schob, redete währenddessen manisch weiter. Die Schokoladenfabrik kam ihr wieder in den Sinn, das nervtötende Hickhack zwischen den Arbeitern: Männer gegen Frauen, Österreicher gegen Türken, und alle gemeinsam gegen die Vietnamesen, die noch nicht lange da waren und deren stiller Fleiß und ständiges Lächeln die meisten gegen sie aufbrachte. Rosa hatte Mella in Runden schon davon erzählen gehört, wobei ihr Marie die Stichwörter lieferte. Die Arbeiter, mit denen sie es zu tun bekamen, hatten mit Solidarität und Kapitalismuskritik nichts am Hut. Sie kannten weder die Internationale und die Theorie von den Produktionsverhältnissen, die zu den Fesseln der Produktivkräfte wurden (oder war es umgekehrt?), noch wollten sie etwas davon wissen. Mit dem Bewusstsein war es so eine Sache: Die Studentinnen, die beim Einfüllen der Bonbons in die Schachteln höchstens halb so viel wie die routinierten Arbeiterinnen schafften, wurden genauso verachtet wie die Vietnamesen, und den Studenten, die vor den Werkstoren Flugblätter verteilten, wurden Prügel angedroht. Das erzählte Mella ein Vorarbeiter, der sich gerne mit ihr unterhielt.

»Solche Leute hätten mit mir nie geredet«, erklärte Marie, während Rosa ihr die Pyjamajacke zuknöpfte. »Aber mit ihr schon. Alle möglichen Leute haben sie für voll genommen und ihr etwas anvertraut.« Sie stieß ein kleines, unfrohes Lachen aus. »Ich bin nie dahintergekommen, wie sie das macht.«

Als Mella nach Hause kam, schallten Stimmen, Gelächter und Zuprosten aus der Wohnung bis ins Stiegenhaus.

Da war keine Marie, die in ihrem Zimmer lauerte oder mit verschränkten Armen schweigend im Türrahmen stand, nichts von dem geschah, was sich Mella ausgemalt hatte. Um die Eckbank in der Küche drängte sich ein gutes Dutzend Freunde und Bekannte, alle starrten auf den Fernseher. Mella wurde mit großem Hallo begrüßt. Das Ganze hatte also noch nicht die Runde gemacht. Marie hielt die Augen fest auf den Bildschirm gerichtet und tat, als sei Mella Luft, aber das fiel sonst keinem auf. Rosa machte den Mund schmal und warf ihr einen angewiderten Blick zu, sie wusste also Bescheid.

»Mella, wo bleibst du denn? Weißt du überhaupt, was los ist?«

Irgendjemand stieß sie in die Seite, ein anderer drückte ihr eine Bierflasche in die Hand. Werner war nicht da. Marie starrte auf den Fernseher, als wäre ihr Blick daran festgeklebt. Es dauerte eine Weile, bis Mella begriff, worum es ging: In der DDR war es seit einigen Wochen jeden Montag regelmäßig zu Demonstrationen gegen die Regierung gekommen. Vor allem in Leipzig gingen seit Spätsommer immer mehr Menschen auf die Straße. Die Geduld war erschöpft, die Angst nicht mehr groß genug. Die Machthaber waren alt und klapprig geworden, aus der Sowjetunion kamen neue Töne, und die Völker hörten die Signale. Manche der Genossen vom kommunistischen Studentenverband kamen ganz schön in Bedrängnis. Mella warf einen verstohlenen Blick auf Marie, die dasaß wie erfroren.

Seitdem der Stapel mit Cordulas Tagebüchern in ihrem Zimmer gestanden war, hatte Mella kaum etwas anderes wahrgenommen. In den Tagen des Lesens war sie immer so schnell wie möglich zu den Büchern nach Hause zurückgekehrt, falls sie überhaupt die Wohnung verlassen hatte, obwohl es ein prächtiger Herbst gewesen war mit tiefblauen, wolkenlosen Tagen. Ende Oktober saßen die Leute noch draußen rund um die Institutsgebäude, und immer wieder rief ihr jemand zu, aber Mella hatte Angst, die Nähe zu Cordula, die das Lesen ihrer Worte erzeugte, könnte sich verflüchtigen, wenn sie nicht ganz darin vertieft bliebe. Manchmal war es, als könnte sie ihre Umarmung spüren und plötzlich erinnerte sie sich sogar wieder an den Geruch ihrer Mutter: Parfüm, Medikamente, etwas Fruchtiges und etwas Bitteres, unbeschreiblich und doch wiedererkennbar. Du erwartest dir zu viel, sagte sie sich. Wusste sie doch genau: Die Worte von Gespenstern riefen nie etwas anderes als Gespenster herbei, und die konnten einen niemals erlösen, sondern verlangten selbst nach Erlösung.

Die Menschen, die sie jetzt auf dem Fernsehschirm sah, waren nicht allein. Ein absurder Neid durchfuhr Mella. Dabei wusste sie doch genug über dieses Land mit seiner Mauer, die im Grunde ein Eingeständnis war, dass das, was dort gelebt wurde, nicht das war, für das es sich ausgab. Vor zwei Jahren hatten Marie und sie sich einer Reise angeschlossen, die vom kommunistischen Studentenverband organisiert worden war. Sie waren in Leipzig, Jena, Dresden und Weimar gewesen, auch in Buchenwald. Einige ihrer trotzkistischen Freunde hatten sich darüber mokiert, dass sie mit »denen« fuhren, und später hatte Mella von einem indiskreten Genossen erfahren, dass auch sie in ihrer Gruppe lange darüber diskutiert hatten, ob sie beide als »politisch unzuverlässige Nichtmitglieder« überhaupt mitkommen durften.

»Das Problem mit dir ist doch, dass du immer das Schlechteste annimmst.«

Das war damals von Marie gekommen, als sie sich auf dem Weg zu Goethes Gartenhaus in Weimar gestritten hatten. Mella wandte ein, dass es doch eine Auszeichnung sei, von diesen Spießern als politisch unzuverlässig eingestuft zu werden, doch hatte Marie nicht unrecht, und das tat weh. Der Weg durch den Park an der Illm führte über mäandernde Wege durch großzügiges Grün, es hielt diesen typischen DDR-Geruch auf Abstand, den man sonst nicht aus der Nase bekam und dessen Zusammensetzung ein Dauerthema bei den Besuchern aus dem Westen war: Kernseife und Maschinenöl, ein bestimmtes Waschpulver, Bratwurst und Braunkohle waren seine am häufigsten vermuteten Komponenten, neben den allgegenwärtigen Abgasen »aus Verkehr und Produktion«, wie es hieß. Alles üble Propaganda des Klassenfeinds, hatte ihnen ein froschmäuliger Funktionär zum Thema Umweltverschmutzung erklärt.

»Und das Problem, das du damit hast, ist, dass ich damit meistens recht habe.«

Das war ein ungutes Auftrumpfen von Mella gewesen. Maries unbändiger Wunsch, an das Gute im Menschen zu glauben, konnte Mella fürchterlich aufbringen.

Jetzt wurde in Leipzig und anderswo gerade Geschichte geschrieben, und sie waren irgendwie mit dabei, allerdings auf der falschen Seite der Mattscheibe, Beobachter, nicht Akteure. Soeben erregte eine gerade ins Bild geratene Anarchistengruppe aus Weimar Mellas Aufmerksamkeit: Langhaarige junge Menschen in euphorischer Stimmung wagten sich mit einem Bakunin-Zitat aus dem Off: »Wo der Staat anfängt, hört das Individuum auf.«

Sie erinnerten sie an die Studenten, mit denen sie die halbe Nacht Rotkäppchensekt und echten russischen Wodka getrunken hatte, und jetzt stand sie da und konnte nicht einmal hinübergehen zu Marie und ihr sagen: »Weißt du noch, wie der Typ hieß, mit dem wir unter dem Herder-Denkmal Beatles-Songs gesungen haben?«

Was war sie für eine Idiotin gewesen. Ja, da war etwas gewesen zwischen Werner und ihr, etwas Zartes, vielleicht etwas Tiefes, vielleicht ein Irrtum: Sie hatten keine Zeit gehabt, es herauszufinden, aber was zählte das gegen die Verbundenheit mit Marie und gegen die bald anderthalb Jahrzehnte, die sie jetzt auf den Mist kippten? *Jetzt kriegst du, was du verdienst, Mella*, dachte sie.

Weimar war ihnen damals verlogen erschienen mit seinem Hochkulturgetue, Goethe hier und Schiller da, auf eine verschlafene Weise schön, mit abgewohnten Villen in verblichenen Pastelltönen, mit dem vielen Grün, einem herrlich düsteren Friedhof und einer Konzentration großer Geschichte, für die das Städtchen viel zu klein und possierlich war. Dennoch waren die Geister versunkener Zeiten zugegen wie ständiges Geflüster, das nicht in die provinzielle Osttristesse mit ihrem Gedröhne und ihrem simplen Weltbild passte. Buchenwald war nah. Marie und sie hatten sich beim Besuch des ehemaligen Lagers von der Gruppe entfernt und waren zu zweit über das weite Gelände gegangen, auf dem nur noch wenige Gebäude standen. Marie wusste, wann man den Mund halten musste.

In Weimar und Leipzig hatten sie etliche Leute kennengelernt, die sich um die Gesellschaft der Wessis bemühten. Die Gespräche liefen anders ab als zu Hause. Zunächst war man äußerst vorsichtig, man klopfte die Fremden mittels eines subtilen Systems aus Andeutungen nach ihren Einstellungen ab, um dann überraschend offen zu sein, sobald klar war, dass sie nicht zu den blinden Verehrern des realen Sozialismus zählten. Mella und Marie hatten versprochen, bald zurückzukehren, aber dazu war es nicht gekommen.

Die Gesichter der Demonstranten im Fernsehen leuchteten,

als wären sie von ihrer Sehnsucht infiziert wie von einem Fieber. Ein junger Mann hielt ein kleines selbstgemaltes Plakat hoch, auf dem in schiefen Blockbuchstaben stand: »Keine Gewalt«. Kein Rufzeichen dahinter. Vielleicht mochte der Verfasser grundsätzlich keine Imperative. Er stand etwas verloren zwischen all den großen »Freiheit!«-, »Demokratie jetzt!«- und »Wir sind das Volk!«-Transparenten. Die Kamera blieb lange auf ihn gerichtet.

Die Küche dampfte von durcheinanderredenden Menschen. Die Kameras schwenkten über die Transparente: »Krenz, mach Schluss mit den Mördern von Peking«, »Wo Geist machtlos ist, ist Macht geistlos«. Sie bemühten sich aus den Texten herauszulesen, wer hier den Ton angab. Wohin würde sich das Ganze entwickeln? Es wurde spekuliert, was das Zeug hielt.

»Diese ganze Bescheidwisserei nervt doch!«, sagte Mella in Richtung eines Bekannten, der heftig die Ansicht vertrat, dies sei die ultimative Chance, endlich ein neues Deutschland jenseits von verknöchertem Kaderkommunismus aus den Ruinen der Historie zu heben, während ein anderer ebenso heftig widersprach. Der Bekannte schaute sie befremdet an. Keine Meinung zu haben schien ein Ding der Unmöglichkeit zu sein, gerade weil es unmöglich war, sich ein klares Bild zu verschaffen. *Ruinen der Historie.* Wider Willen musste Mella lachen. In diesem Moment traf sie Maries Blick. Mella sah deutlich, was Marie sehen musste: ihre ehemals beste Freundin, die eine Affäre mit ihrem Freund anfängt, mit ihm Schluss macht, nach zwei Tagen Abwesenheit augenscheinlich guter Dinge in der gemeinsamen Wohnung auftaucht, lachend, mit einer Flasche Bier in der Hand. Es würde schwierig werden, die Geschichte noch einmal anders zu erzählen. Die Luft hier drin wurde allmählich knapp. Sie leerte den Rest der Flasche in einem Zug.

»Reform statt Massenflucht«. »Wir bleiben hier!«. »Ein neues Deutschland«. »Was kaputt ist, ist kaputt«, sagte Mella, aber niemand beachtete sie.

Ein mit Hammer und Sichel bemaltes Transparent trug die Aufschrift: »Gorbi, Gorbi hilf uns!« Irgendwer sagte etwas vom typischen autoritären Charakter, der unter solchen Bedingungen ganz besonders deutlich hervorträte. Mit einem Mal schienen ihr die anderen kalt, Zyniker oder Voyeure. Das war kein Fußballspiel, kein Rock-Konzert, kein »Als ob«. Denen ging es ums Ganze. Vermutlich wussten die Tausenden, die sich hier zusammendrängten, im Moment nur, was sie sicher *nicht* mehr wollten. War das zu wenig?

Damals in Weimar hatte es ein Treffen mit FDJ-Funktionären gegeben. Als sie nach dem offiziellen Teil noch bei bulgarischem Wein und Brathähnchen zusammensaßen, lachte Marie laut, als einer der etwa gleichaltrigen Gastgeber tatsächlich vom antifaschistischen Schutzwall sprach, denn sie hielt es für puren Sarkasmus, bis Mella ihr unter dem Tisch kräftig auf den Fuß trat und die Situation mit einer launigen Bemerkung entschärfte. Zum Glück waren die meisten schon betrunken. »Aber es hat Tote gegeben!« Marie ließ sich nicht beirren. Später im Studentenwohnheim konnte sie sich kaum noch beruhigen. Warum sich Marie über eine Lüge oder irgendeine andere Form menschlicher Niedertracht noch wundern könne, fragte Mella, wo sie doch gerade in Buchenwald gewesen seien.

Bevor sich die Aufmerksamkeit vom Bildschirm abwandte und womöglich doch jemand auf die Idee kam, sie zu fragen, ob etwas dran sei am Gerücht, dass sie ausziehen würde, stellte Mella ihre Flasche ab und trat leise in den Gang hinaus. Es dauerte eine Weile, bis sie ihre Schuhe in dem Haufen wiederfand. Durch die angelehnte Tür sah sie ein Stück von Maries Rücken und ihren Hinterkopf. Sie anzusprechen, traute sich Mella nicht.

Danach ging es ziemlich schnell: Nach ein oder zwei halbherzigen Versicherungen, reden zu wollen, verschoben sie das Ganze auf ein Später, das niemals stattfand. Die Einzelheiten jener gescheiterten Verständigung vergaß Mella, erinnerte sich aber Jahrzehnte später noch, dass ihr damals dauernd eiskalt gewesen war, kalt bis aufs Knochenmark.

Der Brief einige Tage später war dann doch ein Schlag, mit dem sie nicht gerechnet hatte. Er lag in ihrem halbausgeräumten Zimmer auf dem Fußboden und war wohl klassisch unter dem Türspalt durchgeschoben worden. Maries Schrift war ihr vertrauter als jede andere, die breiten, runden Schlingen, die ausladenden Großbuchstaben, die exakte Neigung. Der Brief umfasste sieben oder acht eng beschriebene Seiten: *Du und ich* und *ich und du*, das waren die häufigsten Wörter. Die Wut darin war geschliffen wie eine Klinge. Feststellungen. Punkt, Punkt und Punkt. Hin und wieder ein schlussfolgender Doppelpunkt. Keine einzige Frage mehr. Das Ganze war ein geschlossener Gedankenkreis ohne Lücke, in die Mella den einen oder anderen Einwand platzieren hätte können. Die abschließenden Worte: *Lass mich in Ruhe.*

Mella wusste, wie man von Stunde zu Stunde durchhielt, wenn es eng wurde, und wie man schlaflose Nächte überstand. Nachdem der Umzug geschafft war, wurde sie krank und lag eine Woche fiebernd zwischen den halbausgepackten Kartons. Dabei imaginierte sie lange, verworrene Gespräche mit Marie. *Lass mich in Ruhe*, das war das Hochsicherheitsschloss, die Wand, an der alles abprallte. Werners Versuche, mit Mella Kontakt aufzunehmen, blockte sie ab. Bald erfuhr sie, dass es auch zwischen ihm und Marie aus war.

Ein paar Wochen oder Monate wartete Mella noch: Bei jedem Läuten des Telefons oder an der Tür schoss es ihr durch den Kopf: *Das könnte sie sein.* Es dauerte lange, bis das nachließ.

Der Akutschmerz verging, wie er es immer tat. Der Rest wanderte ab in unzugängliche Zonen, die man nur aus Versehen berührte. Als beste Freundin hat Mella nie wieder jemanden bezeichnet.

24
Now or never

»Weißt du, wie lang ich damals auf dich gewartet habe? Wochen, Monate!«

»Obwohl dein letzter Satz war ›Lass mich in Ruhe‹? Das glaube ich dir nicht.«

»Daran erinnerst du dich?«

»Natürlich. Du doch auch.«

»Das war wirklich mein allerletzter Satz?«

Das Hotel gegenüber dem Hauptbahnhof von Kyoto ist auf angenehme Art langweilig: verchromte Kronleuchter, XL-Sofas in gedeckten Tönen, großblättrige Grünpflanzen, geräuschschluckende Teppiche, die übliche gepflegte Leblosigkeit solcher Orte. Mella winkt dem Kameramann eines französischen Senders, woher, wohin, das Hotel, na ja. Marie ist zu müde, um sich neben Mella wie ein provinzieller Trampel zu fühlen. Jede Menge dreiteilige Anzüge, Geschäftsleute, ein paar Touristen, das Personal wie ein einziges Lächeln, das im Hintergrund hin- und herwogt.

»Als ich noch mehr unterwegs war, wusste ich beim Aufwachen in solchen Hotels oft gar nicht, wo ich war.«

»Moderne Utopias.«

»Aber mit hohen Eintrittsgebühren.«

Manchmal redet man nur, um sich einig zu sein. Vielleicht färbt auch das Interieur auf die Gespräche ab oder der belanglos vor sich hin perlende Pianobar-Jazz. Vor allem aber brauchen sie beide die Pausen.

»Immerhin bekommst du passablen Kaffee und die Betten sind

okay. Ohne die guten Hotels hältst du die Arbeit nicht aus. Das Gemecker darüber bedeutet gar nichts, glaub mir.«

Früher war Mella oft in asiatischen Ländern, berichtete als Journalistin über Konferenzen zu Umweltfragen, über Wirtschaftsgipfel, begleitete Reportagen. Jetzt reist sie weniger und in Krisengebiete gar nicht mehr.

»Seit ich das Kind habe, sind solche Jobs wie dieser ehrlich gesagt Luxus. Macht mich schon ein wenig sentimental, hier zu sein.«

Die Nacht war kurz. Nach dem Einchecken weit nach Mitternacht saßen sie noch über zwei Stunden an der Bar und eine weitere Stunde auf den Fauteuils neben der Aufzugstür im 24. Stock, wo ihre Zimmer liegen. Also noch einmal Cordula. Und noch einmal Alex, noch einmal all die Heimlichkeiten vor den anderen und voreinander. Ein verlorener Handschuh auf irgendeinem Schulfest, Verkleiden mit Cordulas Sachen, die tobende Mella, weil Marie einen Knopf von Cordulas Abendkleid abriss und nicht wiederfand, Wichtiges und Nebensächliches, ununterscheidbar. Die Lügen. Verleugnetes, Verdrehtes. Erinnerst du dich? Weißt du noch? Ja, nein, ja. Das war doch ganz anders! Genauso war es!

Manchmal schweigen sie für Minuten. Die Zeit ist ein Schleusensystem, ein Labyrinth mit Türen, die sie nur zu zweit erkennen. Manchmal meldet sich ein alter Ärger. Dann vergisst die eine oder die andere für Momente, wie lange all das her ist. Und immer wieder das Staunen darüber, dass sie tatsächlich hier sitzen und reden. Dass sie sich das *antun*, wie Mella sich ausdrückt. Aber sie lächelt dabei.

»Ist es nicht ein Glück? Dass wir uns all das sagen können?«

»Ich weiß es nicht«, antwortet Marie, obwohl Mellas Frage eine rhetorische ist, »*noch* nicht.« Auf der Toilette spritzen sie sich kaltes Wasser ins Gesicht. Wer weiß, was morgen ist. Vielleicht verlässt sie der Mut. Vielleicht meint, eine von ihnen doch, sie müsse ihre Haut retten.

»Ich kann dich sehen«, sagt Mella.

»Ich dich doch auch, so betrunken sind wir noch nicht. Was redest du denn da?«

Marie stopft sich ein weiteres Kissen ins Kreuz, befreit die Gläser aus der Minibar von der Plastikfolie.

»Now or never«, sagt Mella und öffnet die kleine Proseccoflasche.

»Auf den Zufall, auf das Unwahrscheinliche! Mit dem Schicksal habe ich es nicht so.«

Als die Gläser klirren, steckt ein Hotelangestellter den Kopf um die Ecke. Sie präsentieren ihre Schlüsselkarten, er entfernt sich rückwärtsgehend.

»Was ich gemeint habe, war, ich kann dich sehen, wie du jetzt aussiehst, und gleichzeitig sehe ich ganz genau die Zwölfjährige, die du warst, die Achtzehnjährige, und die, als wir uns verloren haben. Wie umspringende Bilder.«

»Geht mir genauso.«

Als Mella nachts in Wien nach einem Konzert Marie und Alex in der Küche sitzen sieht: Maries lange, weiße Mädchenbeine auf dem roten Stuhl. Die zuckenden Schultern ihres Vaters.

»Das hat mich wahnsinnig gemacht, weißt du? Dass ich nicht sehen konnte, wo er hinschaute. Und ob er weinte«, sagt Mella.

»Geweint hat er nicht«, erwidert Marie, »aber er war verzweifelt. Hast du das nicht bemerkt?« Die Pause ist so lang, dass sie gar nicht mehr mit einer Antwort rechnet.

»Ich habe nicht viel bemerkt, damals. Ich habe nicht viel gesehen außer mich selbst.« Mella spricht sehr leise.

»Ich hab gewusst, wenn ich mich selbst nicht im Blick behalte, dann verschwinde ich. Ich habe niemanden gesehen.«

Dass Mella noch Energie zum Weinen übrig hat, hätte Marie nicht geglaubt.

Irgendwann kommt doch das Gefühl, alles sei gesagt, oder: einfach nicht mehr zu können. »Ich werde nicht einschlafen nach alldem«, denkt Marie und ist auch schon weg. Als Mella an ihre Zimmertür klopft, ist es kurz nach Mittag.

Die Angestellte mit dem helmartigen Pagenkopf, der wie lackiert aussieht, erklärt ihnen in aller Freundlichkeit, dass ein Frühstück um Viertel nach eins überhaupt kein Problem sei. Sie essen Omeletts mit Gemüse, Misosuppe, Croissants. Die Butter ist safrangelb und schmeckt süßlich.

»Iss, du bist ganz grau im Gesicht!«

»Danke, du aber auch!«

Die neue Vertrautheit fühlt sich zugleich fremd an. So als wären sie gemeinsam übers Eis gelaufen und nicht eingebrochen, obwohl sie fest damit gerechnet hätten. Für eine Bilanz ist es zu früh. Die großen Worte sind wie steife Kleider, die vielleicht irgendjemand anderem passen, in einem anderen Leben: Sie können nichts damit anfangen. Vielleicht werden ihre Schlussfolgerungen unterschiedlich ausfallen, und das wird sie wieder voneinander entfernen. Vielleicht bleiben sie bei der Ansicht, dass ihr Zusammentreffen ein Zufall war, aus dem sie etwas gemacht haben. Vielleicht sagen sie: Es hat sich ergeben, dass wir weitergegangen sind, wo der Weg üblicherweise zu Ende ist: wenn es um das kleine bisschen sorgfältig gehüteter Wahrheit eines jeden geht.

»Hätte ich damals am Ende dieses Briefs doch noch irgendetwas hinzugefügt, einen Satz, ein paar Worte –«, sagt Marie, während sie die Weintrauben aus ihrem Obstsalat pickt.

»So etwas wie ›Lass mich vorläufig in Ruhe‹ oder ›bis auf Weiteres‹?« Mella grinst, spießt ein Stück Karotte auf.

»Du hast recht, das wäre absurd gewesen. Du hast ihn nicht mehr, oder?«

»Ich habe ihn verbrannt. Ziemlich theatralisch. Aber ich konnte ihn nicht behalten. Als würde er mich vergiften. Obwohl ich ihn wahrscheinlich verdient habe.«

Mella lächelt schief. Marie will sie kurz an der Schulter berühren, zögert.

»Zum Glück hast du das getan.«

»Du weißt ja, ich sammle nichts.«

»Und was ist mit Cordulas Büchern?«

»Die Hälfte ist bei Alex, die Hälfte bei mir. Irgendwie stimmt es so.«

Die Ruhe zwischen ihnen ist neu und wunderbar. Selbst Mella mit ihrem Horror vor großen Worten und Superlativen würde das so ausdrücken. Ist die Luft anders geworden? Sind es die Farben?

Unsinn. Sag kein Wort, das ruiniert alles. Mella weiß, wann man den Mund halten muss.

»Lass uns hinausgehen, wir haben noch einen Tag.«

Inhalt

Wunderbare Bücher
aus dem Hause Milena

Silvia Pistotnig
TSCHULIE

Roman
ISBN 978-3-903184-03-9

Was Tschulie wirklich mag: 1. Fernsehen, 2. Essen, 3. Schlafen.
Ein tragikomischer Roman über Tschulie und Karin, zwei Frauen aus
zwei Parallelwelten unserer Gesellschaft, angesiedelt irgendwo zwischen Biosupermarkt, Political Correctness und Lebensentwürfen aus
dem Fernsehen.

Tschulie ist Schulabbrecherin, arbeitet (noch) in einem Sonnenstudio
und wohnt bei ihrer Mutter und deren Freund im Gemeindebau. Sie
soll aber schleunigst ausziehen, weil die Wohnung für drei einfach zu
klein ist. Die Lösung wäre, einen Millionär zu finden, aber das Ein-
reichformular von »Der Bachelor« ist total kompliziert.
Irgendwie bekommt Tschulie nicht viel auf die Reihe. Selbst der aus-
erwählte, reiche Gymnasiast (in der Disco kennengelernt) entpuppt
sich als pickeliger, verwöhnter Loser, der am Rockzipfel seiner reichen
Mama hängt. Dafür entdeckt seine spießige Mutter Karin in Tschulie
ein willkommenes Selbstverwirklichungsprojekt. Der Teenager lenkt
die perfektionistische Alleinerzieherin von der eigenen chronischen
Unzufriedenheit ab. Durch Karin landet Tschulie bei einer esoteri-
schen Frauengruppe auf dem Lande, befreundet sich mit einer alten
Frau aus einem Pensionistenwohnhaus – und am Ende erreichen beide
Frauen ein ungeplantes Ziel.

Wunderbare Bücher
aus dem Hause Milena

Annemarie Selinko
HEUTE HEIRATET MEIN MANN

Roman
ISBN 978-3-903184-15-2

Annemarie Selinkos sehr humorvoller Roman über eine junge Mode-
zeichnerin namens Thesi Petersen beginnt beim Zahnarzt. Dieser erzählt Thesi, dass die Verlobung eines seiner Patienten bevorsteht, des
berühmten Architekten Poulsen. Thesi zeigt sich verstimmt, ist sie doch
die geschiedene Frau Poulsens.
Thesi, eigentlich Maria-Theresia, stammt aus Wien und ist eine Offi-
zierstochter, Sven Poulsen hat sie in Kitzbühel kennengelernt und ihn
dort geheiratet. Sowohl Thesi als auch ihre Autorin Annemarie Selinko
mussten vor den Nazis nach Dänemark flüchten. Selinko erzählt sehr
anschaulich, wie der Kriegsausbruch im Dänemark 1939 zwischen Mo-
deschauen und Lippenstift erlebt wird. Immer wieder flicht sie die hi-
storischen Ereignisse rund um 1938 und 1939 in das vergnügliche
Romangeschehen ein, und der Höhepunkt der Handlung spielt auch
am Vortag des Beginns des Zweiten Weltkriegs. Vorerst lernt Thesi aber
in einem Café zwei interessante Männer kennen, einen englischen
Adeligen, der gerade vom Spanischen Bürgerkrieg zurückgekommen
ist, und John, einen Kriegsberichterstatter, der sie unbedingt heiraten
will. Als Thesi wegen Scharlach ins Krankenhaus muss, überschlagen
sich die Ereignisse und es kommt alles anders als geplant.

Wunderbare Bücher
aus dem Hause Milena

Kathy Acker
MEINE MUTTER
Roman
978-3-85286-201-9

Zu Beginn ihres Lebens als Erwachsene gerät Laure in eine leidenschaftliche und alles verschlingende Affäre mit ihrem Gefährten B. Das lässt sie aber letztlich unbefriedigt, weil ihr die Notwendigkeit einer eigenen Identität – unabhängig von ihrem Geliebten – klar wird. Im Verlangen, zu entdecken, wer sie ist, begibt sie sich auf eine Reise der Selbstfindung: eine Odyssee in das Territorium ihrer Vergangenheit, in Erinnerungen und Phantasien ihrer Kindheit, in Zügellosigkeit und Hexerei.

Kathy Acker ist eine Legende, ihre Werke sind Klassiker der postmodernen Literatur.
Sie gilt immer noch als die einzig wahre Erbin William S. Burroughs. Ihre Arbeiten waren ebenso vielfältig und umfassten unterschiedlichste Textsorten. Die selbsternannte »Literaturterroristin« war der Inbegriff einer weiblich geprägten Punk-Literatur, die die Themengebiete Sexualität, Philosophie und Technologie produktiv aufnahm und in eigenständige literarische Arbeiten umwandelte. Ackers Werke, die von einer Haltung der Umschrift und der vorsätzlichen Piraterie geprägt sind, genießen zurecht Kultstatus und spiegeln Geschlechter- und Gesellschaftsverhältnisse ebenso kritisch wie unterhaltsam.

Wunderbare Bücher
aus dem Hause Milena

Gina Kaus
DER TEUFEL NEBENAN

Roman
ISBN 978-3-903184-02-2

Der junge, unvermögende Student Albert Holzknecht lernt die reiche Witwe Melanie Simrock kennen. Melanie ist von dem unerfahrenen Mann sehr angetan und die beiden heiraten. Melanies Vermögen ermöglicht Albert eine hohe Stellung in einer Keramikfabrik – der Einzelgänger kommt unter Leute und es dauert nicht lange, da ihm seine Ehefrau Untreue und Affären mit anderen Frauen unterstellt. Ihre Eifersucht steigert sich zum Psychoterror, die Streitereien zwischen dem Paar nehmen immer unbarmherzigere Formen an und das unglückliche Ende ist abzusehen.

Gina Kaus' Roman ist ein Psychodrama wie aus einem individualpsychologischen Lehrbuch, die Protagonisten sind Paradeneurotiker im Sinne der Individualpsychologie Alfred Adlers – und auf fatale Weise durch Minderwertigkeitskomplexe und Eifersuchtsneurose miteinander verbunden. Kaus versteht es jedoch, das Paar nicht in eine Schwarz-Weiß-Schablone zu pressen, sondern das unglückliche Zusammenspiel der beiden Charaktere zu beleuchten.

Umschlag: Boutique Brutale, www.boutiquebrutal.com
Druck und Bindung: finidr.cz
© Milena Verlag 2018
A–1080 Wien, Wickenburggasse 21/1–2
ALLE RECHTE VORBEHALTEN
www.milena-verlag.at
ISBN 978-3-903184-24-4

**Weitere Titel und unser Gesamtverzeichnis
finden Sie auf www.milena-verlag.at**